特級ギルドへようこそ！

～看板娘の愛されエルフはみんなの心を和ませる～

7

井りいあ
スト　にもし

TOブックス

メグ

気付けば美幼女エルフに憑依していた元日本人アラサー社畜の女性。前向きな性格と見た目の愛らしさで周囲を癒す。頑張り屋さん。

ギルナンディオ

特級ギルドオルトゥス内で一、二を争う実力者で影鷲の亜人。寡黙で無表情。仕事中にメグを見つけて保護する。親バカになりがち。

シュリエレツィーノ

穏やかで真面目な男性エルフ。腹黒な一面も。メグの自然魔術の師匠となる。その笑顔でたくさんの人を魅了している。

サウラディーテ

オルトゥスの統括を務めるサバサバした小人族の女性。存在感はピカイチ。えげつないトラップを得意とする。

ユージン

オルトゥスの頭領。仲間を家族のように思い、ギルドを我が家と呼ぶ、変わり者と言われる懐の深い年配の男性。

ザハリアーシュ

魔大陸で実質最強と言われる魔王。まるで彫刻のような美しさを持ち、威圧感を放つが、素直過ぎる性格が故にやや残念な一面も。

キャラクター紹介

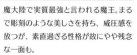

Welcome to the Special Guild

リヒト

魔王城に住み込みで修行をする日本人の転移者。人間であるため、周囲の人たちよりも成長が早い。面倒見が良く、目標に向かって真っ直ぐに突き進む性格。

ロナウド

通称ロニー。オルトゥス所属となり、日々鍛錬に勤しんでいる。いつか世界中を自分の足で旅をするのが夢。

ルーン

アニュラス頭の娘。明るく強気な性格で向上心に溢れる。人懐っこい。すぐにメグと友達になる。グートとは双子。

グート

アニュラス頭の息子。押しに弱い部分があるものの、負けず嫌いな性格。メグに一目惚れする。ルーンとは双子。

ウルバノ

巨人族の少年。引っ込み思案で人とあまり接することが出来ない。

特級ギルドのトップたち

アニュラスの頭：ディエガ
ステルラの長：シェザリオ
シュトルのリーダー：マルティネルシーラ

Welcome to the Special Guild

目次

イラスト：にもし Nimoshi　デザイン：ヴェイア Veia

第1章 ◆ 看板娘メグのお仕事

1　メグの日常

──夢だ。これは、予知夢《よちむ》。

そこがどこだかはわからないけれど、私は心配そうな顔で佇《たたず》んでいる私を外から眺めていた。

『絶対、倒す！』

『……来い』

この場にいるのは三人。夢の中の私から少し距離を空けて睨《にら》み合う、私の大好きな二人がいた。あれはリヒトと、ギルさん……？　え、え？　なんで？　どうしてこの二人が睨み合っているの？

私が戸惑《とまど》っていると、ついに二人は動き出した。目にも留まらぬ速さだけど、今の私には彼らの動きを目で追うことくらいは出来た。リヒトの持つ長剣から青白い光が発せられ、それを振ることで光がギルさんの方へとものすごい勢いで飛んでいく。まるで、雷みたい。電撃って飛ばせるんだ、なんて呑気《のんき》なことを考えている場合じゃないよね。

当然、そんな攻撃くらいは刀を一振りするだけで難なく弾いてしまったギルさん。そのまま自身へと突撃してきたリヒトを刀で受け止めた。

『そんなものか』

『準備運動だよ！』

挑発するようにギルさんが言うと、リヒトも軽口《かるくち》を叩《たた》いて一度距離を取る。それから魔力を練っていって……？　大きな攻撃魔術を発動するっぽい。ま、待って、そんなに大きな魔術を放ったら、ただでは済まないんじゃ……!?

夢の中の私がなにかを叫んで走り出すと、二人が驚いたように目を丸くして私を見ていて……。

『『メグ!!』』

二人が同時に私を呼んで。それから――。

フッ、と目を覚ます。この頭のハッキリしなさは間違いなく今まで夢を見ていたのだろう。それも、予知夢。ムクリ、と上半身を起こして腕を組む。うーん、うーんと唸《うな》りながら顔を下に向けたり上に向けたり。

「ダメだ。思い出せない！」

私は思い出すのを諦めた。こういう時はいくら粘っても思い出せないって経験からわかっているのである。大切な夢ならきっとそのうち思い出すし、これまでだってなんとかなってきたんだから、今回だってなんとかなる、なる！　楽観的な思考はいつまでたっても変わらない、特級ギルド『オルトゥス』所属、看板娘のメグ、七十歳です！……字面が酷い。七十歳って言ったら人間で言えばおばあちゃんだよ。看板娘とか言えないよ。でもね、私は成長の遅いハイエルフの血が流れているのだ。つまり外見はまだ人間で言うところの七歳くらい。いくら長い年月を過ごしていても、精神は身体の年齢に影響されてしまうのがちょっと残念な部分だけど……。もっと幼い頃に比べたらだいぶ悶《もだ》え苦しむことも減ったからよしとしたい。元々、環《めぐ》として生きていた三十年弱の記憶も、今では遠い過去のように思える。時々思い出すし、あの頃の社畜《しゃちく》根性みたいなものは今もたまに顔を覗《のぞ》かせるけれど。私の中ではもう、環は前世だ。前世で生きていた記憶が残ったまま、今メグとして生きているような感覚である。

「髪、伸びたなぁ」

鏡の前で櫛《くし》を通しながら呟《つぶや》く。胸元まで伸びた私のふわふわとした髪は、相変わらずピンクゴールドに輝き、瞳は大きな紺色。正直、鏡に映る私はかなりの美少女である。……自惚《うぬぼ》れ？　ははっ、痛々しいことを思っている自覚はあるんだ。けどそうじゃないの！　言い訳をさせていただきたい。鏡に映る自分の姿がものすごく可愛いって思うだけで、それが自分とは結びつかないのだ。つまり、自分がものすごく可愛い、という自覚はあんまりないのである。ほんと、こればっかりはいつまでたっても慣れない。多少は自覚もあるよ？　みんなが毎日、可愛い、可愛い、って言ってくれるんだもん。だからたぶん私は、自分の外見の良さについてはあんまり興味がないんだと思う。素敵な服やアクセサリーは好きだよ？　でも自分を着飾るより眺めたい、装飾品よりご飯が美味しい、そんな思考なんだもん。幸い、オルトゥスにいると美形と美味しい食事に困ることがないので大変贅《ぜい》沢《たく》な毎日を過ごさせていただいています。ありがたや。

「よし、出来た！」

自分で髪をまとめる時はいつもポニーテールかハーフアップだ。ちなみに今日はハーフアップ。

簡単に出来るし、ちょっと可愛いゴムとかリボンをつければそれなりに見えるし。本当は下ろしたままでもいいんだけど、髪飾りでもつけよう？　とか言われ、さらにそれを放っておくと、おままごとの人形よろしくしばらく拘束《こうそく》されて遊ばれるからさ……。妥協案《だきょうあん》としてこのヘアスタイルが定着しつつあるわけ。構ってもらえるのは嬉しいんだけどね、皆さんもお仕事とかあるじゃないって心配になっちゃうから！　ちなみに髪型がこの二択なのは私が不器用だからである。前世含《ふく》めて髪のアレンジとかやったことがないので。腕が疲れるし。髪を切るっていう手もあったんだけどねー。そう言うと保護者の皆さんが口を揃えて反対し、悲しそうな顔になるのでもはや主張を諦めている。

さて、と私は立ち上がる。姿見《すがたみ》で服装のチェックだ。寝ぼけて部屋着で外に出たことが何度かあるから、こうして確認するクセがついている。あれは恥ずかしかった。いまだにみんなにからかわれる。忘れて……！　ちなみに本日の服装は動きやすさ重視！　仕事がある日はそれを意識して選んでいる。お尻が隠れるくらいの長さのチュニックに、ストレッチの効いた動きやすい桜色のパンツスタイル。ランちゃんのお店の商品で、サウラさんがオーダーメイドしたからか、ところどころに刺繍《ししゅう》があってシンプルながら可愛らしいデザイン。洋服をプレゼントされるのも最初は遠慮していたんだけど、私にいろんな服を着せるのは生きる喜びなのだ、と各方面から涙ながらに言われているのでこの件ももう諦めている。もちろんありがたいし嬉しいけれど、クローゼットや収納魔道具が服でいっぱいになるくらいだから、私は毎日違う服を着ているよ。どこの令嬢《れいじょう》だ。

「よし、大丈夫」

クルッ、と一回りして確認した私は、拳《こぶし》を握って気合いを入れてから部屋を出る。向かう先は食堂だー！　まずは朝ご飯！

「おはよーございまぁす！」

この時間の食堂は、空席はあるけどなかなかの混み具合。すでに食べ終えて出て行くところの人や、まさに今食べている人などで賑《にぎ》わっていた。まぁ、いつもこんな感じである。せっかく色んな人がいるので、私は毎朝ここで元気に挨拶《あいさつ》をするようにしているんだ！　挨拶をされて、嫌な気分になる人はあんまりいないと思うからね。

「おはよう、メグ！　今日も元気だな」

「メグちゃんおはよう！」

「今日も可愛さが爆発だなー」

ほら。このように、皆さん必ず返事をしてくれるから好きだ。思わずニコニコ笑顔になってしまう。

「メグ」

「ギルさん！」

私が入り口でニコニコしていると、後ろから声をかけられた。声ですぐに誰かわかった私はパッと振り向く。すぐにでも飛びつきたい衝動を抑え、キチンとお辞儀《じぎ》。

「ギルナンディオさん、おはよーございます！」

「ああ、おはよう」

どやぁぁぁぁぁっ!!　見たか！　この成長を！　苦節《くせつ》四十年……。私はついにギルさんの名前を噛まずに呼べるようになったのである！　長かった、長かったよ！　焦《あせ》ると相変わらず噛む時もあるけど、落ち着いて話せばもう噛むことはない。毎日毎日、こうしてきちんと挨拶をする、という習慣をつけた甲斐《かい》があるというものだ。初めてちゃんと呼べた時は思わず抱きついたよね。なぜか周囲の大人が涙を流して拍手喝采《かっさい》していたっけ。

「朝食を受け取りに行くぞ」

「はぁい！」

挨拶の後はいつもギルさんが頭を撫《な》でてくれるんだ。それから一緒に朝食をもらいに行き、一緒に食べてギルドのホールまで行く、というのがお決まりになりつつある。朝、ここでギルさんと出会えた時だけだけどね。ギルさんは忙しいから、それが出来ない日の方が多いのだ。そんな時は一人で食べたり、他の誰かと一緒にご飯を食べたりする。でも、基本的に誰かが隣や向かい側に座ってくれているかな。みんな優しいね！　食事の時には誰かがいる、それがとっても幸せだと感じるよ。

「僕も、ご一緒していい？」

ギルさんと朝食を受け取って席につくと、横からそんな声が聞こえてくる。聞き慣れた優しい声だ。

「ロニー！　っとと、ロナウド、おはよーございます。もちろん、一緒に食べよー！」

「うん。ギルさん、メグ、おはよう、ございます。ありがとう。隣、座るね」

ロニーはすでに成人している。ある日を境にグングンと背が伸びたんだよね。横目で席につくロニーを確認し、私たちは食事を始めた。会話の内容は大体、今日の予定である。

「僕は今日、ケイさんと、依頼を受けに行く。魔術しか、使っちゃダメ、って縛りで」

「ロニーは、魔術が苦手だもんね。いい修行になるかも。でも気をつけてね？」

魔術を使うのが苦手なロニーのための特別メニューなのだろう。ケイさんは結構、容赦《ようしゃ》のない指導をするらしいからね。もちろん、ケイさんだってロニーが出来ると思っているからこそ、厳しくしているんだってわかるよ。普段はニコニコしているけど、ケイさん、恐るべし。

「実践は何より身になる。ケイが付いていれば心配もない。しっかりやれ」

「はい。頑張《がんば》り、ます」

ギルさんからもロニーに激励《げきれい》のお言葉。うーん、ロニーもどんどん先に行ってしまうなぁ。私はまだ、実戦はやったことがないからちょっぴり羨《うらや》ましい。練習とか、訓練でオルトゥスのメンバーと戦ったりはしたことがあるけど、実際に魔物相手に戦ったりはしたことがないのだ。見学はあるんだけどね。いいなぁ……。ロニーってば、声も少しだけ低くなっちゃってさ。シュッとしてゴツゴツして、男っぽくなっちゃってさ。なんだか置いてかれた気分でちょっぴり寂しかったりする。私は特に成長が遅いから、余計にそう思うのかもしれないけど。

「メグも、近いうちに魔物相手の訓練をするだろう」

「えっ、本当？　ギルさん！」

そんなことを考えているのが顔に出ていたのか、ギルさんがいいことを教えてくれた。思わずパッと見上げると、苦笑を浮かべたギルさんが軽く頷《うなず》いている。

「ああ。頭領《ドン》がそう言っているのを聞いた」

「お父さんが？　なら、間違いないよね！　わぁ、いよいよだぁ……」

なんだか嬉しくなって元気に答えると、ギルさんもロニーも笑顔ながらどこか複雑そうな表情を浮かべていた。いつもの心配性を発動しているのだろう。私もそれなりに成長はしているのに、本当に過保護なんだからっ。思わず頬《ほほ》を膨《ふく》らませてしまう。

「私だって、ちょっとは強くなったもん」

「それはわかっているんだが……」

「メグの魔術は、オルトゥスでも、上位なの、知ってる」

それとこれとは話が別ってわけね。ま、心配してくれるのは嬉しいことだし、ここは引き下がってあげよう。それに褒《ほ》めてくれているしね。そう。実は私、これでもかなり魔術の腕が上達したんだよ！　自然魔術での契約精霊は増えたし、これまでの子たちとも、かなり高威力で効率的な魔術も使えるようになった。あとは、なんといってもこの魔力量の多さですよ。魔王とハイエルフのサラブレッドなだけあるなぁ、って最近になって実感したからね。最初は本当に少ししかなくて、将来ちゃんと精霊たちに借魔力を返せるのか心配になるくらいだったけど、いつの間にか返済も終わり、むしろ有り余るくらいの量になっていたのである。おかげで魔術の腕が上がっているんだけど、みんなが心配性過ぎて実戦で使う機会なんてほぼない。これじゃ、本当に強くなっているのかわからないよね。ハッキリ言って自信なんかないし、みんなが私を喜ばせようと、褒めてくれているだけなんじゃないかとさえ思うのだ。だから、実戦の訓練が出来ると聞いて、喜ばないわけがないじゃないか。自分の実力を知るいい機会だと思って勉強させてもらうんだから！

「ごちそーさまでした！　いつも待たせちゃってごめんなさい……」

考えごとをしながらもせっせと食べていたのに、相変わらず私の食事スピードは遅く、二人を待たせることになってしまった。いつものことなんだけどさ！　二人とも食べるのが早いんだよきっと。気にするな、というギルさんとロニーの言葉を聞きながら、私たちは食器を下げて、揃ってギルドのホールへ向かうことになった。

ギルドのホールに着いたら、そこでギルさんやロニーとはバイバイである。それぞれが、今日の予定の場所へ向かうからだ。ギルドの外へ出て仕事する人たちとは夜まで会えないことが多いのでちょっぴり寂しい。でも泣いたりしないよ！　もうそれだけでメソメソ泣くような年じゃないのだ。

「おはよーございまぁす！」

二人を見送った後は、すぐさま受付までいって挨拶をするのが日課である。受付ですでに働いているみなさんが笑顔で挨拶を返してくれるのが嬉しい。そこへ、エメラルド色のポニーテールを揺らしながら、元気溌剌《はつらつ》といった様子で我らが統括《とうかつ》、サウラさんがやってきた。いつ見ても可愛い上に抜群《ばつぐん》のスタイルの良さである。

「おはよう、メグちゃん！　今日も可愛いわね！」

そんなサウラさんから可愛いだなんて言われたら照れちゃうよね！　えへへ、と笑っていたら、サウラさんは手の平を自分の頭に乗せてスライドさせ始めた。これも毎朝の恒例となりつつあるんだけど、心境としては複雑だ。

「んー。まだ、抜かされて、ない、わよね……？」

「お、同じくらいかも？」

そう、背比べである。サウラさんは小人族《こびとぞく》なので、これ以上背が大きくなることはない。一方、私はこれでも成長期。今後まだまだ身長が伸びていくのだ。いつかは抜かしてしまうのは避けられない。今はまだギリギリ同じくらいだけど、私の方が大きくなった時のサウラさんの反応がすでに怖かったりする。

「はぁ、止められないのはわかっているけれど。メグちゃんこれ以上大きくならないでぇー！　せっかく抱きしめやすいのに！」

わぁん、といいながら抱きついてくるサウラさんはとっても可愛い。抱きしめ返して朝のハグタイムである。周りの人たちがニヤニヤとこちらを見ているけど、気にしない。羨ましいでしょー？　でもこのポジションは譲らないぞー。

「背を抜かしちゃったら、ギュッ、ってしてくれないんですか？」

大きくなったらハグしてくれないのかなぁ、と思うととっても悲しい。寂しい。甘やかされるのに慣れ過ぎて、甘ったれになっているのかも。サウラさんに聞いてみると、目を大きくしてしばらく私を見つめ始めたサウラさん。え、え、何？　変なこと言っちゃったかなぁ？　ドキドキしていたら、サウラさんが再び私をギュギューッ、と抱きしめてきた。

「そんなわけないじゃなぁぁぁい！　いくつになっても、大きくなっても、メグちゃんの可愛さは変わらないもの！　私の方こそ、メグちゃんにギュッ、ってしてもらえなくなるかもってちょっと寂しかっただけよ！」

なん、だと？　サウラさん、可愛いすぎかーっ！　思わず私も抱きしめる力を強めてしまう。端から見ると何やってんだ、と思われるかもしれないけどいいのだ。愛情は伝え合ってこそ！　軽率にスキンシップをとろう！

――ふと、全身に悪寒《おかん》が走った。


思わずブルリと身を震わせると、それに気付いたサウラさんが不思議そうに身体を離して顔を覗き込んでくる。どこか心配そうな顔だ。

「どうしたの？　今、震えたみたいだけど……」

それが、自分にもわからない。私が一番驚いていると思う。一瞬だったし、今は何ともないし、たまたまかなぁ？　とりあえず、心配させないように返事をしよう。

「んー、わかん、ない。一瞬だったし、もう何ともないし……。あ、サウラさんとギューッて出来て、嬉しかったからかも！」

ニコッと笑って誤魔化《ごまか》してみる。だって本当に原因がわからないんだもん。身体も怠《だる》くないし、暑くも寒くもないから熱ってわけでもないはずだ。

「嬉しいことを言ってもらえてありがたいけど、本当？　大丈夫？　具合悪くない？」

でも、サウラさんは誤魔化されてくれないようだ。そうですよねー、わかってた！　基本的にオルトゥスメンバーは心配性だもん。こんな反応をしてくれると思ってた。なので、本当に問題ないことを示すために両腕で力持ちポーズ！

「本当ですっ！　朝ご飯も全部食べたし、元気モリモリ！　ね？」

サウラさんはうーん、と言いながら私をいろんな角度から見始めた。ポージングもなんかアレだし、ちょっと恥ずかしいんだけど、ジッとそのままの姿勢で耐える。そして最後にペタペタと顔を触られ、それからニッコリと笑顔でよし、と頷いてくれた。ホッ。

「本当に大丈夫そうね。でも、何かおかしいと思ったら無理しちゃダメよ？」

「はぁい！　わかりましたー！」

許可が下りたので元気にビシッと手をあげてお返事。それからいってらっしゃいと声をかけられて、私はマイ受付デスクに向かうのでした。いってらっしゃいもなにも、数メートル先なだけだけどね！　そこからはいつも通り看板娘をこなします。その時、その時で頼まれた仕事をしたり、困っている人の案内をしたり、案外忙しいのよ？　自分の席に座ってグルッとホール内を見回す。今日もオルトゥスは賑やかだ。依頼を探しにくるメンバーや依頼をしにくる一般客、業者の人や、カフェ利用の人。医療部門で診察の人もいればお薬を納品しにくる人などなど……。たくさんの人がここにはやってくる。決まった顔ぶれだから名前を覚えている人がほとんど。もちろん、全員ではないけれど、顔は見たことがある、という人ばかりなので挨拶も軽やかである。だいたい皆さん、今日も可愛いねと声をかけてくれるので、ニコニコ笑顔で答えつつ、可愛がってもらえて本当にありがたいなぁ、なんて幸せを噛み締めている。

「こんにちはー！　新刊持ってきました！」

オルトゥスに届けられた本を運ぶため、私は図書館へとやってきた。オルトゥスの中庭を通った先にある、離れの小さな建物がそうだ。例によって魔術がかけられた建物なので、中は外観よりもずっと広いんだけどね。オルトゥス外部の人も借りられるようになっていて、街の図書館のような場所でもある。でも正直、人はそんなに来ない。物語を読む習慣がなかったり、日常生活で調べ物をしたいなんて思う人はそうそういないからである。物語、楽しいんだけどな。もちろん本が好きで物語をたくさん読むという人もいるけど、圧倒的に少ない。たとえばここの管理を任されている妖精族のモニカさんとか、本を届けに来てくれたお兄さんとか。あとはケイさんやシュリエさんが何かを読んでいるのを見たこともある。ただ、それが趣味なのか仕事用の調べものなのかの判断はつかないけれど。

「んー、いないっぽいね？」

『そーね！　いないいみたいなのよー』

キョロキョロと辺りを見回しながら、司書であるモニカさんを探す。彼女は極度の人見知りなので、滅多に人前に姿を現さない。というか、その姿を見たことのある人の方が少ないくらいである。種族柄、基本的には人の目を避けて過ごしているからね。だから毎回こうして気配を探るんだけど、今日はどこにもいないみたいだ。ショーちゃんもそう言うのだから間違いない。お出かけかな？

それはそれで珍しい。

『主様《あるじ》っ、これ、どこに置くーっ？』

「あ、ごめん、ごめん。ひとまずカウンターに置いてもらえる？」

風の自然魔術で運んでいたから、本をフウちゃんに任せたままだった！　慌てて指示を出せば、慣れたものでフウちゃんはわかったー、とご機嫌《きげん》で仕事をこなす。本は大切なもの、ということをしっかり教え込んだので、優しい風の魔術でフワッ、と音もなく載せてくれた。えらい！

「ありがとう、フウちゃん！」

『んふふ、どーいたしましてっ』

お礼の気持ちを込めて人差し指を伸ばしたら、フウちゃんがその指から出された魔力を啄《ついば》んでいく。餌付《えづ》けみたいでとてもかわいい。貯魔力は十分すぎるほど与えているんだけど、これはほんの気持ち。ちょっとしたオヤツみたいなものである。それが出来るのも魔力が増えすぎたおかげだね。使い道がなさすぎて、精霊たちへの貯魔力は溜まる一方である。みなさんから服やお菓子をもらいすぎた私のようだ。ちなみにシュリエさん曰《いわ》く、私のように頻繁《ひんぱん》に魔力を与える使い手はあまりいないという。必要な時に困らない程度に渡しておくのが一般的で、それでも足りない分はその場その場で渡すんだって。でも私はこの餌付けスタイルが気に入っているから変える気はない。だって嬉しそうに魔力を受け取るこの子達が可愛いんだもーん！　これをやると、使い手の魔力がもったいなくなるくらいだというし、それなら問題もないからいいのだ。節約していたあの頃とは違うんだ……！　というか、幼い頃かなり助けてもらったから、恩返しみたいなものだと思っている。

「仕方ないからメモを残していこうかな。勝手に片付けられないもんね」

片付ける場所は知っているけど、管理者がいない中で勝手にあれこれやってしまうのは気がひける。新刊だからやらなきゃいけないこともありそうだし、その辺までは知らないしね。そんなわけで、私は積まれた本の横にメモを残しておくことにした。うんうん、字もだいぶ上手に書けるようになったぞー！　こちらの世界の文字の扱いにもだいぶ慣れたよなぁ。読むことは出来るけど、うまくは書けなかったあの頃が懐かしい。

メモを置いて、図書館でのお仕事は無事に完了。あとはまたホールに戻って看板娘再びだ。といってもこの時間は人がほとんど来ない暇な時間帯なので、休憩タイムのようなものである。せっかくだからと図書館で借りてきた本でも読みながら、仕事を待とうかな。そう決めた私は自分の席に戻って椅子《いす》に座り、本を開いた。

「……何一人でニヤニヤしてんの、お前」

しばらく物語に没頭していると、頭上から嫌味っぽい声が降ってきた。この声は！　私は視線だけを上にずらしてその人物の顔を見た。

「やっぱりレキだった！　ニヤニヤなんか、してないもん！」

パタン、と本を閉じて抗議すると、フッと鼻で笑われる。この頃ますます大人っぽくなったレキは、そこはかとなく色気のようなものを漂《ただよ》わせ始めたから、人を馬鹿にした笑みを浮かべているというのに絵になるのがなんだか悔しい。イケメンはこれだから！

「していたから言ったんだ。そうでもなきゃ、わざわざ声なんかかけないし」

ぐぬぬ、それはそうかもしれないけどぉ。……そんなににやけていたのかな？　自分ではそんなつもりはなかったんだけどな。

「別に黙っていてもよかったんだけど。お前のにやけた顔を見て、色んなヤツが笑うだけだし」

「うっ、それはーっ！」

恥ずかしい！　それだけは嫌だ！　すでに私はオルトゥス内でのお笑い要員みたいになってるところがあるから、いい加減そのポジションからは脱したい。私は私で普通に生きているだけなのに、どうも皆さんから生暖かな笑みを浮かべられることが多いんだよね……。そんなにおかしなことはしてないと思うんだけど。むむむ。

「そ、そんなことはいーの！　レキ、午前のお仕事はもう終わったの？」

こういう時は話を変えるのが一番である。いつまでもからかわれていたらたまんないよ！　レキを見上げて質問すると、それ以上からかう気はないのか普通に答えてくれた。

「ああ。少し早く終わったから。先に昼飯」

レキはそう言いながら白衣を脱いだ。医療部門の人たちは、白衣が戦闘服の代わりになっているって聞いたことがある。だから外に出て戦う時なんかはみんな白衣というカオスな光景になるらしい。ちょっと見てみたい気もするけど、戦わなきゃいけない場面に遭《あ》いたくはないので想像だけで我慢《がまん》します。ギルドにいる間は他に戦闘員もたくさんいるし、着ようと思えば一瞬だから仕事の時以外は脱ぐんだって。白衣を着ている時の方が大人っぽく見えるんだけどな。色気が漂うようになってきたとはいえ、レキは、その、童顔《どうがん》だから余計に。

でも、やっぱりだいぶ凛々《りり》しくなったよね。最初に出会った時はどう見ても少年だったもん。あの時すでに成人済みだって言っていたけど。身長も伸びて、身体つきもちょっと筋肉質になったかな？　でもまだ少年と呼んでも問題がなさそうではある。中学生から高校生になったって感じだろうか。どのみちイケメンなのは変わらないけどねー。オルトゥスの美形率がどんどん上がっていく……。

「じゃ、私も一緒に食べる！」

「え、僕と食べんの？」

私が元気にそう言ったら、レキが戸惑ったように眉根を寄せた。い、嫌なのかな？　ショック。

「ダメなの……？」

「……ダメとは、言ってない」

恐る恐る聞いてみたらプイッ、と顔を逸《そ》らしてそんな答えが返ってきた。ふふん、そんな言い方しても、それなりに長い付き合いだからわかるよ。レキの「ダメとは言ってない」は「いい」という意味なのである。つまり一緒にランチ決定だ！　私はご機嫌でカウンターから出てレキの手を取った。

「よし、じゃあ早く行こー！」

「お、おい、引っ張るな」

だって急がないと、レキの気が変わっちゃうかもしれないじゃないか。あれこれと文句を言ってくるけど、手を振りほどいたりはしないし、私に合わせて歩いてくれるレキは、本当はとても優しい子なのである！　さーて、今日のメニューは何かなー？

食堂に着くと、とってもいい匂《にお》いが漂ってきた。クンクン。この匂いは揚げ物っぽいな。チキンかポークかビーフのカツかな？　そんな予想をしていたらお腹がグギュル、と音を鳴らした。あう、聞かれただろうか。

「立派な腹の虫だな」

はい、聞かれてましたー。だよね！　レキは狼《おおかみ》さんだし？　耳はいいよねぇ。ガックリ。仕方ないので開き直ることにします。

「午後は訓練があるから、しっかり食べなきゃなんだもんっ」

「午前はいつも通りだったんだろ？　蓄《たくわ》えるために都合よく減るのか。便利だな」

横目で見下ろしながらまたしてもレキに鼻で笑われた。た、確かにお腹が鳴ったことと午後の予定は関係ない！　うぅ、私はいつまでたってもレキにからかわれる運命にあるのかもしれない。いや、いつか。大人になったら見返してやるんだから。でも、私が大人になるのはいつだろう。この身体は本当に成長が遅いし、下手したらレキはお爺《じい》ちゃんとかになっていたり……？　ダメだ、考えたら寂しくなる。私はブンブン顔を横に振って無理やり思考を切り替えた。ご飯、ご飯！

「お疲れ、メグちゃんにレキ。今日はコロッケ定食だよ！」

「コロッケ！　カツかと思っていたから外れたぁ！」

ランチメニューはコロッケでした。これもお父さんが持ち込んだメニューらしく、料理の名前もお父さんが決めたのでわかりやすくコロッケのままだ。こういうのは助かるよね。うっかり間違えて言わないで済むから。

「カツがよかったかい？　ごめんよ、また今度ね」

「ううん、コロッケ大好き！　ただ、予想が外れたぁって思っただけだよ？　チオ姉のコロッケ、すっごく美味しいもん！　どれも美味しいけど！」

「ふふっ、当たり前さ！　あたしを誰だと思ってんだい。さ、冷めないうちに食べるんだよ。レキは少し多くしといたよ」

「あ、ありがとう」

軽くチオ姉と会話をしてから料理のトレーを受け取る。チオ姉ももう食堂のトップとしての貫禄《かんろく》が出ているなぁ。奥の方で、お弟子さんが一生懸命働いているのが見える。十年くらい前に一人、三年前くらいに一人、新しいメンバーが入ってきたんだよね。修行中とかであんまり話したことはないんだけど、二人とも熱心な人だという印象がある。オルトゥスの美味しいご飯を守るためにも、ぜひぜひ腕を磨いてほしいです！

「いっただっきまーす！」

「お前、ほんといつも元気だよな。……いただきます」

それから私たちは空いている席に横並びに座り、いよいよランチタイム。コロッケの程よい脂《あぶら》とソースがマッチして、大変美味です。ひき肉とジャガイモ、玉ねぎの絶妙なバランスに、サクサクの衣。ホクホクとしたコロッケを堪能《たんのう》した後は、爽やかなレモンのドレッシングがかかった千切りキャベツが口の中をさっぱりさせてくれる。新鮮なトマトは甘いし、味噌汁《みそしる》は安定の美味しさ……。

今日の具は豆腐ですか、最高です。

「美味そうに食うよな」

「本当においしーもん！」

「それはそうだけど。口の周りにソースついてんぞ」

「うあっ⁉」

コロッケ定食に夢中になっていたせいで、つい口の周りを汚してしまっていたようだ。くっ、もうそんなことをしでかす年齢じゃないのに！　みなさん曰くまだまだ、だそうだけど！　慌てて口の周りを拭《ふ》く傍《そば》で、レキは黙々とコロッケを平らげていく。チオ姉は少し、っていったけど、レキのランチはコロッケもご飯もキャベツも山盛りになっていた。それを平気でペロリと食べてしまうレキの食べっぷりは見ていて気持ちがいい。成長期、いつまで続くの？　それとも関係なく大食いなのかな。ちなみに私は相変わらず食が細く、通常より少なめにしてもお腹いっぱいになるので、ちょっと羨ましい。気持ち的にはもっとたくさん食べたいのにっ！　これが成長の遅い原因かなぁ。でも本当に食べられないんだもん。クスン。でも、昔に比べればかなり食べられるようになったよね。私だって成長しているのだ。周りがすごすぎるから気付かないだけ！　定期的にそう考えないと、自分がダメだって思い込んでネガティブになっちゃうからね。よぉし。自分なりに成長するためにも、午後の訓練も頑張るぞー！　おー！

2　思いがけぬ遠征《えんせい》

　やってきました、訓練場！　初めてここにきた時は緊張したなぁ。確か、シュリエさんに連れられて、シュークリームを食べた思い出。……おやつを食べただけじゃないよ？　精霊が見えるようになる大切な儀式をしたんだからね！　今でも覚えてる。世界がキラキラして見えた時のあの感動。あの日から、精霊が身近な存在となって、シュリエさんが私の師匠になったのだ。お父さんとか、ギルさんとか、ケイさんやジュマ兄、他にもたくさんの人が私に色んなことを教えてくれるけど、師匠と呼べる絆《きずな》を持つのはシュリエさんだけだ。やっぱり同族っていうのも大きいと思う。正確に言うと私はハイエルフだけど、細かいことは良いのである。

「お、メグ！　来たなー！」

「ジュマ兄！　よろしくお願いします！」

「おう、今日も覚悟しとけー！」

　さてさて、本日の先生はジュマ兄である。私の指導をしてくれる先生は日替わりなのだ。いやぁ、最初はものすごく不安だったんだよね、ジュマ兄を先生にするの。力の加減は出来ないし、手加減が手加減じゃないし、容赦なく指示を出してくるし。幼女にやるような訓練じゃない！　って、色んな人に怒られた結果、一時期ジュマ兄は先生をクビになっちゃったんだ。でも、私は早くジュマ兄に教えてもらいたかった。確かに不安だったよ？　実際に辛い訓練だったし。だけど、他の人は逆に優しすぎたんだよね。私に優しくしてくれるのはありがたいんだけど、無茶なことは絶対させてくれないし、すぐに休憩させようとするし、正直なところあんまり訓練にならなかったのだ。つまりは物足りなかったのである。だから私は必死で体力をつけて、訓練を頑張って、ようやく最近になってジュマ兄を先生に戻すことに成功したのだ。私が言い出した時はみんなに正気かと疑われたけど、真剣に訴えたことでどうにか理解してもらえたんだ！　相変わらずきついけどねー。でも頑張るって決めたのは私だから最後までやり抜くんだから！　ジュマ兄も喜んで教えてくれるし、ありがたいことである。

ちなみに、先生として最もバランスのいい指導をしてくれるのはお父さんだ。でも、お父さんはあれでもオルトゥスの頭領。忙しいのでそう毎日訓練に付き合ってはもらえない。これぱっかりは仕方ないよね。わがままも言っていられないし。けど最近は訓練どころか顔も見てないので、娘は少々寂しかったりする。泣かないけど！

「んじゃ、まずは準備運動からするかー」

「はぁい！」

さて、いよいよ訓練開始です。ジュマ兄の時はあまり遠慮をしないハードな訓練になるので、一番怪我《けが》をしやすいからヒヤヒヤするよ。怪我をするのが、ではない。ほんのちょっと擦《す》りむいただけでも、ジュマ兄が鬼のように叱《しか》られるのだ。ジュマ兄自身が鬼なのに。それがなんだか可哀想《かわいそう》で申し訳なくて、出来るだけ怪我をしないように、と気をつけているからこそのヒヤヒヤである。

「ちょっとの怪我くらいむしろした方がいいのに。怪我は勲章《くんしょう》だよなぁ？」

「ちょっとの怪我くらい別にいいとは思うけど、勲章にはならないかなぁ」

ただ、ジュマ兄本人が叱られても全く懲《こ》りないタイプなので、私が気にしたところで無駄かな、とも思うんだけどね！

お昼ご飯を食べた後なので、しっかり念入りに準備運動をしていく。体感で三十分ほど休憩時間があったから大丈夫だと思うけど、ジュマ兄の訓練は激しいからね。ここでしっかり身体を慣らしておかないと、後で辛いのだ。しかーし！　ジュマ兄の訓練はその準備運動から厳しい。

「おいおい、もっといけんだろ。あと十回！」

「うあ、これもう準備運動じゃなくない⁉」

知らない間に訓練に移行しているんじゃないかって思う。おかしいな、ついさっきまで屈伸《くっしん》とかをしていたのに、なんでもう腹筋をしているんだろう？　あと、いくら体力がついたっていっても所詮《しょせん》は子ども、腹筋もめちゃくちゃ頑張って二十回が限界ですぅ。脳筋《のうきん》めぇぇぇ！

「おい、本気か？　腕立て、まだ五回だぞ？」

「プルプルするぅ……！」

腕立てに関しては十回出来たらいい方である。毎日訓練していてもこれなのだから、私は本当に魔術特化なのだ。肉体派にはどう足掻《あが》いてもなれない。ぐすっ。

「よし、じゃ訓練始めるぞー！　あー……。ちょっと休憩してからにすっか？」

「そ、それで、お願い、しますぅ……」

とまぁこんな調子なので、ジュマ兄曰く「ほんの準備運動」だけでヘロヘロになっています。足上げ腹筋で足を上げた瞬間、ポンと足を押されて下され、それでも床につけずに再び上げる、というあの魔の腹筋がかなり堪《こた》えた……。ジュマ兄は私に何を目指せというのか。そうやって、脳内では文句を言うものの、口には出さない。だって、ジュマ兄の厳しい訓練を、と頼んだのは私なんだもん。文句を言うのはお門違《かどちが》いなのだ。なのだけど！　あとほんのちょっとでいいから、私のダメっぷりを考慮してほしい！　いつもこの段階で動けなくなってしまうからね！　というわけで、これじゃ訓練にならないのでシズクちゃんに助けを求めます。

「シズクちゃぁん……」

『主殿《どの》、今日はハードモードの日なのだな。いつものやつであろう？　任せるのだ』

そう、ジュマ兄の時はいつもこうなのだ。シズクちゃんの、体力回復薬をほんの少しだけ振りかけてもらうことで、ようやく少し動けるようになるから。ほんの少しだけにするのは、全快してしまったら訓練にならないからである。クルリ、と大きな水色狼《みずいろ》なシズクちゃんが宙返りすると、私に薬の霧がかかってわずかに体力が回復される。ふぅ、これでまた動けそう。

「シズクちゃん、ありがとう！」

『うむ、頑張るのだぞ、主殿』

スクッと立ち上がった私はシズクちゃんにお礼を言うと、再びジュマ兄に向かってお願いしますと頭を下げる。

「お、もういいのか？　じゃ始めるぞ！」

お願いはしたものの……。嬉しそうに水鉄砲《みずでっぽう》を構えてニヤリと笑うジュマ兄に身体を震わせる。む、武者震《むしゃぶる》いだしっ！

それから数時間後、訓練場のアスレチックで力尽き、びしょ濡れになって倒れている私がいた。あ、いつものことなので気にしないでいただきたい。ちなみにどんな訓練をしていたかと言うと、なんてことはない。アスレチックからは降りないという制限付きで、ひたすらジュマ兄の水鉄砲攻撃を避け続けるのである。当たらなければ濡れないというわけだ。そして今の私はびしょ濡れ。お察しである。

「じゃ、今日の訓練はこれでおしまいな！　ちゃんと上達してるぞ、メグ！　今日は前半ほとんど当てられなかったしなー」

「そ、そお？……なら、よかっ……」

そして力尽きる私。パタリ。もう無理。顔を上げて話すのさえ無理。意識までは失ってないけど、動ける気はしない。うはは、と笑いながらジュマ兄は私を抱き上げる。小脇に抱えられていた当初を考えると、ちゃんと横抱きにされているだけかなりの進歩である。ジュマ兄も学習するのだと知ったよ。

「ちょっと前まで、昼寝が必要なくらいだったもんな。そう考えると、すげぇよメグ。本当だぞ？」

そうかな？　そう言ってもらえると自信になるよ。正直、いつも惨敗だからこれに意味があるのかなって凹《へこ》み始めていたところなのだ。疲れすぎて目を閉じたままだったけど、嬉しくて僅《わず》かにニマニマ笑ってしまう。

「お前はさ、魔術以外はからっきしだろ？　他に攻撃手段も自衛手段もないからさ。いざという時、身体が勝手に反応して、攻撃を避けられるようにしてぇんだよ。攻撃さえ当たらなきゃ、どうにかなるだろ？」

私を抱えて訓練場を出ながら、ジュマ兄はそんなことを言う。なるほど、この訓練にはそんな意《い》図《と》があったのか。私を狙い撃つジュマ兄はムキになっているから、遊びの延長かと思っていた私を許してください。

「逆に言えば、一度でも攻撃をくらったらやられちまうってことだ。色んな結界魔道具も持ってるから、そうそう命の危険にはならねぇだろうけどよ、それに頼りすぎちゃダメだ。場所や相手によっては、魔道具も正常に反応しなかったりするしな」

ここまで考えてくれていたのか、と素直に驚く。いや、本当にごめん。いじめだーっ、とか思いながら訓練を受けていてごめんなさい！　ごもっともすぎて反論の余地がありませんとも！　私だって二十年ほど前の人間大陸飛ばされ事件を忘れたわけではないのだ。あの時はものすごく悔しい思いをしたからね。もっと力があればとどれほど思ったことか。

「今のメグなら、よほど強《つえ》ぇ相手じゃない限り攻撃を避けられるぜ。体力と筋力はねぇけど、身の軽さはかなりのもんだ。だから自信持てよー！」

笑いながら言うジュマ兄だけど、どうも信じられないんだよね。だって、いつも惨敗なんだもん。ジュマ兄が相手なんだから当たり前だけどさ、自分がどの程度戦えるのかなんて、実戦でもしない限りわかんないから。でもそうだ、お父さんからの許可があるんだっけ。これはいつ実戦になってもいいように、気を引き締めねば！　ジュマ兄の腕の中でほんの僅かに回復した私は、小さく両拳を握り締めた。

「ジュマ、またメグをこのまま連れてきて……」

「だってオレ、魔術使えねーもん」

「タオルで包むとか方法はいくらでもあるでしょう？」

ギルドのホールに辿《たど》り着くと、私はジュマ兄からシュリエさんの腕に渡った。氷点下を思わせるシュリエさんの低ぅい声にも臆《おく》することなく、ジュマ兄はあっけらかんと笑っている。いつもながらすごく強靱《きょうじん》なハートの持ち主である。シュリエさんに抱きかかえられた瞬間、ふわりと暖かな風が私を包み込んだ。そのおかげで、下着までビッショリだったのが一瞬で乾ききってしまった。柔らかなお日様の光の下、日向《ひなた》ぼっこをしたかのような心地良さだ。さすがはシュリエさんである。風の契約精霊ネフリーちゃんと、熱の精霊さんか火の精霊さんの合わせ技だろう。

「シュリエさん、ありがとー」

「このくらいなんでもないですよ、メグ。でも、ちゃんとお風呂には入ってくださいね。身体の芯《しん》までは温められませんから」

「ふぁい……」

優しい手つきでふんわりと私を包み込んでくれるおかげで、お風呂に入る前に寝ちゃいそうだ。ついつい、返事とともにあくびが堪《こら》えきれず、ふあぁ、と大きな口を開けてしまった。お行儀《ぎょうぎ》悪くてごめんなさい。

「おやおや。この調子では、今日もメアリーラに一緒にお風呂に入ってもらうことになりそうですね。頼んでおきましょう」

クスクスと笑うシュリエさん。メアリーラさんにお風呂に入れてもらうのも、ジュマ兄の訓練時のお決まりと化している。なんだか申し訳ないけど、メアリーラさん本人はすごく喜んでくれるし、むしろこの日は一緒にお風呂の日、と手帳に記載されているほどらしいので素直に甘えます。

「よろしく、お願い、しましゅー……」

「ふふ、お安い御用です。いつも愛らしいですが、疲れ切ったメグは、幼い頃に戻ったようで可愛いですね」

だって呂律《ろれつ》が回らないんだもんー。きっと今日は夢も見ずに寝てしまうだろう。夕飯が食べられそうにないのが残念だけど。空腹より睡魔《すいま》に勝てない。これもいつものこと。

このまま夢現《ゆめうつつ》にメアリーラさんとお風呂に入り、甲斐甲斐しくお世話をされて、いつの間にかベッドに潜り込んで熟睡する。私の一日は、こうしてあっという間に過ぎていくのだった。


うーん、今日もいい天気。窓から明るい光が射し込んでいるからね！　うっかり寝すぎてしまわないように、いつもカーテンは閉め切らず、一部レースのカーテンのみにしているのだ。ちょうど起きる時間くらいに顔に光が当たるので、目覚ましがわりになっている。

「あう、身体が痛いー！」

本来なら両腕を挙げて伸びをし、爽やかな朝を迎えているはずなんだけど、今日はダメだ。なんせ昨日はジュマ兄との訓練だったのだから。何度も受けているのに、未《いま》だに翌日の午前中は筋肉痛に悩まされている。おかしいな、そろそろ身体が慣れてくれてもいいのに。けど、ピクリとも動けなかった初日に比べれば進歩したといえよう。そして、動けないのをあらかじめ考慮してか、ジュマ兄訓練の次の日はお休みの日となっている。サウラさんの計らいで。よくわかってらっしゃる……。でも、お休みだからといってずっと寝ているのはもったいない！　昨日は夕飯を食べずに泥《どろ》のように眠ったからお腹も空いているしね！　ぐぅ。ほら、鳴った。

のろのろとベッドから降りた私はクローゼットに向かい、簡単に着られるワンピースをチョイスしてササッと着替える。今日のワンピースは紺色で、ちょっぴり大人っぽいデザイン。うふふ、お姉さんみたいでしょ。背伸びしたいお年頃なのである！　着替え終えた私が部屋から出ようとすると、コンコンコン、とドアをノックする音が聞こえてきた。何となく誰が来たのかはわかったけど、はぁいと返事をする私。

「メグ。動けているか？」

ドアの向こうから聞こえてきたのは、心配そうなギルさんの声。あ、やっぱり。予感的中だ。ジュマ兄の訓練の翌日は動けないことを知っているから、こうして来てくれるのだ。過保護だけど嬉しい。私はそっと扉を開けてギルさんを見上げると、笑顔で答えた。

「えへへ。ちょっとあちこち痛いけど、大丈夫！」

「……そうか」

ちゃんと自力で動けるし、歩けたからね！　目元を緩ませたギルさんに向かって、ギルナンディオさん、と朝の挨拶をすれば、いつものように頭を撫でながら挨拶を返してくれました！　ふふっ。成長はしているけど、この手の心地良さにはまだまだ甘えていたいですね！　いつもの流れでギルさんと二人食堂に向かうと、珍しい人物を発見したので思わず駆《か》け寄る。白衣を着たままのナイスミドル、ルド医師である！

「ルドヴィークせんせー、おはようございます！」

「ん、メグか。おはよう。ちゃんと呼んでくれて嬉しいよ」

えへへー。もう噛まないいんだからね！　この世界の人たちって名前が横文字でしょ？　それに長い名前の人が結構多い。ずっとカッコいいなぁって思っていたのだ。愛称で呼ばせてもらえるのももちろん嬉しいけど、きちんと名前を呼ぶ機会も作りたいとかねてから思っていたのである。別に、噛まなくなったから嬉しくて披露《ひろう》しているわけじゃないのだ。うん。

「夜勤明けか」

「まあね。でも今日明日の二日間は、休みをもらっているよ」

ギルさんが訊ねると、これまた意外な答えが返ってきた。ルド医師が連休ってなんだか珍しい気がする。一日休みを飛び飛びで取ってるイメージだったからね。私が知らないだけで、休んでいたのかもしれないけど。オルトゥスはしっかり休日を取るように、っていう方針だからね。社畜などいないのだ……！

「もう、そんな時期か」

「……ああ。久し振りにゆっくりしてくるよ」

おや？　ギルさんは何かを知っているっぽい口ぶりだ。そしてどこか心配そうな表情に見えた。なんだろう？　もしかして、毎年恒例の何かがあるのかな？……そういえば、毎年このくらいの時期にルド医師がどこかへ行っているような気がする。そして、次の日に帰ってきたらみんなが盛大に出迎えるのだ。ちょっと不思議だったんだよね。

「この時期に、何かあるんですか？」

今こそ聞いてみるチャンスかもしれない。こてん、と首を傾げて聞いてみる。でも、私はすぐに後悔した。だってルド医師の顔に、ほんの少し影が落ちたのがわかったから。だけど、ルド医師は隠さずに教えてくれた。私の頭を撫でながら、どこか切なそうな眼差しで。

「ああ。今日はね、私の番《つがい》の命日なんだよ」

……衝撃の告白を聞いてしまった。番……。番って、パートナーみたいな存在って認識でいいのかな？　聞いたことはあるけど、詳しく誰かに聞いたことってないんだよね。でも、なんとなく大事な人なんだってことはわかる。そして命日ってことは、ルド医師の大切な人はもう……。そう思って思わずしゅん、と眉も下がってしまう。

「そんな顔しなくていいよ。もう二百年以上も前のことだし」

「で、でも……！　時間は関係ないよ！　悲しいって、寂しいって思うのは、どれだけ時間が経っていてもなくならないもん！」

お父さんだって一人でこの世界に飛ばされた後、私と再会するまでずっと寂しかったって言っていたもん。本気で辛かったって。あれだって、二百年くらい経っていたよ？　時間が経過したからって、寂しいものは寂しいのだ。大人だからって、我慢しなきゃいけないなんてことはないと思う。

「……そうだね。メグは優しいな。もちろんまだ悲しいさ。けど、メグまで一緒に悲しまなくていいんだよ。むしろ笑っていてほしいかな？」

それはごもっともだ。私までしょんぼりしていたらダメだよね！　そう思って笑ってはみたけれど、たぶんうまく笑えてない。おかしな顔になっているのがわかる。仕方ないでしょっ。私はついつい物事に感情移入してしまいがちなのだ。

「私はね、この気持ちを忘れないように、毎年必ず墓参りに行っているんだ。彼女の好きだった花を持って、ね」

でも、そんな私に優しく微笑みかけながら、ルド医師は教えてくれた。そっか、毎年お墓参りのためにお休みをもらっていたんだね。二百年以上もずっと、ずっと。ルド医師の、大切な人かぁ。どんな人なんだろう。

「私も、行ってみたいなぁ……」

「え？」

しまった！　うっかり口に出していたみたいだ！　私ったら、なんてことを口走ってしまったんだろう。亡くなった相手とはいえ、二人の大切な時間の邪魔になってしまう。さすがに私だって空気を読むよ！

「ご、ごめんなさい！　そういうつもりじゃなくて！　ルド医師の番ってどんな人なのかなぁって思ったらつい……！」

なので、すぐさま謝りましたとも。本気で付いていきたいって思ったんじゃなくて、いや、行ってみたいとは思ったけど、邪魔をするつもりはないのだ。そろそろ口を閉じればいいものを、あたふたとわけのわからない言い訳みたいなことをツラツラ言ってしまうこの口よ。

「ふふ、構わないよ。一緒に行くかい？」

「もちろん、大人しくギルドで待って……え？」

「シエラに君のことを紹介するのもいいな、と思ったんだ。メグさえ良ければ、一緒に行こう」

予想外にも話は思わぬ方向へ！　え、え？　今、一緒に行ってもいいって言った？　やや混乱気味な私は思わずギルさんの方に顔を向けた。ギルさんもかなり驚いた顔をしている。それもまた珍しい……。

「ルドが一緒なら大丈夫だろう。メグがいいなら、サウラにも交渉《こうしょう》しよう」

でも、ほんのわずか考えたギルさんはすぐに答えを出した。意外にもあっさりと保護者筆頭のオーケーが出たぞ？　ルド医師に対する信頼の厚さがよくわかる。あのギルさんが、ルド医師なら大丈夫だって言うんだもん。本当に大丈夫なのだろう。でも、ほ、本当にいいのかな？

「え、えっと、本当にいいんですか……？」

「もちろん。可愛いうちの看板娘に、彼女も会いたいと言うはずだからね」

「じゃ、じゃあ。一緒に行きたいです！」

ルド医師の番だというなら、いい人に違いない。ルド医師にはとってもお世話になっているし、私もご挨拶したい気持ちがあるのだ。好意的に誘ってくれているみたいなので、ここは素直に意思を主張することにした。

「よし。そうと決まれば準備しないとね。荷物は……まぁ、メグの収納魔道具ならなんでも入っているし、大丈夫だろう。朝食の後、サウラに話をしに行こうか」

「はいっ！」

突然決まったお出かけの予定だけど、おっしゃる通り荷物の心配はまるでいらないので大丈夫。転移事件の後、それまで以上にあれこれ持たされているからね……。今ならたとえ単身でジャングルに飛ばされようとも数ヶ月は生き延びられるよ。むしろ快適な空間を作り出せてしまうほどだ。さて、こうしちゃいられない。さっさと食べ終えなきゃね！


朝食を終え、三人で真っ先にサウラさんの元へと向かう。受付に行くとすぐにサウラさんと会うことが出来た。そこで、さっきの話をギルさんとルド医師が淀《よど》みなく説明してくれる。慣れた口調はさすがだ。

「ルドと一緒に？……なるほど、いいわね。うん。いいわよ、行ってらっしゃい。メグちゃんは明日仕事の日だったけど、上手いこと都合をつけておくわ！」

サウラさんの返事はあっさりとしたものでした。やっぱりすごいな、ルド医師への信頼。まぁ、初期メンバーだっていうから実力も十分なのはわかっていたけれど。でも、戦闘職じゃないから誰かを付ける、とかがあるかもしれないと思っていたのである。

「あ、ありがとーございます。帰ったらしっかり働きますね！」

とはいえ、その為《ため》に明日は予定外のお休みをもらうことになってしまったので、ここはきちんと言っておく。……ま、正直なところ、私が仕事してようがしてなかろうが、支障はまったくないんだけどね！　あ、自分で言って悲しくなってきた。

「ふふっ。メグちゃんのそういうところ、大好きよ！　いつでも一生懸命で、真面目で。休みの分を取り返そうとするなんて、偉《えら》いわ！」

サウラさんにはそう褒められはしたけど、たぶん社畜時代の癖が残っているだけだと思う。本当に一人だけ休みをもらうことのハードルの高さったら！　居《い》た堪《たま》れないし、その分働くんだよなぁ？　という無言の圧力……。ああ、恐ろしい。ぬるま湯での生活に慣れきった今、もうあの生活が出来る気はしない。

「何かあれば、俺がすぐに駆けつけるから」

ポン、と私の頭に手を乗せて、ギルさんの頼もしい言葉を聞く。や、事実すぐに駆けつけてくれるからね。ちょっとピンチ！　っていう時には必ず。なぜか私が呼ぶ前に。一体、どういう仕組みなのだろうと実は不思議だったりするんだけど。

「メグが本当に頼もしくなったからこそ、私と二人でも出掛けられるんだよ」

「え、そ、そう、かな？」

「そうよー！　今のメグちゃんの実力と、ルドという頼もしい付き添いだからこそ、私もすぐに許可が出せるの！」

首を傾げていたけれど、嬉しい言葉の連続に、私の疑問もすぐに吹き飛んでしまった。えへへ、私の成長を認めてくれているんだなぁ。嬉しい！　そうそう、前向きに考えるのがいいよね。沈んでしまうより浮いていた方が動きもスムーズになるというものだ。

さて！　すんなり許可も取れたことだし、早速出発である！　荷物の準備をしなくてもいいっていうのは楽だよね。着の身着のまま行けちゃうのはやはり便利だ。

「頼んだぞ、ルド。何かあれば……」

「大丈夫だよ。なんなら影鳥《かげとり》をつけるかい？　まったく、心配性だな、ギル」

そしてやはりというべきか、出発前にギルさんの過保護が発動しております。さすがのルド医師も苦笑いだ。嬉しいけどね！　けど、心配する気持ちもほんの少しだけわかるのだ。なんせ、ルド医師とこれから向かうのはちょっと遠くの、南にあるナンレイという国。オルトゥスは魔大陸の東《とう》端《たん》にあるので、結構移動に時間がかかるのだ。つまり一泊しなければならない。ドキドキの外泊なのであーる！　私もさっき知ったんだけどね！

「いや、信用している。それに、何かあればわかる。いい経験になるだろう。メグ、ルドの言うことを聞いて、ルドから離れないように」

「はぁい！　大丈夫だよ、ギルさん！」

どうやら、影鳥ちゃんはつけないらしい。おぉ、進歩している。ギルさんが子離れの一歩を踏《ふ》み出したみたいで私は感動しているよ！　それはそれでちょっぴり寂しい気もするけど。

「……気をつけて行ってこい」

「うん！……ギルさんっ」

出かける前にギュッ、とギルさんの腰にしがみつく。私が抱きつきやすいように少し屈《かが》んでくれるギルさん、わかってるぅ！　そうじゃなきゃ背の高いギルさんだもん、足にしがみつくことになってしまう。背が伸びたとは言え、まだまだちびっこいので。グスッ。でも、抱きしめ返してくれるギルさんの温《ぬく》もりは、本当に落ち着く。はふぅ。

「じゃあ、行こうか」

「うん！　行ってきまぁす！」

元気をもらったところで、私とルド医師はようやくギルドを後にした。別にすでに寂しいとかはないよ！　人間大陸を旅したことでメンタルはかなり鍛《きた》えられているんだからね！　さて、最初に向かったのは獣車《じゅうしゃ》乗り場である。獣車とは？　まぁ要するに馬車の魔大陸版である。オルトゥスのあるリルトーレイの西側には獣車を貸し出す支店があるのでそこに向かっているのだ。馬車との違いは色々あるんだけど、一番の差は獣の種類が豊富、ってところだろうか。馬ももちろんいるけど、空を飛ぶ獣や水陸両用の獣、とにかく速く走れる獣や力持ち、持久力のある獣など選《よ》り取《ど》りみどりなのだそう。でも支店だからその時どんな獣がいるかはわからない。みんな、途中で乗り継ぎしながら移動をしているからね。といっても、私も利用するのは初めてだ。見かけることはよくあるんだけどね。実はすでに楽しみでワクワクしている。

「こんにちは」

「あーい！　いらっちゃい、まちぇ！」

こうして街から出て歩くこと三十分ほど。辿りついた獣車支店にてルド医師が声をかけると、建物の奥からパタパタと小走りで小さな女の子がやってきて挨拶をしてくれた。ふぉ！　私より小さな子どもだー！　舌たらずってこんなに可愛いのね！

「ふふ、メグ。覚えてないかい？」

私が幼女にメロメロになっていると、ルド医師が微笑ましげに聞いてきた。え、覚え……？　もしかしてどこかで会っているのかな。そう思って幼女を観察してみる。頭には丸っこい耳が付いていて、尻尾《しっぽ》は大きくてふわふわ。たぶん狸《ラクディ》の亜人《あじん》さん。……あ！

「ミィナちゃん⁉」

「ふえ？　おねーちゃん、あたちのこと、ちってるの？」

私が名前を呼べば、幼女はビックリしたように目をまん丸にして驚いた。その拍子に口からボフッと小さな火を吹いている。うんうん、間違いない！　ミィナちゃんだ。二十年前くらいかな、一日お姉ちゃんになってミィナちゃんのお世話をしたことがあったんだよね。メアリーラさんと一緒にてんやわんやしながらあやしたのを今も覚えてる。

「あらあら、いらっしゃい。まぁ、久しぶりね！　メグちゃん。ふふ、ずいぶんお姉さんになったわね」

そして、奥からやってきたのは狐《フォックル》の亜人であるミィナちゃんのお母さん。そうそう、覚えてる！　懐かしいなぁ。

「同じ国には住んでいるが、街は違うからなかなか会う機会がなかったね。特にメグはあまり街の外には行かないから」

うっ、引きこもりですみません。でもでも、それは過保護な保護者のせいでもあるのよっ！　それも私が危なっかしいからだと思うけど。くうっ。

「私は買い物に行く時に時々見かけていたわ」

「本当ですか？　気付かなかった……」

「いいのよ。私も声はかけなかったもの。でもこうしてまた会えて嬉しいわ」

おっとりと笑う女将《おかみ》さんは、ミィナちゃんに私たちのことを説明し始めた。赤ちゃんの時にお世話してもらったのよ、と。それを聞いたミィナちゃんは、頬を赤く染めて嬉しそうに笑った。か、可愛いーっ！　つられて私も笑いかけちゃう。

「今日はどこかにお出かけですか？　ここに来たってことはご利用でいいのかしら」

「ああ。ちょっとナンレイまでね。空を飛ぶ獣はいるかい？」

「ナンレイ……。そう、もうそんな時期なのね。今回はメグちゃんも一緒に？……そうね、とてもいいと思うわ。メグちゃんなら」

私がミィナちゃんと戯《たわむ》れている間に、ルド医師は女将さんと話を進めていた。遊んでばっかりですみません。だって、可愛いんだもん。本当に癒される。みんなが私にちやほやする理由がよくわかったよ。これは甘やかしたくなるわ、うん。

「ごめんなさいね、本当に滅多にないことなんだけれど、ちょうど今、空を飛ぶ獣がいないの。だから一度セントレイで乗り換えてもらえるかしら。特級ギルド『アニュラス』近くの本店で空を飛ぶ獣に乗り換えるか、特級ギルド『ステルラ』近くの支店で海を渡る獣に乗り換えるか、になるわ」

どうやら空を飛ぶ獣は今いないみたいだ。だから乗り換えることになるらしい。ナンレイへ行くには少し海を渡らなきゃ行けないからね。

「わかった。それじゃあ、今いる中で一番速い獣で頼むよ」

「それならチェートね。すぐに連れてくるわ」

チェートとは、チーターのことである。あくまでチーターに似ている、ってだけで、実際は違う気もするけど。連れてきてくれたそのチェートは、とても綺麗《きれい》でしなやかな肉体美を見せてくれた。それにしてもチーターか。ちょっぴり怖い気もするけど、獣車の獣はみんなしっかり躾《しつ》けられていて、魔術で契約もしているから暴れることはまずないので安心だ。日本では考えられないチーターとのスキンシップ。この世界でもこんな体験は滅多にないので、ここぞとばかりに撫で撫でしてしまう。うおー、サラサラな毛並みと筋肉質な触り心地が最高です！

「この子にするなら、アニュラスで乗り換えてくれると助かるわね。足はそれなりに速いけれど、そんなに耐久力はないの。アニュラスまでなら問題なく走れるわ」

「わかった。ではそのようにしよう。お代はこれでいいかい？」

「ええ、大丈夫よ。何か問題があれば、首に付いている通信魔道具に。一番近くの支店に繋がるわ」

おぉ、獣車の仕組みはそうなっているのか。首輪には発信機みたいなものもついているんだろうな。そのおかげで連れて帰ったりすることも出来ない仕組みって感じで。ほら、どこにでも悪いことを考える人ってのはいるからね。

「さあ、メグ。行こうか。さ、獣車に乗って。私は御者《ぎょしゃ》になるから」

そう言ってルド医師は軽い身のこなしでひらりとチェートに跨《また》がった。白衣が舞う姿はなんだかカッコいい。ちなみに、白衣は戦闘服だから外でも着たままなんだよね。似合っているからいいんだけど、出かける時のことも視野に入れて、違うデザインの服を考えたりはしなかったのだろうか。まぁいいんだけども。当然、私はまだ獣に乗るということが出来ないので、素直にチェートに繋がれた幌《ほろ》付きの車両に乗り込む。小型なので、力はそんなにないチェートでも平気で曳いてくれるという。この世界は、動物たちも私の前世での常識より遥かに身体能力が高いから、本当に心配はいらなそうだ。

「きをちゅけてね！　また、きてね！」

私たちが乗ったのを確認し、ミィナちゃんが上目遣いでそんな風に声をかけてくれた。キュンとした。お姉ちゃんキュンとしたよ！　私は顔をヒョイと覗かせて、笑顔で答える。

「うん、ありがとうミィナちゃん！　また会おうね！」

私がそう言うと、ミィナちゃんはパァッ、と顔を輝かせて大きく手を振ってくれた。あーもー、可愛い！

「メグも、みんなからいつもそんな目で見られているんだよ」

走り出した獣車を操りながら、ルド医師に言われた言葉の説得力がありすぎました。でもそろそろ私も年頃なんだけどなー？　そんなことを考えている間に、獣車はグングンとスピードを上げていく。これ、かなり速くない？　いくら獣車専用の道を走っているとはいえ、そんなに飛ばして大丈夫？　って思うくらい速い。これは御者もかなりの技術が必要なのでは？　そう思ってルド医師を見てみると、なんてことない穏やかな様子で手綱《たづな》を握っている。ルド医師っていつも優しくて本当に穏やかだから忘れがちだけど、ギルさんやサウラさんたちからも信頼されているオルトゥスの重鎮《じゅうちん》なんだよね。その実力の高さを、こんなところで垣間見《かいまみ》るとは。なんだか新鮮だ。

ビュンビュンと風を切って走っているはずなのに、私の乗る車両はあんまり揺れないし、風も感じないから、首輪にそういった魔術も埋《う》め込まれているのだろう。本当に便利だよね。それがなかったら今頃、私はこの車両内でシャッフルされているところだ。次から次へと流れる景色を見て、新幹線を思い出す。どっちが速いかな？　などと呑気に考えてしまった。

「お昼前には次の獣車の店に着くよ。着いたら昼食にしようか」

「はい！」

たしかにこのペースならあっという間に着いちゃうだろうな。セントレイでのお昼ご飯かぁ。何か名産とかあるのかな？　もはや旅行気分の私は、ニコニコと上機嫌でそんなことを考えながら外の景色を楽しんだ。

3　ルド医師の過去

【ルドヴィーク】

『嬉しいわ。そう言ってくれて。でも、いいの？　私が貴方を見送らなくても』

メグとの移動中、シエラのことを思い出していた。彼女の墓参りの時は、どうしても過去を思い返してしまう。それも毎年恒例のことだった。そしていつも最初に思い出すのは彼女のあの言葉だ。

あの問いに、私は迷わずこう答えたものだ。

『もちろんだ。君のいない世界は耐えられないけれど、そんな苦痛を君に感じさせるのはもっと嫌だからね』

私とシエラが番となった時、私からシエラに告げたのだ。君の最期は私が看取《みと》りたい、と。ああ、あの頃が懐かしいな。もう四百年も前のことだ。今の平和が、世界が荒れる前の平和な世界と似ているからかもしれない。この先ずっとずっと、長い人生をシエラと共に生きていくのだと信じて疑わなかった。それが、たった二百年で終わりを迎えるなんて、あの頃の私は思ってもみなかった。

もちろん、シエラでさえ思いがけないことだっただろう。

世界が荒れ始めて、各地で魔物が暴れまわるようになった。魔王の力が覚醒し、魔物たちの気性が荒くなっているのだと知ってはいたため、当時は魔王を憎みもした。だが、大きな魔力の制御《せいぎょ》が出来ない苦しみには共感出来た。私も似たようなことでそれなりに苦労してきたからそう思えたのかもしれない。魔王を憎むのはお門違いだと、頭で理解は出来ていた。だが、迫り来る魔物の群れと日夜戦い続けなければならない日々に、どうして、と思わずにはいられなかった。

『いいかい、シエラ。決してこのシェルターから出てはいけないよ』

『わかっているわ。私は弱いもの。わざわざ危険な場所に出て行くなんてことしないわ。それより……。ルドヴィーク、貴方こそ気をつけて』

『もちろん。言っただろう？　私は君を看取るその日まで決して死なないよ』

番となった二人は寿命でこの世を去る時、どちらがどちらを看取るかを決めることが出来る。それは亜人の特性で、私たちも例外ではなかった。魂《たましい》と魂の結びつきによって、たとえ元々の寿命が彼女より短かったとしても、彼女が寿命で亡くなるまで私が先立つことはない。その特性は、寿命の長い我々亜人へのギフトとも言われているし、出生率が低すぎるが故《ゆえ》の措置《そち》とも言われているが、未だにはっきりとは解明されていない。ただそれは寿命による死だけに有効で、互いに事件や事故、または病による死には適用されない。もちろん、私は彼女とのその約束を破るつもりはこれっぽっちもなかったから、心配なのは彼女の身の安全だけだった。シエラは蝶《ちょう》の亜人で、金色の翅がとても美しい女性。特に火に弱いため、火を使った料理さえさせたくなくて、私がいつも料理を振舞っていたほどだ。だから、地上は彼女にとって危険極まりない場所。私は仕事で暴れる魔物を倒さねばならないため、彼女を地下のシェルターに移動させたんだ。

『でも、貴方も蜘蛛《くも》の亜人だわ。火には弱いでしょう？　医師だし、本職は戦うことではないのだから心配よ』

そう言って、私が外に出て戦うのを彼女は酷く心配してくれていたな。あの時、頬に当ててくれた手の温もりは今も覚えている。

『そうだな。それなら十分気をつけて向かうことにするよ。もし危険が迫っていたら、私たちはお互いにわかる筈《はず》だろう？　きっと何も起こらない。またすぐに会えるさ』

『そう、そうよね。ええ、信じるわ』

そう言って抱きしめ合った私たちは、そこで別れた。あの時、彼女を離さなければ……！


「ん、にゅ……」

「！　メグ。……寝たのかい？　ふふ、久し振りに日中に眠るメグを見たな」

最初は目をキラキラと輝かせて外を眺めていたメグだったが、途中で飽きて気付いたら眠ってしまったようだ。乗り物に揺られていると眠気を誘うというからね。今日は移動ばかりだから、このまま寝かせておこう。うっかり車両から落ちてしまわないよう、私の糸でメグと車両を固定する。

よし、これで大丈夫だ。思考の渦《うず》に入り込んでしまっていたな。メグのお蔭で鬱《うつ》にならずに済んだ。

だが、あの時の後悔は今もなお私を苦しめる。私の愛しいシエラ。なぜあの日、彼女は外に出てきてしまったのだろう。あれが、彼女の口から聞いた最期の言葉になるなんて。


魔物を次から次へと倒し、どれほどの時間が経過したのかわからなくなった。そのうち、私は怪我をした仲間たちの手当へと仕事が移り変わっていく。キリがない。誰もがそんな風に思っていた時だ。突如《とつじょ》、私の胸がギュッと締め付けられ、脳内に警鐘《けいしょう》が鳴り響いた。疲労も溜まっていたことから、只事《ただごと》ではない、何かがおかしい、と気付くのに数秒を要した。

『おい、ルド。大丈夫か？』

私が胸を押さえて呻《うめ》いているのを見た仲間が声をかけてくる。大丈夫だ、と返事をしようとした時、誰かが叫んだ。

『お、おい！　村が！　俺たちの村から火が上がっているぞ!!』

村？　私たちの？　何を言われているのかわからなかった。そもそも、私たちは村に魔物が入ってこられないように駆逐《くちく》していたのではなかったか。叫んだ仲間の指し示す先に目を向けてみれば、確かに村の方から煙が上がっている。ここから見てもわかるほど、視線の先は赤い火で埋め尽くされていた。

――――ルドヴィーク……――――

その瞬間、頭に直接彼女の声が響いた。それは、とても弱々しくて……。この胸の痛みの正体がわかった私はすぐさま村に向かって駆け出した。

『お、おいルドヴィーク！　危ねぇぞ！』

『火が収まってから行くんだ！　大丈夫、みんなは地下に避難しているから……！』

そんなことはわかっていた。私が彼女を地下に送り届けたのだから。でもこの胸のザワつきが、すぐに行けと私を追い立てた。今すぐ彼女の元に、と。私は仲間たちの声を振り切ってまっすぐ村を目指す。

『は、速い……！　ルド！　ルドー!!』

仲間の声が聞こえたのはそこまでだった。私は必死で村に向かう。濛々《もうもう》と煙が立ち込めて、呼吸も苦しくなってきた。チリチリと熱気が私を襲い、その熱だけで身体のあちこちに火傷《やけど》を負ったのがわかったが、この足を止めるわけにはいかなかった。そうして辿り着いた村は、予想通りすでに火の海に呑《の》み込まれていた。けれどそんなことはもはやどうでもいい。私は魂の呼ぶ声に従って迷わず足を進めた。そしてその先、もう少しで川に辿り着くという場所で、彼女を見つけたんだ。美しい金色の翅が焼け焦げ、力なくうつ伏せで倒れている彼女を。

『っ、シエラ!!』

私はすぐに駆け寄って彼女を抱き上げた。彼女の意識はすでになかったが、辛うじてまだ息をしているのがわかった。このままここにいてはダメだ。私は彼女を抱え、すぐに川沿いに避難した。必死で走り続け、火の手が届かない開けた場所に着くと、ようやく彼女をそっと地面に横たえた。医師というものは、難儀《なんぎ》な職業だ。……認めたくないのに、彼女がもはや手遅れであるということがわかってしまうのだから。抱きかかえた時から、気付いていたんだ。彼女の腹部が大きく抉《えぐ》れていることに。でも、彼女はまだ息をしていた。意識はなかったけれど、確かに生きていて。そして私は彼女との約束を守らなければならなかったから。

『シエラ。安心してくれ……。ちゃんと、私はここにいるから』

彼女の最期を看取ること。これだけは、絶対に守らなければならない約束だった。でも、間に合ってよかったなどと、口が裂けても言えなかった。思いたくもなかった。と同時に、間に合わなかったとも思いたくなかった。なんて、矛盾《むじゅん》しているのだろう。ギュッとシエラの手を握り、彼女に語りかけ続けた。村を守るつもりが、守れなくて悪かっただとか、どうして外に出てきたんだ、とか。

愛している、だとか。

――ありがとう。私、幸せよ。愛しているわ、ルドヴィーク――

脳内に、直接流れ込んできた彼女の思考。最期の、魂の言葉。それを最後に、彼女は逝《い》ってしまった。私を、置いて。認めたくない。こんなにも早く、お別れするなんて。私の寿命はまだまだ先で、これから先をずっと君なしで生きなければならないのか、という虚無感。いっそ私も死んでしまいたいという強い思い。けれど、それは医師としての私が許してくれない。なぜ私は医師になんかなってしまったのだろう。涙も流せずに、ただ呆然《ぼうぜん》と彼女の手を握ったまま、私はずっとその場から動けなかった。少なくとも、丸一日はそうしていたのだと思う。村の消火が終わったと、ある人物から声をかけられて、そのことに初めて気付いたのだ。

『……眠らせてやらないか？　彼女を』

それ以外に、何も言われなかったことがどれほど救いだったか。きっとこの人も、大事な人を失った経験があるのだろうと、なんとなく察した。彼はそのまま当たり前のように私を手伝ってくれ、彼女の亡骸《なきがら》を優しい炎で燃やし、共に埋葬《まいそう》をしてくれたのだ。

『ごめんなぁ……。散々、熱い思いをしただろうに、燃やさなくちゃなんねぇ。でもこの火は、死者をちゃんと導いてくれる聖なる火だ。ゆっくり、休んでくれな』

火を放つ時、彼が彼女にかけてくれた声があまりにも慈愛《じあい》に溢《あふ》れていて……。私はこの時になってようやく声を上げて泣いた。彼は黙って私の肩に手を置いて、ずっと隣にいてくれたのだ。

それが、頭領との出会いだった。思えば長い付き合いだな。とても初めて会ったとは思えないほど、隣にいてしっくりくる人物だった。村が火に呑まれて、地下シェルターにも熱が入り込んで来たため、みんなで揃って逃げたらしい、という話も頭領から聞いた。シエラが皆に指示を出し、たくさんの仲間たちを救ってくれたらしい、ということも。君の番は君と同じで多くの人を救ったんだな、と言われてしまったら、そりゃあ、私は医師を辞められない。頭領に上手いこと言いくるめられたな、と今では思う。

「あう、寝、ちゃってた……？　ルドせんせ、ごめんなさいー！」

幌の中から慌てたようなメグの声が聞こえてきた。どうやらお目覚めのようだ。謝る必要なんてないのに、まったくこの子のこういうところはずっと変わらない。

「いいんだよ、メグ。よく休めたかい？　もうすぐ着くから」

「わ、わかりました！　もう寝ないよっ」

頰に、寝ていた時のあとが残っていて少し赤くなっているな。そんな様子に少々荒れていた心が癒されていくのを感じる。……ああ、メグが来てくれて良かったかもしれない。いつもなら、この記憶に引きずられて私はとことん無愛想になってしまうから。

「ふふ、メグ。頰にあとが付いているよ」

「ふえぇぇっ⁉」

だから、ほんの少しだけからかうことを許してほしい。慌てて真っ赤になるメグは、やはりとても可愛らしい。慌てふためくメグを見て、私はさらに心が癒えていくのを感じた。

【メグ】

うっかり移動中に寝てしまった！　思えば環の時も通勤電車の中でよく寝ていたなぁ。流れる景色があの時のそれと重なってついつい寝てしまったみたいだ。あの頃は立ったままでも寝れたよなぁ、なんてつい遠い目になる。今はやれと言われても無理だ。

「そろそろ街に入るよ。ここからはゆっくり歩いて行くからね。メグは乗ったままでいいよ」

徐々に減速し、チェートが走るのをやめて歩きだした頃、ルド医師が手綱を持ったまま器用にヒラリと降りて言う。きっとこれから街の中を歩くんだよね？　そんな中一人で呑気に乗っているのはなんだか気まずい。私は一緒に歩きます、と告げて車両から降りることにした。

「フウちゃん」

『はーいっ！　おまかせあれっ』

ピョンッと飛び降りながらフウちゃんに声をかければ、わかっていましたよ、とばかりにフウちゃんは風で私を包み込んでくれる。その力を利用して私は転ぶことなくフワリと地面に降り立った。

「やっぱり魔術が随分うまくなったね。抱き上げて下ろしていた頃が懐かしいよ」

そう言ってルド医師は褒めてくれたけど、どこか残念そう。ルド医師に拘わらず、みんな私の成長を見ると最近いつもこうなんだよね。私もちょっぴり寂しいけど、それが成長するということなのだ。親離れ、子離れ、お互いがんばろうね……。地面に降りたところでルド医師の隣に移動して並んで歩く。ずっと獣車に乗っていたから地面がフワフワするなぁ。そのせいで時々よろけてしまうのはご愛嬌《あいきょう》。やっぱ、私って運動神経ないなぁ、実感させられるよ。それでも努力によってかなり動けるようにはなっているけど！　ただ、センスがないのだ。自分でもわかる。努力で埋められない壁ってやつである。

「大丈夫かい？　少しよろけているけれど」

そしてバレてる！　うん、わかってた。ルド医師は基本的になんでもお見通しなのだ。私は笑って誤魔化しつつ平気だと答えた。だけど、ルド医師が空いている方の手を差し出してくれたので、大人しくその手を摑《つか》みます。正直、助かります、すみません。

「チェートを返したら、昼食にしよう。そこで一休み出来るから」

そう言って微笑みかけてくれたルド医師を見て、私はようやくホッとした。だって、なんとなくだけど、チェートに乗っている間のルド医師はどこか元気がないように見えたから。お墓参りだもんね。優しい思い出や、悲しみに浸《ひた》りたい時だってあるはずだ。本当は一人になりたかったのかもしれない。でも今回、ルド医師は私を連れてきてくれた。いくら私に甘いといっても、本当にダメな時はやんわり断るはずだもん。ちゃんと考えた結果、私を連れて行ってもいいって判断してくれたんだ。ちょっと心配だし、気にはなるけど、せっかく連れてきてもらえたのだから、私に出来ることをやるしかない。

「えへへ、お腹空いちゃった！」

いつもと変わらず、能天気《のうてんき》にニコニコすること。そして、極力迷惑かけないこと！　これ重要。こういう時ってたぶん、いつも通りにしてくれる人が側にいるのが一番いいと思うから。ほら、ルド医師も私の言葉にいつも通りの笑顔を見せてくれた。そのことに再度ホッとする。そのまま二人並んで歩いて街に入り、滞りなく獣車の本店にてチェートを返した。街を歩いていると幼い私は目立つのか、ちょいちょい視線を感じたけど。ま、仕方ないね！　初めての場所だからキョロキョロしてしまっているし。本店では後で借りる予定の空飛ぶ獣も予約しておくらしい。

「本店なら今いなくてもすぐに望み通りの能力を持つ獣を連れてきてくれるからね」

つまり、ここで選べばその場にいなくても少し待てばどんな獣でも借りられるということである。私たちはこれから昼食もとるし、今いなくても戻った時には借りられるってことだね。支店だと望み通りの獣がいないと諦めるしかないから、本店ならではの利点である。

「せっかくだから、特級ギルドアニュラスで昼食をとろうか。メグは行ったことがないだろう？」

「！　ないです！」

特級ギルドは今、オルトゥスを入れて三つしかないんだよね。ネーモがほら、私が狙われたあの事件があった後になくなっちゃったから。そんな三つの内の一つ、アニュラスは商業ギルドだってことは聞いていた。オルトゥスもよくお世話になっていて、アニュラスからお客さんや配達、お仕事関係で来る人も結構いる。でもその本拠地に来るのは初めてだ。そもそも他のギルドの中に入ること自体が今までなかったから、ドキドキしてしまう。

「アニュラスは仕事柄、食材もいい品質の物が揃っているんだ。だからランチも期待していいよ」

「ふわぁ！　楽しみー！」

思わずぴょんぴょんと飛び跳《は》ねて喜んでしまった。私ったら単純……。でも、食にはこだわりたいじゃない？　ただの食いしん坊とも言うけどね！　そんな調子でルンルン歩いていたんだけど、その目的地であるアニュラスの前で、何やら言い合う二人組を発見。本当ならそのままスルーして先に行くところなんだけど、どうしても知らんぷり出来なかった。身体が勝手にその二人の下まで向かってしまう。

「あの、どーしたの？」

そしてそのまま声をかける。すると、言い争っていた二人組が揃って首をクルンッと動かし、こちらに顔を向けた。あ、やっぱり！

「『こいつが悪い!!』」

そっくりな顔で同じ髪色に瞳、そして見事にハモるセリフ。お見事！　たぶん、いや、間違いなく双子だぁ！　思わずほへー、と感心してしまう。

「君たち、こんなところで喧嘩《けんか》していたら、人の邪魔になってしまうよ」

感心しているその横で、ルド医師が二人の背に合わせて屈んでそう注意をする。二人はそっくりだったけど、一人は男の子で一人は女の子のようだ。しかも私と見た目年齢がそう変わらない子ども。思わず駆け寄っちゃった理由はそれである。だって、オルトゥスの近くには私と年の近い子がいないんだもん。赤ちゃんとか幼児はいるけれど。

「ご、ごめんなさい。でもね、でもね、グートったら……って、グート？　ねえ、グート？　どうしちゃったのぼんやりして！」

ルド医師の言葉にすぐさま反応したのは女の子の方。きちんと謝って偉いなぁ。しっかり者って感じだ。そしてもう一人の方は……。確かにぼんやりとしている。さっきまであんなにキャンキャン二人で喧嘩をしていたというのに、その威勢はどこかへ行ってしまったようだ。……ん？　というか、私を見てる？　なんだろう。顔に何か付いてるかな？　居た堪れなくなって、私は思わず男の子に聞いた。

「あの、なぁに？　何か、変？」

やだなぁ、さっき寝ていた時のあとがまだついているのかも。そう思って頬に手を当てて触ってみる。すると、再起動したのか男の子が慌てて姿勢を正す。

「な、なななんでもない！　変だなんてとんでもない！　こんなに可愛……あ、えっと、なんでもないったらない！」

そして慌て始めた。な、なんなんだ。フリーズしたかと思えば今度は大慌てで手をブンブン振っている。その拍子に髪の色と同じクリーム色の耳と尻尾がピョコンと出てきた。モッフモフな尻尾がブンブン振られている。……可愛い。

「ははーん。さてはグート……」

「なんでもない！　ないからな!?　ルーン、余計なことを言うなよ!?」

「ふふーん。ま、いいけど。耳と尻尾が出ているわよ」

「げっ！」

女の子に指摘された男の子は、慌てて耳と尻尾をしまった。あー！　モフモフがー！

「もう耳と尻尾の出し入れが出来るのかい？　まだ小さいのにすごいな」

「小さいって言っても、俺らはもう五十歳過ぎているからな！」

ふふん、と胸を張って誇らしげに言う男の子だけど、ごめんね。私は未だに魔大陸の亜人がどんな速度で成長していくのか理解が出来ていないんだよ。年齢で言われてもピンとこないのだ。現に、私の方が年上だけど二人の方が年上に見えるし。だから見た目の年齢で判断するようにしている。ただし、基本的に一番いい状態の時に体の成長が一度止まるっぽいので、それさえ当てにならないことも多いけど。難しいよ、亜人。

「いや、それなら余計にすごいさ。成人前にそれが出来る子はほとんどいないからね。私だって出来るようになったのは成人した後だったし」

と、ルド医師が言うのでやはりこの二人は子どもなのだということがわかった。確か、見た目に拘わらず、亜人は百歳から成人とみなされるんだっけ。つまり、私もいくら見た目がまだ小学生だったとしても、あと三十年で成人となるわけだ。エルフに適用されるのかはわからないけど。でもせめて百歳までには高校生、いや、中学生でもいいからそのくらいの外見になっていてほしいところだ。

「そりゃそうよ。私たち、成人したらすぐにアニュラスで働きたいんだもの」

「このくらいは、出来るようになってないとね！」

双子は揃って腰に手を当てて胸を張っている。とても可愛い。耳と尻尾がないのがちょっと残念だけどもちろん黙っておく。

「でも、あなたもまだ小さいのに、出来るのね！」

女の子の方がずいっと私に顔を近づけてきたので思わず後ろに引いてしまう。おお、この感じ、久しぶりだ。グイグイくる女友達がいたんだよね。とてもいい子なんだけど、その勢いに私はいつも圧倒されていたっけ。

「う、ううん、違うの。私はエルフだから、もともと尻尾はないし、耳はこうなんだよ！」

あなたもすごい、という部分は訂正しておかないとね。エルフは亜人と違って獣型にはなれないし、その特徴もない。人間と同じように生まれた時からこの姿は固定なのだ。なのでそれを教えるために耳の後ろに手を当てて、エルフの特徴である尖《とが》った耳をアピールした。

「エルフ⁉　道理で可愛、あ、えっと、綺麗な髪だね！　キラキラで！」

男の子の方がほんのり頬を染めながら褒めてくれた。その感想には同意だ。エルフって輝く髪が特徴だからキラキラして綺麗なんだよね。私も初めてシュリエさんに会った時は見惚《みと》れたもん。それを素直に褒めてくれたのが嬉しかったので、とびっきりの笑顔を心がけてありがとう、と言うと、男の子はまたフリーズしてしまった。あれぇ？　変なこと言ったかなぁ？

「ところで、なんで二人は言い争っていたんだい？」

ルド医師が切り出すと、そうでしたと言わんばかりに女の子がポンと手を打って話し始めた。

「私たち、お父さんとお母さんがアニュラスで働いているの。今日は忘れ物を届けに来たんだけど、出かける前にグートったら、入り口にその忘れ物を置いてきちゃって……」

「なっ、ルーンが持って行くよって言ったんだろ？　忘れたのはルーンじゃんか！」

「何よ！　私は家を出る時に言ったでしょ！　ここに置いておくからねって！」

「そんなんじゃわかんねーよっ！」

ふむ、なるほど。つまり、忘れ物を届けに来たはずが、その忘れ物を家に忘れた、と。それをお互いのせいにしているってわけね。でも入り口に忘れるの、すっごくわかる。私もよくやったよ……。今は全てが収納ブレスレットに入っているからそんなことはないけど。便利すぎて自分がダメにならないか心配である。

「はいはい、事情はわかった。でもここで喧嘩をしてはダメだよ。忘れたなら取りに行けばいいだろう？　それとも、まずは一度ギルドに入るかい？」

私たちもちょうど、アニュラスで昼食を食べようと思っていたんだ、とルド医師が二人を宥《なだ》めてくれた。なんというか、さすがだ。雰囲気が柔らかいから怒りを刺激することなく、やんわりと今後の動きを指示している。それも、決定権は二人に与えて。こうしなさい、ああしなさい、と言われるよりずっと言うことを聞きやすいよね。伝え方って大事だ。勉強になります！

「そうですよね、ごめんなさい……。よし、手分けをするわよ！　グート、あんたが忘れ物を取りに行って！　私、この人たちにアニュラスを案内するから！」

「なっ、なんでだよ！　俺が案内するからルーンが取りに行けよ！」

おっと、この流れはまたしても喧嘩になっちゃう!?　どうしよう、とあわあわしていたら、予想外にも女の子の方が別にいいけど、と言い始めた。おや？　譲るのかな？

「でも、出来るの？　グート、あの子の方見て」

「えっ……。あっ、う……！」

そう言って女の子は男の子の頭を持ってグルッと横を向かせた。それによって男の子と目が合う。

条件反射的に笑ってみたら、またしてもフリーズしてしまった。あれぇ？　もしかして、私の見た目がキラキラだから照れているのかな。私もシュリエさんに対して最初そんな感じだったもんね。なんだか懐かしい。でも大丈夫だ。美形は慣れる。……あ、慣れないかも。あの人たちはいつでも麗しい。

「ほら。こんなんでどうやって案内すんのよ！　かっこ悪いとこ見せたくないなら、サッサと行ってきて！　それに、グートの方が速いじゃない」

女の子の言葉に説得力があったのか、男の子は悔しそうに了承し、トボトボとアニュラスとは反対方向に歩き始めた。哀愁《あいしゅう》が漂っている。なんだか可哀想になったので思わず声をかけた。

「あ、あの、グート、くん？　待っているから、一緒にお昼食べない？　えっと、ルーンちゃんも一緒に……。よかったら、だけど」

声をかけたことで二人が同じ顔して目を丸くしているので、尻すぼみになっていく。なんだろう、迷惑だっただろうか。だってだって、同じ年頃の子とは仲良くなりたいじゃない！

「い、いいいいいいのか⁉」

「もちろん。二人とは仲良くなりたいなって。私、同じ年くらいの友達っていないから……」

いても、私の成長が遅いせいでどんどん追い越されていくんだけどね！　だからこそ、こういう出会いは大切にしたいのだ。

「……俺、一瞬で戻ってくる」

そう言って、グートくんはすぐに走り出した。クリーム色の犬のような獣型になって。その姿が見えたのも一瞬のことで、次の瞬間にはもう見えなくなっていた。速っ⁉　私がポカン、としているると、ルド医師とルーンちゃんが笑い出した。え、なんで⁉　私には笑いどころがわからない！

「えっと。結局、一緒にお昼を食べる、でいいのかな？」

よくわからなかったのでルーンちゃんに聞いてみると、彼女はご機嫌でぜひ！　と返してくれた。

ふう、良かったぁ！

「私も、あなたと仲良くなりたいと思っていたの！　だから、嬉しい！」

そういって、クリーム色のツインテールを揺らして笑うルーンちゃんはとっても可愛くてキュンとした。私も嬉しい！　挨拶をするべく、私は手を差し出して自己紹介をする。

「私、メグっていうの。よろしくね」

「メグね。よろしく！　あと、私もグートも呼び捨てでいいからね」

私たちはうふふ、と笑い合って握手《あくしゅ》する手をブンブンと上下に振った。あう、ちょっと力が強いよー！

「あっちがギルド内のレストランになっているの。夜はバーになるんだよ」

そうと決まれば、とルーンはサッと私の手を取り、すぐにアニュラスの建物の中へと連れて行ってくれた。ルド医師はその後からニコニコと優しい笑顔でついて来てくれている。完全に保護者の顔だ。保護者だけども！

「お、ルーン。誰だい、そのミラクル可愛い子は」

「グートはいねぇのか？」

「お、どうしたどうした？」

そうして歩いていると、アニュラスにいた人たちが次々に話しかけてきた。ルーンやグートはここで顔が知れているんだな。私がオルトゥスでみんなに話しかけられるのと同じ雰囲気だ。みんなからは気さくで優しいオーラが漂っている。温かくていいなぁ、こういうの！

「えっと、オルトゥスのメグです！　あの、はじめまして」

注目されていたので思い切って自己紹介すると、さらに注目を浴びる結果となってしまった。名乗った瞬間にギルド内にどよめきが広がったのだ。驚いて思わずルド医師の白衣にガシッとしがみつく。ルド医師は大丈夫、というように私の頭を撫でてくれた。ふぅ、ちょっと安心。

「この子があの、噂のエルフの子か！　魔王の子だよなぁ！」

「うっわ、マジで可愛い!!　予想を遥かに超えて可愛い!!」

そして巻き起こる歓声。な、なんで!?　さらにしがみつきながら見上げると、それに気付いたルド医師が苦笑を浮かべながら説明してくれた。

「魔王の子がオルトゥスにいるっていうのは、この魔大陸では知らない人はいないってくらい有名なんだよ。普通、ギルドに子どもは所属していないから、メグがオルトゥスのって名乗った時点でみんなピンときたってとこかな」

「えっ、言ったらダメだった……？」

馬鹿正直に名乗ってしまったけど、私が魔王の子だとバレたら色々と迷惑をかけてしまったり？

そう思って慌てたけど、ルド医師は笑って首を横に振った。

「そんなことはない。きちんと名乗るのはいいことだし、オルトゥスの名を出せば牽制《けんせい》にもなるからね」

そう言ってもらえてホッとしたよ。やらかしちゃったかと思って焦ったぁ。ようやく肩の力を抜いてルド医師の白衣から手を離した。

「メグって、そんなにすごい子だったの……？」

ただ一人、ルーンは心底驚いた、とばかりに目を丸くしていた。いや、すごいのは親であって私じゃないからね！　たしかに血筋はサラブレッドだけど、中身は残念だから。色々と。

「あ、でも、変なヤツとかに目をつけられたりしない⁉　こんな人目のある場所で不用心だよ！アニュラスは計算高いヤツらがいっぱいなのよ？　メグはまだ子どもなんだし！」

それからハッとしたようにルーンは小声で注意を促してくれた。た、確かに危機感はなかったかもしれない。うぅ、反省だ。そう思ってしゅん、としていたら、ルド医師の口から思いがけない発言が飛び出した。

「魔王の子だから特別にオルトゥスに置いているわけじゃないよ。最初は確かに保護していたけどね。今のメグはオルトゥスの一員として、実力も十分だ」

「えっ、じ、実力……⁉　あのオルトゥスに認められるなんて、すごい！」

その言葉に周囲がざわめいたけど、一番驚いているのは私だ。魔術の腕は上がっているとは思うけど、実戦経験はないし、オルトゥスの一員としての実力にはまだまだ程遠いよ！　なので、言い過ぎだよ、とルド医師のズボンをツンツン引っ張って主張する。

「嘘だと思うなら、メグに攻撃をしかけてみるといい。ま、メグが対処する前に私が返り討《う》ちにするけどね」

「意味なくない⁉」

にこやかに告げるその言葉に、ルーンが真っ先にツッコミを入れた。いや、本当その通りだよ。あ、でもそういうことか。保護者が守ってくれる、という後ろ盾《だて》を入れたら、私は確かに最強かもしれない。ただし、それを実力と呼ぶのは複雑だけども。

「た、ただいま……。はぁ、はぁ」

と、そこへグートが戻ってきた。息を切らしていてかなり急いできたのが見て取れる。そ、そんなに急がなくてもよかったのに！

「すごい、グート。最高記録じゃない？　やれば出来るじゃない！」

「うっせー、ぜぇ、このくらい、はぁ、なんでもねーしっ」

最高記録？　いつもよりさらに速かったようだ。だというのに強がる様子はなんだか可愛い。男の子だから、可愛いは褒め言葉にならなそうなので黙っているけど。

「お、話を聞いて来てみれば、グートとルーンと一緒にいるとはね」

「「父さん！」」

そこへ、アニュラスの受付奥から長身でガタイのいい男性がやってきてそう声をかけてきた。なるほど、この人がお父さんか。人型だからなんの亜人さんかはわからないけど、クリーム色の髪色が同じだ。顔はあんまり似てないから、お母さん似なのかな？　双子が可愛らしい顔つきなのに対し、えっと、その、雰囲気が違うから、髪色が違ったら血縁関係を疑っているところだ。つまり何が言いたいかというと！　めちゃくちゃ目つきが鋭くて強面《こわもて》なのです！　迫力がすごい！

4　特級ギルドアニュラス

「久しぶりだね、ディエガ。少し会わない間に子どもが出来ていたなんて。水臭いね」

「ルドヴィーク、久しいな。いやぁ、バタバタしていたからな。すっかり報告を忘れていたんだ」

おや？　ルド医師とは顔見知りのようだ。ずいぶん親しげだなぁ。少し会わないっていうけど、双子がこの年齢になるまで会ってないってことだから、結構な期間が空いているのでは？　まぁ、亜人の感覚なんだろうけど。これもまだ慣れない感覚だ。久しぶりの再会なのか、二人は握手をしながら嬉しそうに話している。

「魔王の子が来ていると聞いてな。その子か」

「ああ。メグというんだ。昼食をとってから挨拶しに行こうと思っていたんだけどね。来てくれたならちょうどいい。メグ、紹介するよ」

話の内容が私のことになったようだ。私は挨拶するべく、緊張しながらも一歩前に歩み出た。

「この厳《いか》つい人はディエガ。この人は……」

「おっと、自己紹介くらいさせてくれルドヴィーク。初めましてだな。アニュラスの頭《ヘッド》をやってるディエガだ。会えて光栄だぜ。魔王の娘、メグ」

「え、えぇっ⁉　頭ってことはアニュラスのトップってこと⁉」

その挨拶を聞いて、大変失礼ながら返事をする前に盛大に驚いてしまった。握手だけはしているけど、なんとも情けない！　でもまさか最初からトップに会えるとは思ってなかったんだもん！

チラッ、と横目で見たルーンが、いたずらが成功したかのような笑みを浮かべているのを見て、なんとなく悔しい気持ちになる。ぐぬぬぅ。

「さっきは私が驚かされたからね！　メグのことも驚かせられてちょっと嬉しい！」

そう言って笑うルーンはどこか誇らしげにも見えて、ああ、自慢のお父さんなんだなぁってことがわかったよ。そのことにほっこりと気持ちが和む。もちろん、私もお父さんたちは自慢だよ！

魔王である父様も、お父さんも、ギルさんも！

「お、俺も驚いた……。き、君、魔王の娘だったんだね……」

「グート、おそーい。その話はさっき終わった」

「仕方ないだろ⁉　俺は忘れ物を取りに行ってたんだから！　あ、そうだ。父さんこれ。忘れて行ったろ？」

あ、そっか。私の話はまだグートは知らなかったんだっけ。私がディエガさんに驚いている時に、一緒になって私に驚いていたんだね。なんだか面白い。

「おぉ、持ってきてくれたのか！　すっかり忘れてた。ありがとな。助かったぞ」

そう言いながらディエガさんは順番に二人の頭を撫でた。その顔がすっかりパパで、見ていて再びほっこり。二人も撫でられて嬉しそうだ。私もギルさんに頭を撫でられた時のことを思い出してニヤニヤしちゃう。

「せっかくだ、みんなで昼飯でもどうだ。ルドヴィーク、奢《おご》るぞ？」

「経費でかい？」

「ぐっ、堅いな……。もちろんポケットマネーで奢る」

「ではありがたく」

二人のやり取りがまた面白い。本当にオルトゥスとアニュラスは良好な関係を築けているんだなぁ。それが実感出来ただけでも、ここに来られて良かったたって思うよ。

そんなわけで、私たちはありがたくディエガさんの奢りでお昼ご飯をご馳走《ちそう》になることになった。アニュラスのギルド内にあるレストランは、お昼時というのもあって少し混み合っていた。ガヤガヤと賑やかで、活気があってなんだかいいな。ちょっと洒落《しゃれ》た喫茶店のような雰囲気のオルトゥスとは違って、大衆食堂のような親しみやすさがある。そこら中からいい匂いも漂ってくるのでお腹が鳴ってしまいそうだ。

「あ、あそこが空いてる！　私、席をとっておくから、注文してきてよ」

私がいい匂いに気を取られている間に、ルーンは席を確保していた。他の人に取られないようにササッと移動したその動きはとても慣れていて素早かった。ぼんやりしていてごめんなさい。

「ルーンは日替わりでいいんだろ？」

「うん、それでお願い！」

どうやら双子のグートがルーンの分を持っていくらしい。喧嘩はするけどやっぱり仲がいいんだなぁ。兄弟って憧れる。私は前も一人っ子だったし。この世界ではそもそも出生率が低いから、双子でもない限り兄弟がいるって人はほぼいないため、一人っ子が多いんだけどね。双子よりも年の離れた兄弟の方がよっぽど珍しいという不思議。世界の常識が違うのである。

「えっと、メグ、は……。メニュー決まった？　その、なんなら、座って待っていてもいいから」

そんな二人をじっと見ていたからか、グートがしどろもどろになりながら聞いてきた。ごめんよ、じっと見つめちゃって。

「いいの？」

「う、うん。ここは混み合っているから、危ない、し……」

なんてジェントル！　この若さで女の子への気遣いが出来るとは。グート少年やるなぁ。将来モテモテになるに違いない。確かにあんまり複数人でウロウロするのも危ないし、私はおっちょこちょいなので、その申し出は素直にありがたい。ここはお言葉に甘えて、大人しくルーンと待っていることに決めた。

「ありがとう。優しいね！」

「やさっ……い、いや、い、いいいいいんだ！」

なので、きちんとお礼を言ったんだけど、グートは私のメニューも聞かずに顔を赤くしてサッサと行ってしまった。褒めたから照れちゃったのかな？　難しいお年頃だ。仕方がないのでルド医師に、私も日替わりでお願いします、と頼んでおく。ルド医師は快《こころよ》く了承しつつ、ディエガさんと笑い合いながらグートの後に続いて歩き始めた。何が面白かったのだろうか。大人の思考もよくわからない。

「メグってすごいんだぁ」

しまいにはルーンにも感心されてしまった。なんで⁉　みんなは、そんなに簡単に褒めたりしないのだろうか？　褒めるのはいいことだよ！　だって、褒められると嬉しいもん。なので、私は今後も積極的に人を褒めていこうと思います！

ルーンとお喋《しゃべ》りをしながら待っていると、すぐにみんなが食事のトレーを持って席にやってくる。運ばれてきた日替わり定食は、コロッケのようなものがメインだった。形はまん丸で、細かいパン粉をまぶして揚げてあるっぽい。サラダやミネストローネスープも付いていてボリューム満点！　食べきれるだろうか、と思って見ていると、ルド医師が私の前に少なめに盛られたトレーを置いてくれた。

「メグは、このくらいでいいだろう？」

「わぁ、よかったぁ。食べきれるかなって心配だったの」

「ふふ、そうだと思ったよ」

さすがはルド医師である。私の食べる量もきちんと考慮してくれたようだ。ありがたやー。

「メグは少食なのね？」

「えっ、ルーンは食べきれるの？」

「こんなの余裕だよ！　グートなんかは足りないからいつも大盛りにしてもらってるよ」

「ふえぇ、すごい」

私も食べられるならいっぱい食べたい気持ちはあるんだけどさ、この身体の胃の容量はとても少ないのだ。とほほ。にしても、その年齢で大人一人前を食べられるのはすごい方だと思う。グートはまぁ、男の子だからわからなくもないけど。さて、いよいよランチタイムである。早速、メインのコロッケのようなものをナイフで切り分けてみると、中にはお米が入っていた。いや、米と言うよりは玄米《げんまい》とかそういう系？　ライスコロッケ、とも少し違うなぁ。野菜やひき肉も入っているからカツレツに近い気もする。

「このパンに挟んで食べるんだよ。カーニャは初めて？」

コロッケもどきを観察していたら、ルーンが食べ方を教えてくれた。カーニャっていうんだ。初めて聞いたかも。私は首を何度も縦に振った。それからルーンに教えてもらったように、白くて半円形の平べったいパンにカーニャを挟む。ピタサンドみたいな感じだ。それからルーンの真似《まね》っこをして手で持ち、思い切って一口あーん、とかぶり付く。

「！　おいひぃ！」

「でっしょー！　アニュラスでは人気のメニューなんだよ！」

思わず口の中に入れたまま声を漏《も》らしてしまった。だって、美味しかったんだもん。カーニャにはしっかり味が付いていて、どこかスパイシーで。でも辛さはないから私でも平気で食べられる。濃いめの味付けだから、このパンとも相性抜群だ。

「さすがはアニュラス。仕入れるものが他とは違うね」

「そりゃそうさ。それがうちの売りだからな」

商業でのし上がった特級ギルドは、伊達ではないってことだね！　最初から侮《あなど》ってなんかいないけど、その実力を垣間見た気がするよ。

「で、ルドヴィークたちは仕事かなんかでこっちに来たのか？」

食事をしながら、ディエガさんとルド医師が話している。私たち子ども組は食べるのに一生懸命なので、黙って聞きながらもぐもぐしています。

「いや、プライベートだよ」

「ん？……ああ、そうか。そんな時期だったな。この子も連れて？」

「ああ。一度紹介しておこうと思ってね。オルトゥスの娘は私の娘も同然だから」

どうやら、ディエガさんもお墓参りだと察したようだ。事情を知っているくらい親しいってことだよね。にしてもオルトゥスの娘、かぁ。なんだかくすぐったい。そして嬉しい。

「ここ数十年はずっとオルトゥスから一直線で飛んできていたから、アニュラスに立ち寄るのも久しぶりだな」

「そうだぞ、ルドヴィーク。これからはこっち経由で来いよ。そんなだから子どもたちを紹介するのがこんなに遅くなっちまったんだ」

「はは、つい簡単に行ける方を選んでしまうんだよ。でも、確かにディエガの言う通りだね。今後はアニュラスを経由して、のんびり行くのもいいかもしれない」

ふむふむ、今回はたまたま空飛ぶ獣が借りられなかったからここに立ち寄ったわけだけど、結果として新しい出会いがあったからある意味ラッキーだったな。

「帰りは寄るのか？」

「休みは明日までだからね。メグを疲れさせるし、帰りは空の便で一気に帰りたいと思ってる」

「あー、残念だが仕方ねぇな。お互い忙しい身だし、お嬢ちゃんを疲れさせるのもよくない」

私の体調まで考慮してくれているなんて、なんだか申し訳ない。けど、帰りも立ち寄ったら確かにオルトゥスに着くのが夜になってしまう。ルド医師はそういえば夜勤明けだったし、明後日はもう仕事だから休める時にゆっくり休んで欲しいしね！　まぁ、ルド医師ともなれば、三、四日寝なくてもへっちゃらだろうけど。ここは気持ち的な問題でやっぱり休んで欲しいのだ。

「えーっ、じゃあ、メグとはもうお別れなの……？」

「えっ……⁉」

そこに、これまで黙っていたルーンとグートが間に入ってきた。うっ、そんな悲しそうな顔しないでよぅ。私も悲しくなってくる……！　せっかく出会ったのにすぐにお別れだなんて。

「そんな顔するなお前たち。悲しむよりも出会ったことに感謝しろよ。今後一切会えないわけでもねぇんだ。次に会える楽しみが出来たと思った方がハッピーだろ？」

子どもたち三人で目をウルウルさせていると、ディエガさんがグリグリと双子の頭を両手で撫でながら励《はげ》ましてくれた。この強面で笑うと余計に迫力が増すけど。でも言葉や態度は前向きで、優しくて、元気が出てくる。

「ねぇ、メグ！　私たち、出会ったばっかりだけど、友達だよね⁉」

向かい側に座るルーンがテーブルを挟んで身を乗り出し、目を潤《うる》ませてそんなことを言う。そんなの、当たり前じゃない！

「もちろん！　ルーンもグートも、もう友達だよっ！」

「お、俺も……!?」

「当たり前だよ！」

両拳を握って力強く答えると、グートが目を白黒させて聞いてくる。むしろなんでグートだけ仲間外れになると思うのか！　せっかく出会えた同年代。嫌だと言われても友達と呼びたいくらいである。とはいえ、あっという間のお別れが寂しいのは変わらない。ということで、私たちはお互いのギルドに手紙を出し合う約束をした。同年代の友達と文通だなんてドキドキしちゃう！　帰ったら可愛いレターセットを買いに行こうと心に決めた。

ランチを食べ終えた私たちは、出発するべくアニュラスの外に出た。この後の予定もあるから、そんなにゆっくりもしていられないのだ。寂しいけど。

「じゃあ、約束だからね、メグ！」

「うん！　帰ったらすぐにお手紙書くね」

ルーンとグート、それにディエガさんも入り口まで見送りに来てくれたので、私とルーンはがっしりと握手を交わして別れの挨拶をしている。

「グートも。お手紙書くからね」

「えっ、お、俺もいいのか？」

「もちろんだよ。仲良くなりたいもん」

そして、結局最後までたどたどしかったグートにも。そっと手を差し出して握手を求めつつ、笑顔で話しかけた。グートはそれを受けて一気に顔が真っ赤になってしまったけど。やっぱり微妙なお年頃なのかな？　女の子と気安く触れ合ったりするのが気恥ずかしいのかもしれない。そう思って手を引こうかと考えかけたところで、グートがガシッと手を摑んできた。

「お、おおおお俺も！　メグと、な、仲良く、なりたい！」

そして、真っ赤になりながらもそう言ってくれた。もう、なんだよー！　可愛いじゃないかっ！

嬉しくなったので、私ももう片方の手をグートに重ねた。

「うん！　嬉しい！」

「うっ……！」

それ以上、グートはなにも言ってくれなかったけど、力強く握りしめた手でちゃんと伝わった。

やったー！　元気で可愛い女の子と照れ屋の男の子の友達をゲットしたぞー！

「昼食ご馳走さま。今度はそう期間を空けずに来るよ」

「とか言ってまた数十年後とかになんだろ？　ま、期待しないで待ってるからよ。……それに」

「それに？」

「あー、いや。何でもない。気をつけて行けよ」

「ああ、ありがとう。それじゃあ」

大人同士の挨拶も終えたようだ。踵を返すルド医師に手を引かれながら、私はいつまでもブンブンと手を振ったのだった。

さて、いつまでも手を振っていては後ろ歩きになって転んでしまうので、泣く泣く前を向いてルド医師と足を進める。な、泣かないもん。

「いい友達が出来てよかったね。アニュラスに寄り道した甲斐があったよ」

「うんっ、すっごく嬉しい！　帰ったらギルさんにも教えてあげなきゃ！」

「ギルに？　んー、ま、大丈夫だろう。たぶん」

帰ってからのお土産話をするのが楽しみでウキウキしていたら、ルド医師が苦笑を浮かべている。なんでだろ？　疑問を浮かべた顔をしていたのだろう、ルド医師は気にしないでくれ、と私の頭をポンと撫でた。や、気になるよ？　でもこの顔はこれ以上は話す気のない顔だ。聞き出すことは出来ないだろう。むむ、仕方ないけど諦めよう。

「さ、獣車本店に着いたよ。予約してある獣を借りてくるから、ここで少し待っていてくれ」

「はぁい！」

お店に辿り着いた私たち。ここからは再び獣車を使っての移動である。次は空を飛ぶ獣で目的地までひとっ飛びなんだって。ちなみに、帰りも同じ獣を使うそうだ。少々金額は上がるけど、借りっぱなしの方が楽は楽だよね。ちなみに、獣はディエガさんが体力のある子を用意してくれたという。何から何までお世話になったなぁ。一体どんな獣だろう。やっぱり鳥かな？　そう考えながら待っていると、すぐにルド医師が戻ってきた。

「お待たせ。さ、行こうか」

「はぁ、い……!?」

そこで見た獣は、私の予想を超えた姿をしていた。思わず言葉を失って固まってしまう。だって、そうでしょ？　象だ。象が、目の前にいる……！　といっても私の知る象よりは小さい、かな。子どもの象くらい？　でも、白いしなんだか体型も丸い。

「バルーファは初めて？」

「バルーファ……？　は、初めて見ましたぁ」

この獣はバルーファというらしい。色も体型も少しずつ違うけど、全体的なフォルムとか耳の大きさとか鼻の長さからいってやっぱり象なんだよなぁ。え、空飛ぶ獣なんだよね？　遥か昔、空飛ぶ象の映画を見た覚えがあるけど、あんな感じで飛ぶのだろうか。

「とても大人しくて頭のいい獣だよ。スピードはそこまでではないけど、安定性が抜群だ」

そう言いながらルド医師は籠《かご》を片腕で運んでいた。大きな四角い籠だけど、もしかして……。

「さ、これに乗って」

やっぱり乗るのね！　ギルさんに運んでもらう時みたいな、コウノトリ形式なんだろうか。

「ど、どーやって飛ぶの……？」

「乗ってみてからのお楽しみだよ」

悪戯《いたずら》っ子のようにルド医師は笑う。き、気になる……！　まぁ、これから移動するわけだし、答えはすぐにわかる。私は言われた通り籠に乗り込んだ。入り口とかはないから、またしてもフウちゃんに手伝ってもらってフワリと乗ります。

「よし、準備も出来た。行くよ？」

バルーファと籠を繋ぎ終えて自分もヒラリと乗り込むと、ルド医師は手に持っていた短めの鞭《むち》のようなものでバルーファの後ろ足を三回軽く叩く。そうしたらビックリ仰天《ぎょうてん》！　突如、バルーファが膨らみ始めたのである！

「え？　え？　バルーファ、破裂しちゃう⁉」

プクゥッ、とどんどん膨らんでいくバルーファに、私は気が気でない。もともと丸かったシルエットがさらにまん丸に、そして大きくなっていくんだもん。すでに大人の象並みの大きさになってるんじゃないかな？　ど、どこまで膨らむの？　風船が膨らんでいく時みたいで、破裂するんじゃないかとヒヤヒヤである。

「ふわぁっ、浮いたっ！」

さらに驚くべきことに、そのままバルーファが浮かび上がったのである！　どんどん上昇してついに、繋がれた私たちの乗る籠まで浮かび上がった。こ、これはまさかの気球ー⁉

「はははっ、メグはいい反応を見せてくれるなぁ。破裂したりなんかしないよ。バルーファは元々、こうして空を飛んで長旅をする生き物なんだ。寒い季節には暖かい場所に移動するからね。バルーファの大移動といえば、寒くなる季節の風物詩《ふうぶつし》とも言えるんだよ。オルトゥス付近では見ないけどね」

渡り鳥ならぬ、渡り象ってことですか……！　確かにこんなに大きくて丸っこい象さんが群れで空に浮かび、移動していたら気付いていたはず。その光景は圧巻だろうな。いつか見てみたい！

「この鞭で優しく叩くことで進行方向を指示出来る。右に行きたければ右足を二回、高度を上げるのは三回で、下げる時は撫でる、とかね。あとは勝手にバルーファが障害物を避けたり、危険な場所を避けたりしてくれるから」

「バルーファ、しゅごい」

思わず噛んでしまった。つ、つまりそれほど驚いたってことだよ！　いつもはもう噛まないからね！　それにしても、この世界に来てだいぶ経つっていうのに、私はまだまだこの世界のことを知らないんだなぁ、って実感したよ。きっと、まだ知らない生き物や植物、物事もたくさんある。でも焦らない。私の人生はとぉっても長いからね。少しずつ、いろんなことを知っていけたらなって思うんだ。大人になって、もっと強くなった時には世界を見て回りたいな。今のお父さんみたいに。

……お父さんは仕事であっちこっち行くハメになっているだけだけど。

ゆらり、ふわふわと空の旅は続く。ギルさん便で行くのとはまた違う心地良さだ。風や気温の変化に対応する魔道具が付いているのは一緒だけど、揺れ具合が違う。このバルーファはまるで揺りかごに乗っているかのよう。あ、なんだか眠たく……。

「寝ていていいよ。おやすみ、メグ」

追撃するようにルド医師の優しい声と頭撫で撫でが加わったら……！　敗北決定。おやすみなさい……。

「そろそろ着くよ、メグ」

「ふにゃ……」

次に私が目覚めた時は、すでに陽が傾き始めた頃だった。いつの間にかかけてくれていたブランケットを畳《たた》みつつ、外の景色を見るべく立ち上がる。背伸びすればギリギリ見えるのだ。

「わ、あ……！」

すると、そこに広がっていたのはオーシャンビュー！　気付けば海の上を飛んでいたらしい。そして、少し先に大陸が見えてきた。あれがたぶん、南の国ナンレイかな？　今回の目的地である。

「あそこに灯台があるのが見えるかい？　あの近くに墓所があるんだよ」

そう言ってルド医師が指差した先には確かに灯台があって、その少し先に白いお花畑のようなものが広がっているのが見えた。その奥に、墓所らしき石がいくつも建っている。あそこに、ルド医師の番さんが眠っているんだ……。

「灯台の下に獣を預かってもらえる建物があるから。そこで預かってもらったら、そのままお墓に向かうよ。いいかい？」

「わかりました」

なんとなく声のトーンが静かだったから、いつもは元気一杯な私の返事もちょっぴり大人しくなる。挨拶や返事は元気良く、がモットーではあるけど、ちゃんと時と場合、状況によって変えられる少女なのだ私は。ゆっくりと、バルーファの高度も下がっていく。みるみるうちに灯台が近付いてきて、もうすぐ着陸態勢だ。獣車としての訓練を受けているバルーファなので、私たちの乗る籠がそっと地面に着くよう、絶妙な加減で降ろしてくれた。それから、バルーファ自身もフワッと着陸すると、プシューッと音を立ててしぼんでいく。なんだか面白い。

「さ、着いたよ。行こうか」

「……はい」

ルド医師に続いて私も籠から降りると、そっと手を差し出してくれたので、その手をとる。そのままルド医師は反対の手でバルーファを引き、建物に行って預かってもらった。建物の中からはすぐに人が出てきて、慣れた調子で引いていってくれる。ここは獣の発着場みたいな、そんな場所なのかもしれない。引き渡す際にカードを係の人に渡すと、魔力を通してまた返される。これでまた明日も同じ子を借りられるんだって。ルド医師はそのカードを再び収納魔道具にしまい込むと、そのまま墓所への道を歩き進めた。ゆっくりと。一歩一歩を、踏みしめるように。チラッと見たルド医師の横顔は、少しだけ寂しそうで、とても優しい瞳をしていた。

ルド医師と手を繋いでゆっくりと墓石の並ぶ道を歩く。小道は白い石畳で舗装されていて、どこか厳《おごそ》かな雰囲気が漂っている。道の傍には小さな白い花が植わっていて、風に吹かれてそよそよと靡《なび》いていた。よく来てくれたね、って言われているみたい。あと、これは自然魔術の使い手にしか見えないと思うけど、あちらこちらに精霊がフワフワ飛んでいる。白い光はこの場所に居ついている精霊で、チラホラと見える他の色の精霊は……亡くなった人たちを慕《した》っていた精霊なのだとすぐにわかった。どこか寂しげで、そして優しい空気が伝わってきたから。そのことをルド医師に伝えてみると、精霊に守られているならここは安全だね、と静かに微笑んだ。やっぱりどこか寂しそう。

「……ここだよ」

辿り着いたのは真っ白な墓石の前。この世界の墓石は基本的に白いけど、この石は他の石より際立って白く見えた。なんでも、生前の心の美しさが現れる仕組みなんだそうな。聞いた時はなんて恐ろしい仕組みなんだ、自分は黒くなったりしないだろうか、なんて思った覚えがある。つまり、他の石より真っ白ってことは、ルド医師の番さんは本当に心の綺麗な人だったんだってことがすぐにわかる。思い起こせば、私の母親であるイェンナリエアルの墓石も輝くような白さだったな。

「すごく、綺麗……」

「そうかい？　ありがとう。私もいつかはこの下で眠りたいと思っているんだが、私が入ればこの美しさが少し濁るんじゃないかと思うと、それはそれで惜しくもある」

墓石を前に私が思わず呟けば、ルド医師が自嘲の笑みを溢《こぼ》しながらそんなことを言う。

「そんなわけないです！　ルド医師は、とってもステキな人だもん！　石だって、キレイなままのはず！」

「そう言ってもらえるのは嬉しいけどね。仕事柄、色々と人の醜《みにく》さも見てきているから」

うっ、一理ある！　でもそんなことを言っていたら、真っ白な墓石なんて本当に稀《まれ》になっちゃうよね？　この墓所でさえ、ほぼ全てが白い石なんだから、そんなことくらいで心の美しさは濁らないと思うのだ。

「醜さを知っているのと、心の美しさは関係ないと思うの。ルド医師は、絶対に大丈夫！　だって……大切な人を喪《うしな》ったのに、父様を憎んだりしなかったもん……」

出かける前に、ほんの少しだけギルさんに聞いたのだ。ルド医師の番は、あの暗黒期の魔物の暴走で命を落としたんだ、って。それはつまり、魔王である父様の魔力暴走の時にってことだよね？　それなのに、ルド医師は一度も父様を恨むようなことは言わなかったって。そんな人が、汚れた心のわけないもん。だから思わずそう口走ってしまったけど、もしかしたらそれまでにルド医師の中で葛藤《かっとう》があったのかもしれないし、本当は憎んでいたかも知れない。真意はわからないけど少なくとも、表に出さなかったってことは父様を責めてはいけないと思ってくれたんだって思うから。我慢してくれたんだって、思うから……。

「……ありがとう、メグ。少し自信が出てきたよ」

とはいえ余計なことを言ってしまったかも知れないと項垂《うなだ》れていると、そっと頭に手を乗せてルド医師がそんな風に言ってくれた。もう、これじゃあ、どっちが慰めてもらったのかわからない。私って、まだまだ子どもなんだなぁ。

さて！　気を取り直して、まずは墓石のお掃除だ。ここは私もお手伝い。シズクちゃんやフウちゃんに手伝ってもらいながら、墓石を綺麗に洗っていく。布を使って手でお掃除だ。もちろん、魔術で洗浄すれば一瞬だけど、こういう場所のお掃除は自らの手で心を込めてやることに意味があるんだって。それはそうだよね。日本で言うなら、自動洗浄機で墓石を洗うのと意味は同じで、そんな罰当たりなこと出来ないもん。それに、こうして手で洗いながら心の中で亡くなった相手と会話をするんだって。じっくり向き合って心で語り合うのって、なんだか素敵だなって思うよ。綺麗になった後は、お花を飾る。ルド医師は収納魔道具からオレンジ色の花束を取り出し、墓石の前に置いた。ちなみに、花の種類はこれと決まってはいない。仏花《ぶっか》みたいに何か決まりでもあるのかな？

と思っていたけど、それに当たるのは周囲に咲いている小さな白い花なんだそう。だから、持ってきて墓石の前に飾るのは、故人が好んだ花や、自分の好きな花でいいんだって。

「あの、私もお花、飾っていいですか……？」

「持ってきてくれたのかい？……嬉しいよ。ぜひ飾ってやってくれ」

なので、私も収納ブレスレットから小さな自作の花束を取り出した。実はこれ、前にピクニックに行った時に摘んだお花なのだ。かなり昔に一度連れて行ってもらってから、ちょくちょく遊びに行く場所なんだけど、とにかくお花が綺麗だから、いつも小さな花束を作って持ち帰っているのだ。そして、レオ爺のお墓にもよく持って行っているものでもある。

「突然だったから、これしか用意出来なかったんですけど……」

お墓参りにくるのは突然だったから、お供《そな》えする花束として用意出来なかったのが悔やまれる。でも、あの場所の花はどれも綺麗で、個人的にもとても気に入っているからいいと思うんだけどね？　せっかくなら番さんのイメージに合わせた可愛いお花を選びたかったなって思うのだ。

「とんでもない。これは、メグにとっては思い出の花束だろう？　そんなに大切なものを贈ってもらえて、シエラは幸せ者だな」

シエラさん。それが番さんの名前。私も呼んでいいかと聞くと、もちろんだとの答え。なんだかちょっぴり気恥ずかしいけど、せっかくなので呼ばせてもらう。

「シエラさん、はじめまして。メグです。えっと、ルド医師にはとってもお世話になってます」

それから、それから……。頭の中でどうにか言葉を絞《しぼ》り出す。言いたいこととか、気持ちだけが溢れてきて、うまく言葉に出来ないのはどうにかならないものか。

「シエラさんにも、会いたかったな……」

こうして出てきた言葉は、言っても仕方のないことだった。もう、どうして私はこう！　そうじゃなくて、えーと、えーと。

「だから、また来ますね！　今度はシエラさんをイメージして花束を作ってきます！」

うん、これだ。ちょっと遠いけど、また誰かに連れてきてもらってもいいし、大きくなって一人で来られるようになってからでもいい。時間はたくさんあるんだから。出来ればシエラさんの顔とかがわかればいいんだけど、シエラさんが亡くなった時には写真の魔道具なんてなかったから無理だよね。せめて特徴だけでも聞いておこう。

「シエラ、可愛いだろう？　それに優しい。メグはオルトゥスの大切な娘なんだ」

私が挨拶し終えると、それに続いてルド医師が私に合わせて屈み、そっと抱き寄せて墓石に向かって話しかける。まるで、目の前にシエラさんがいるのかと錯覚《さっかく》してしまうほど、ルド医師の瞳は優しい。

「きっと、また連れてきてと君は言うんだろうな。……メグさえよければ、来年もまた一緒に行かないか？」

「いいの!?　うれしい！」

なんと、意外にも早くまた来られるのが決定した。せっかくだから、その時にはアニュラスに寄って、ルーンとグートにも会いたいとちょっぴりわがままも追加してみた。当然ながら、嫌な顔一つせず快諾《かいだく》してくれたルド医師は本当に優しい。大好き！

　こうしてもうしばらくシエラさんの前でお話した私たちは、陽が落ち切る前に墓所を出た。そのまま獣車の前を通り過ぎると、獣車のお店の人が驚いたようにこちらに声をかけてくる。

「ルドさん、今日はどこかへ行くのかい？」

「ああ。さすがにこの子を連れて墓所で夜は明かせないから」

　その発言に今度は私が驚いて目を見開く。まさか、いつもはずっとシエラさんの前にいるの？　そう目で訴えると、ルド医師はバツが悪そうな顔で言った。

「なかなか帰れなくてね。いつも、オルトゥスに帰るのが遅くなってしまうんだ」

　そっか、離れがたいんだね。でも、私のせいで……。そう思いかけていたら、お店の人が気にすることはないぞ、と声をかけてくれた。

「いつもはこの世の終わりみたいな顔でいるのに、今日は笑顔だ。毎年、このままルドさんが消えてしまうんじゃないかと心配だったから、お嬢ちゃんがいてくれてありがたいくらいだよ」

「えっ、そんなに……？」

「恥ずかしながらその通りだよ。なかなか気持ちが浮上しなくてね。オルトゥスのみんなにもいつも心配かけているんだ。よかった、今年も帰ってきた、って言われるんだよ」

　それを言われてあっ、と思い出す。言われてみれば、一年に一度、ルド医師がどこかへ行って、帰ってきた時はみんなが盛大に出迎えていたっけ。能天気な私は、みんな仲がいいんだな、ルド医師のお出かけは珍しいから帰ってきて嬉しいんだな、くらいにしか思っていなかったのだ。いかにお気楽な頭をしているかがわかったよね。そうだよ、私がルド医師と行くって決まった時も、送り出す時も、みんながどこか心配そうだったじゃないか。あれは私に対してだけではなく、ルド医師に対する心配でもあったんだ。

「こんなに穏やかで優しい気持ちになれたお墓参りは初めてだよ。メグのおかげだ」

でも、そう言って笑ってくれたのがとても嬉しくて、私は思わずルド医師の腕に抱きついた。シエラさんがいない寂しさを埋めることは出来ないけど、少しでも寂しい気持ちが和らいでくれたらなって。

「ぜひ、毎年一緒に来てやってくれな、お嬢ちゃん」

「はい！　必ず！」

だから、私は来年だけと言わず、毎年一緒に来ようと思った。嫌がられる日が来るかもしれないけど、それでも。だって、どうあがいても私の方が長生きしちゃうんだもん。生きている間は、後悔しない選択をして生きたいと思うから。

「心強いな」

「うふふー、まかせてっ」

大好きな人たちには、笑っていてほしいから。

次の日の夕方、オルトゥスに到着した私たちは、いつもより早い帰宅に大いに驚かれ、そして盛大に出迎えられた。これからは毎年一緒に行きます、という私の宣言にみんなも賛成してくれたよ！

「さすがは、メグだな。きっと、なんとかしてくれると信じていた」

そう言って頭を撫でてくれたギルさんが、安心したようにそう言ってくれたのが一番嬉しかったかもしれない。ギルさんも、きっとサウラさんも。何も言わなかったけど私に任務を与えてくれていたのだ。ルド医師の笑顔を守る任務を。そしてそれを知らず識らずのうちに達成出来て本当に良かった！　今後も毎年、この任務を遂行させるぞー！　おー！

5　親と娘

ルド医師とお墓参りに行ってから五日ほど経った頃。日も暮れ始めてそろそろ仕事もおしまいという時、久しぶりにお父さんがギルドに帰ってきた。

「おかえりなさい、おとーさん！」

「おう、メグ！　ただいま。……あー、癒される。娘最高」

いつも通りマイ受付で仕事をしていた私は、いち早くお父さんの姿を見つけると、すぐに駆け寄ってジャンピングダイブを決める。お父さんは危なげもなく私を受け止めて、そのまま高い高ーい！　それからくるりとその場で一回りをして、ギュッと私を抱きしめてくれるのだ。これがおかえりの儀式である。いや、特に決まっているわけではないんだけど、なんとなくやり始めたらこれが恒例になっちゃったんだよね。私も素直に甘えられるから嬉しいんだけど。いつまで出来るかなー？　今のところ恥ずかしい！　とは思わないけど、私にもいつか年頃というやつがやってくるのだろうか。環の頃は確かに恥ずかしかったはずなのに、今はその感覚を思い出す方が困難なのが不思議だ。

「今回は、どのくらいここにいるの……？」

そしてお決まりの質問を口にする私。だってお父さんたら本当に忙しくて、帰ってきてもトンボ返りが当たり前だったりするんだもん。特にここしばらくはいつも以上に忙しそうだったから、会えても食事さえ一緒に出来ないのだ。寂しい、という気持ちが顔に出てしまっているのかもしれない。お父さんが困ったように微笑んでいる。う、ごめんなさい。まだまだ感情のコントロールが甘い年頃なのだと思う。

「あー、そんな顔すんな、メグ」

それも含めて察しているのだろう、お父さんは私を抱き上げたままポンポンと背中を叩いてくれた。大げさかもしれないけど、お父さんと離れる時はいつも、今度こそもう二度と会えなくなるかもしれないって不安になっちゃうんだもん。だって、もう二度とあんな思いはしたくない。死んでいるかもしれない、でも帰ってくるかもしれないって思いながら待ち続ける日々は、もう嫌だ。最近はなぜか、特にそういった不安に呑み込まれやすくなっている気がするのだ。これも年頃ってやつなのかなぁ。厄介《やっかい》である。

「大丈夫だ。今回は明日の朝までここにいる。それにな？」

不安を消すようにギュッと首筋に抱き着いた私。その背中を優しくさすり続けながらそう言ったお父さんの声は、どこか弾んでいる。不思議に思って見上げると、お父さんは嬉しそうに笑っていた。

「明日から魔王城に行くぞ。メグ、お前も一緒にな」

「えっ、私も一緒に⁉」

思いがけない予定を聞いて驚くとともに、私も思わず顔を綻《ほころ》ばせてしまった。お父さんとのお出かけ！　しかも魔王城！　魔王である父様やリヒト、それにクロンさんにも会えるってことだよね？　沈んでいた気持ちが一気に浮上する。我ながら単純だ。

「頭領、二人で行くのか？」

そこへ、背後から現れたギルさんが話に入ってきた。いつの間に帰ってきたんだろう？　おかえりなさい、と声をかけると、軽く微笑んでただいま、と答えたギルさん。ついでにサラッと私の頭をひと撫でするイケメンムーブにキュン、としました。ありがとう、ありがとう。

「今回はそうだな……。シュリエに声をかけるか。ちと大きなイベントを開催するから、その打ち合わせをしたいんだよ」

「イベント？　打ち合わせ？」

お仕事ついでに魔王城に行くのね。あれ、それって私が付いて行ってもいいのかな？　そんな疑問が顔に出ていたのか、お父さんはフッと笑みを溢した。くっ、顔に出る癖、どうにかしたい……！

「相手がアーシュなら気にすることはないし、メグも久しぶりにアーシュやリヒトと会いたいだろ？　それに、俺が限界。メグ成分が足りない」

メグ成分、て。まぁ、気持ちはわかるけど。お父さんとかギルさんとか、あんまりにも会えてなかったりすると、私も足りなくなるもん。主に気力が失われていくから、定期的に摂取せねばならないのだ。それにしても、確かに久しぶりだなぁ。手紙のやり取りは小まめにしているけど、直接会うのは本当に久しぶりだ。前に会ったのは五、六年前だったかな？　リヒトは人間だから成長も早く、会った時はすでに立派な大人になっていて驚いた覚えがある。でも魔力が多いから、普通の人間よりは少しだけ成長が遅いんだよね。今は三十代半ばくらいの年齢だったと思うけど、あの頃より渋い大人になっていたりして。……想像がつかないや。前の時も久しぶりの再会だった。リヒトの成長に驚いたのは確かなんだけど、同時に切なくなったのを覚えてる。だって、私の中の時間は緩やかに流れているから。私の感覚としては、数ヶ月ぶりだったから余計に。だって、中学生くらいの見た目だと思っていたら二十代前半くらいになっていたんだもん！　そりゃ驚くでしょ！　自分が大して成長していないから余計にその差に衝撃を受けたのだ。

ああ、本当に人間の一生はあっという間なんだなって。そんな現実を突きつけられた気がして、しばらく落ち込んだんだよね。どうしよう。会えるのは嬉しいんだけど、また気持ちが落ち着かなくなりそうでちょっぴり心配だ。

「で、イベントについてだが。これは決まり次第ちゃんと知らせる。魔王城から帰った後すぐになると思う。だからそのつもりで予定を空けといてくれ」

お父さんがギルさんに指示を出している声でハッとなる。どうしようもないことで心配していたって仕方ない。今からこの調子じゃ先が思いやられるというものだ。

「……いつものことながら、急だな」

「悪い、悪い。でもその程度の調整なら、余裕だろ？」

「はぁ……。わかった」

帰ってからすぐにオルトゥス会議ってことかな？　確かに急すぎるよ！　みんなそれぞれ仕事を抱えていて忙しいんだから、もっと前もって知らせればいいのに。

「もう！　それならそうと連絡くらい入れられるでしょっ！　みんなに迷惑かけちゃダメだよ、お父さん！」

抱っこされた状態のまま、プンスコ説教をするのはどこか締まらない。けど誰かが注意しなきゃダメなのだ。お父さんは昔から行き当たりばったりなところが多いので本当に困る。自分はいいかもしれないけど、少しは周りの人たちのことも考えてくれないと！

「わかった、わかった。可愛いなぁ、メグは。よしよし」

「もー！　ぜんっぜん反省してないでしょー!?」

私がこんなにプンプンしているのに、頭を撫でてニヤニヤしている。昔から怒っていても迫力がない、とよく言われたものだけど、この姿は余計にそうなのかもしれない。キーッ！

「大丈夫だ、メグ。頭領のことはサウラが叱ってくれる」

「うっ。まぁた長ーい説教をくらうなこりゃ」

なるほど、サウラさんの説教か。それなら迫力も説得力も私よりずっとずっとあるだろうな。身体は小さいしあんなに可愛いのに強いサウラさん。憧れるぅ！　叱られた時のことを考えているのだろう、お父さんはがっくりと項垂れた。

「あら。誰から説教をされるのかしら？」

「げっ。お前、こういう時の気配の消し方反則級じゃねぇ⁉」

噂をすればなんとやら。お父さんの背後からサウラさんの笑顔と凄みのある声が聞こえてきました。ほ、本当に気配を感じなかったよ？　お父さんでさえ、でしょ？　お、恐ろしい。

「さ、詳しく聞かせてもらおうじゃないの。メグちゃん、頭領を借りるわね」

「あ、はい。どうぞ」

「おい、メグ！　あっさり俺を売るなよ！　ってギルまで！」

あまりにも自然な流れでお父さんの腕からギルさんの腕の中へとお引越しした私。ちょっとは反省してくれるといいんだが、と小さく呟いたギルさんの声には確かな重みを感じたよ。お父さんは諦めて素直に反省すべきだと思います！

それから私は、そのままギルさんといっしょに食堂に向かった。もう幼い頃とは違うんだから、自分で歩けるよ？　と思いはしたけど、昔よりずっと抱っこでの移動の頻度《ひんど》も少なくなっていたので黙っていることにする。

「……頭領が戻ってきたら一緒に食べるか？」

もうすぐ食堂に着くというところで、ギルさんがそんな提案をしてくれた。驚いてパッと見上げると、ギルさんは私の考えを見透かしたように微笑んでいる。

「うん！　久しぶりだもん。一緒に食べたい！」

「そうだな。なら、席だけ取っておくとしよう」

すごい。気遣いの出来る男だわー。食堂に近付くにつれて私がソワソワしているのを見逃さなかったようだ。本当にもう、もう、大好きです！　ありがとうの気持ちも込めて、胸に擦り寄った。

スリスリ。

「……こうしてメグを抱き上げるのも、久しぶりだったな」

ギルさんはそんな私に合わせて支える力をほんの少し強めながらそう言った。ギルさんも、私と同じように久しぶりだなって思っていたんだ。……それなら素直に思っていることを言っちゃおうかな。

「うん。あのね、ギルさんの抱っこは大好きだから、こうしてもらえて今すごく嬉しいんだ」

「……そう、なのか？　それなら、遠慮する必要はなかったな」

「え？　遠慮していたの？」

意外に思ってギルさんの顔を見つめると、ギルさんは少し目線をズラしてやや照れたように教えてくれる。

「……まぁ。メグも、そろそろ気にする年齢かと思ってな」

キョトン、としてしまったのは仕方ないと思う。そんなこと思っていたんだ、という意外な気持ちと、そうか自分は年頃なのか、と思う気持ち。いや、人間でいう七歳頃っていうのは、確かに一気に内面が成長していく頃だ。特に女の子は心の成長が速いって聞くし。……なんか、私のことなのに人ごとのように思えちゃうな。どうやら私の成長は、身体だけではなく内面の方も遅いようだ。

でも、あれ？　なんだかちょっぴり恥ずかしくなってきたぞ？　そう言われてしまうと確かに恥ずかしいかも？　だ、だけどギルさんに甘えたい！　っていう気持ちの方が強いのは確かだ。ギルさんに限らず、お父さんや他の人たちにも。

……なんか、これ考えちゃダメなやつだ。モヤモヤする。うん、考えないようにしよう。今は、まだこのままでいい。自分の気持ちに正直になって、思い切り甘えておこうと思うんだ。だって、いつかは恥ずかしさが勝って甘えられなくなる日が来るんだもん。あの時もっと素直になっていたら、なんて後悔しないようにしたいからね。

「私は、まだまだみんなに甘えたいな」

だから、正直に宣言しつつ、ギルさんの首に腕を回して抱きついた。うん。やっぱりこうして抱きついても恥ずかしいとか気まずいとかは思わない。そりゃあ、ギルさんはあの頃から姿が変わっていないのに私はほんのり成長しているから、さすがにパパとは呼べなくなっているけど、大切な家族と思う気持ちは変わらない。

「わかった。……正直、俺も我慢していた」

抱きしめ返してくれたギルさんから、どこかホッとしたような雰囲気が伝わってきた。なぁんだ、ギルさんも寂しかったのね！　このハイスペックイケメンは、表情や態度に出ないからわかりにくいけど、実は寂しがりやなことを私は知っているのだ！

「でも、私のことを考えてくれて嬉しいよ！　ありがとう、ギルさん」

食堂でラブラブと家族愛を確かめ合う私たち。そう、ここは食堂。夕飯時の。生温《なまぬる》い視線が集まっていることに気付いてそっと身体を離した。さ、さすがにこれはちょっと恥ずかしかったかも!!　私たちはそそくさとそれぞれ椅子に座った。ひぇー！

「特級ギルド合同会議？」

食堂で待つこと少し。疲れた様子で戻ってきたお父さんとともに、ようやく夕飯を食べ始めた私たち。食事をしながらお父さんは魔王城に向かう理由を説明してくれた。さっきの私とギルさんのやり取りを聞いたのか、どこか不機嫌である。嫉妬《しっと》の視線が突き刺さるぅ！　お父さんのことも大切な家族だと思っているのに、それとこれとは違うのだそう。やれやれである。

「そうだ。上級ギルドからの依頼でな。話が進んで、いっそのことイベントを立ち上げようってなってるんだ。そうなると俺らの独断で動くのはまずいから、一度特級ギルドのトップが集まって会議を開こうってことになったってわけだ」

「それほど規模が大きいのか。どんなイベントなんだ？」

お父さんの説明は色々と端折《はしょ》られがちなので、ギルさんのように質問を挟まないとまるで話がわからなくなる。ギルさんはそんなお父さんに慣れているのだろう、特に文句を挟むことなく自然と質問を挟んでくれていた。確かにどんなイベントなのか気になるなぁ。そう思って返事を待っていると、口の中の食べ物を咀嚼《そしゃく》し、飲み込んでからお父さんはニヤリと子どものように笑った。

「闘技大会を開く」

「『闘技大会？』」

思わずギルさんと声が重なってしまった。闘技大会って、戦うってこと？　えっと、誰と？　話についていけず疑問符を浮かべる私。お父さんの説明は続いた。

「そうだ。特級ギルド三つと、依頼してきた上級ギルド、プラス魔王城の計五つの団体からメンバーを選出して闘技大会を開くんだ。トーナメント式で最強を競う。魔術、体術、トラップ、なんでもありだ。あーでも、そうなると怪我人が増えまくるな……。武器はやめるとか？　個人戦もいいがチーム戦もいいよな。いや、時間がかかりすぎるか。あ、景品なんかも考えたいよなー」

ウキウキと話すお父さんは本当に子どものようだ。というか脳内、楽しいことしか考えてなさそうで、もっと決めなきゃいけないあれこれをすっ飛ばしている気がする。戻ってきてー！

「特級ギルドの三つと魔王城はともかく、その中に上級ギルドが混ざるのは実力的にどうなんだ」

すると、ギルさんから新たな質問が。うんうん、実力差がありすぎても困っちゃうよね？　そう思っているとお父さんは問題ない、と手を振った。グイッとグラスのお酒を飲み干すと、上機嫌で口を開く。

「その上級ギルドってのはシュトルだからな」

「シュトル……。あ！　マーラさんの？　依頼してきたのって、マーラさんだったの？」

上級ギルドシュトル。最近メキメキと実力をつけているギルドで、百年以内には特級になるだろうと噂されている新しいギルドだ。というのもある意味当たり前。だってそのシュトルというのは、元特級ギルドネーモなのだから。黒に近いグレーな活動を続けていた特級ギルドネーモは、ギルドのトップだった私のお祖父ちゃんにあたるハイエルフ、シェルメルホルンが身を退いた時に一度壊滅したのだ。私のせい、とも言えるんだけど、オルトゥスは壊滅の機会を窺《うかが》っていたから結局のところなるべくしてなったともいえる。壊滅した際、実力のあるメンバーを野放しにするのは危険だしもったいない、ということで新たなギルドを立ち上げた人がいた。それが、シェルメルホルンの姉であるハイエルフのマルティネルシーラさん、通称マーラさんである。それが今の上級ギルドシュトル、というわけだ。それを考えると短期間で初級から上級にのし上がったマーラさんのギルド運営の腕が半端ない、ということがおわかりいただけると思う。

「ってわけで、アーシュにも声かけてやろうかと思ってな。あいつのことだ、こういう楽しいイベントに我を誘わないとは、って拗《す》ねられるとあとで面倒だし」

あー、容易に想像がつくね。いつも仕事で忙しく、なかなかこっちに来られないって、手紙でもつらつらと書き綴《つづ》っているもんね。絶対拗ねる。間違いない。

「それに、あいつんとこにいるリヒトの成長も見たいからな。……そろそろだし」

「そろそろ？」

一瞬、険しい表情になった気がしたけど、気のせいだったかな？　すでにお父さんはいつもの笑顔を浮かべている。

「いや、こっちの話だ。ってなわけで、合同会議が始まる前に詳しい説明をしておく必要があるってことだ」

合同会議の内容も闘技大会の詳しい話も、魔王城から戻った後に重鎮メンバーで話し合うつもりだ、といってお父さんは話を締めくくった。というかさ、それもサウラさんに先に報告しておいた方がいいのでは？　魔王城から帰ってきてからすればいいだろ、ってお父さんは言うけど、そこから急ピッチで準備をしなきゃならないみんなのことを全く考えてないよね⁉

「ギルさん……」
「……安心しろ。全部サウラに伝えた」
「父がいつもすみません……」

さすがはギルさん。わかってらっしゃる。思わず娘として謝罪してしまった。はぁ、本当に、今聞き出せてよかったよ！　呆れたような気持ちでホッと胸を撫で下ろした、その時だ。

——突然、眩暈《めまい》を感じた。

目の前の景色が食堂ではなくなっている。ギルさんとリヒトが、戦っている……？　あ！　これ、前に夢で視たやつだ。間違いない、忘れていたあの夢だ。顔がハッキリとしないし、まだあんまり思い出せないけど、あの時の夢と同じだっていう確信はあった。これはたぶん、予知夢だ。たしかこの後、リヒトがものすごく大きな魔力を練って危なくなるんじゃなかったっけ。あ、もしかして……。これって、闘技大会当日の夢なんじゃない？　だから、ギルさんとリヒトが戦っているのかもしれない。どうしてこの二人が？　って思ったけど、そう考えればしっくりくる。そっか、二人とも出場するんだ。二人が戦う理由がわかって安心したよ。でも、魔王城に行ったらリヒトに注意しておかないと。あんまり高威力の魔術は使っちゃダメだよって！　夢でさえあの魔力量はやばいって思ったもん。絶対に現実でも危険だ。気を付けるべきことを確認して一人頷いていると、目の前に広がっていた光景が途切れ、元の食堂へと戻った。変わらず席にはお父さんとギルさんが座って話しているから、たぶんそんなに時間は経っていないのだろう。ホッと息をついていると、今度は突然全身に悪寒が走った。思わずブルッと身を震わせる。あ、あれ？　前にもあったよね、この寒気。確かサウラさんと一緒にいた時だ。その時と一緒で悪寒は一瞬のことで、すでになんともないんだけど……。身震いするほどの悪寒をこの短期間で二回も経験しちゃうと、さすがに風邪でもひいたかな、と心配になる。本当に今はなんともないし、大丈夫だとは思うけど。

「どうした？」

私が自分の両腕をさすっているのを見て、ギルさんが心配したように声をかけてきた。いけない、いけない。過保護なギルさんに見られたらこうなるのは当たり前のことだった。

「なんでもないよ！　ちょっとだけ、寒いかな？　って……」

「……それはいけない。風呂に入って早めに休もう。明日は魔王城に行くのだろう？」

今は平気だからと余裕ぶって熱でも出してしまったら、明日魔王城に行けなくなってしまう。それは嫌だ！　父様は悲しんで大変なことになりそうだし、リヒトに注意も出来ない。何よりせっかくのお父さんとのお出かけが出来なくなるなんて悲しすぎる！

「腹でも出して寝てたのか？」

「ち、違うもん！　お父さんの意地悪っ」

ちゃんと気をつけようと思っていたところへお父さんが茶々を入れてくる。失礼な。いつもしっかりお布団かけて寝てるもん。寝相は、その、たまにベッドから落ちるくらいでそんなに悪くはないもん。今日はインナーをズボンにインして寝ようかな。仕方ないじゃないか！　子どもっていうのは寝相が悪い生き物なんだよ！

「はいはい。まぁでも……。本当に、気をつけろよ」

「？　うん。言われなくてもあったかくして寝るよ？」

なんだかんだ言って、心配してくれているのかな？　なんとなく、含みを持たせた言い方にも聞こえたけど、気のせい、だよね？　少し気になったけど、お父さんはじゃあまた明日の朝ここでな、と言って先に食器を片付けて立ち去ってしまった。あ、私ったらまだ食べ終わってない！　ハッと気付いた私は慌てて夕飯を口に運んでむせ返り、またしてもギルさんに迷惑をかけてしまうのでした。もう私！　そういうとこだぞ！

次の日、前日に早く休んだおかげか体調を崩すことなく、いつも通り元気いっぱいに目覚めた私は張り切って朝の支度を終え、部屋を出た。

「お、メグおはよう。よく眠れたか？」

「おはようございます、お父さん！　うん、ぐっすり！」

「腹出して寝て……」

「ないよっ！　ちゃんとお腹はしまったもんっ」

お父さんには早速からかわれたよ。もう、いちいちからかってくるんだから。こういうところ、昔から変わんないよねっ。プンプン。

「ギルもおはようさん。……なんだ、メグにしばらく会えなくて寂しいのか？」

「な……！　そんなことは」

お父さんはひとしきり私をからかい終わると、今度は私の隣にいたギルさんに絡《から》み始めた。

「お父さん、ギルさんにまでそーいうこと言わないでっ。ギルさんは大人だもん！　ちょっと私がいないくらいで寂しいとか思わないよ。ね、ギルさん？」

「あ、いや、まぁ……」

私は片手を腰に当て、もう片方の手で人差し指を立ててお父さんに物申した。ほら、ギルさんだって反応に困っているじゃないか。

「あっはっはっ！　メグ、お前がトドメを刺してんじゃねーか！」

「え？　私？　なんでぇ？」

だというのに、お父さんたら何がおかしいのか突然お腹を抱えて笑い出してしまった。もうっ、本当になんだっていうのー？　困ってギルさんを見上げると、ほんのり頬を染めたギルさんが目を逸らしつつも私の頭を撫でてきた。あ、あれぇ？

「そりゃあ、私はしばらくギルさんに会えないのは寂しいけど……。ギルさんも、ちょっとは寂しい？」

私は甘ったれだからね。すっかり甘やかされるのに慣れちゃっているから、やっぱり寂しいって思う。ギルさんに会えないのは特に、だ。でも、もしかしてギルさんも少しは寂しがってくれるのかな？　そうだったら嬉しいなー、なんて思いつつそう聞いてみると、ギルさんは困ったように眉を下げて口を引き結んでしまった。あ、やっぱりそんなわけないだろ、ってことかな。変なこと聞いてすみません。

「……少し、その、物足りなさは、感じる」

と思ったら、小さな声でそんなお返事が！　物足りなさ。そっか、少しは思ってくれているってことだね。もしくは私をかわいそうに思ってわざわざ言ってくれたか。いずれにせよ嬉しくてふへへ、と頬が緩んでしまったので私は単純である。

「……相変わらず不器用なヤツだよ、ったく。さ、朝飯を食ったらすぐ出発だぞ」

「あれ？　シュリエさんは？」

「あいつは後で合流する。先に用事を終わらせてから追うってさ」

それって、お父さんが突然行くって言い出したから仕事の調整に追われているんじゃ……！　合流したらシュリエさんにも深く、深く謝ろうと決意した。はぁぁぁ。

朝食を終え、私たちは揃ってギルドのホールへとやってきた。いつも通りの足取りで進むお父さん。あ、あれ？　そんなあっさりと出ていっちゃうの？　いや、考えてみたらお父さんはよく仕事で遠出するからか、ギルドを出て行く時はいつもフラッとちょっとそこまで、みたいな感じで出て行くよね。その感覚でギルドから出ようとするお父さんを私は慌てて引き止めた。

「ま、待って、おとーさん！」

「あん？　どうした、メグ。忘れ物なんかねぇだろ」

「あるよっ」

お父さんは軽く振り返ってそんなことを言う。そりゃ、必要なものは常に収納ブレスレットに入っているから忘れものって頭がないのはわかる。身一つで出かけられるからね！　でも、大事なことを忘れているのである！

「ギルさんっ」

「メグ」

タタタッと駆け寄ってギルさんにダイブ！　ギルさんも慣れたもので私を難なく受け止めて抱き上げてくれた。首筋にギュギューッと抱きついたら背中に回されたギルさんの手の力も少しだけ強まる。はふぅ、本当に居心地がいい。これだけでホッとするよ。そのまま数秒間ギルさんを堪能してから身体を離す。名残《なごり》惜しや、癒しのひと時！

「行ってきます！」

「……ああ、気をつけて。楽しんでくるといい」

「はぁい！」

今回は、オルトゥスどころか世界でも最強の座に君臨《くんりん》するお父さんと一緒だから、ギルさんもまったく心配していない様子。魔王城に行けばもう一人の最強もいるしね。もちろん、私もまったく心配していない。

「……お前ら、ほんっとに仲がいいな」

「うん！　ギルさん大好きだもん！」

ギルさんの腕からそのままお父さんに受け渡される私。あの、歩けますけど？　でもどちらの抱っこも好きなのでされるがままにしておく打算的な私。お父さんは呆れながら言うけど、そりゃ仲良しだよ？　何を今更、である。

「……俺も、メグが好きだ」

けど、こうも直球な言葉を投げかけてもらえるのはとぉっても貴重なので、うっかりハートが射貫かれてしまった。しかもほんのり微笑み付き。ズキュン！　イケメンの威力、恐るべし！　顔に熱がー。

「……行くぞ」

「あう、い、行ってきますー！」

えへへ、とニヤけつつパタパタと手で顔を扇《あお》いでいたら、お父さんがどことなく不機嫌そうに変な顔をしながら私を抱えて外に出た。さては、お父さんもギルさんのイケメン力にやられたな？　仕方ないよ。お父さんも、普通の日本人基準で言えばかっこいいけど、この世界のド美形と比べちゃダメだ。それに、人は見かけだけじゃないんだから。ギルさんは中身もかっこいいけどね！

ギルドの外に出ると、お父さんは魔術で車を出現させた。思ったものを魔力で具現化させられるんだって。さすがは転移チート。主人公力半端ない。

「あ、車で行くの？」

「ああ。俺の移動はいつも車だぞ」

「ふふっ、カケルくんに乗って二人でドライブなんて昔を思い出すね」

ちなみにカケルくんというのはお父さんの愛車の名前だ。実物ではないけど、それとまったく同じ形の乗用車で、環の時、幼い頃はよくこの車で出かけたものだ。思い出に浸りかけたその時、車のドアを開けたところで目に入った物のせいで、私はフリーズした。

「チャイルド、シート……！」

助手席には、記憶にはないイスがセットされていたからだ。その存在感に愕然《がくぜん》とする。なんだろう、この打ちのめされた感覚は。いや、私は子どもだし？　身長は小さい方だし？　安全のためにも必要なのはわかっているんだけどさ。普段はほとんど顔を見せない環時代の感覚がこのイスに座ることに屈辱《くつじょく》を感じている……！

「……っ、仕方ねぇだろ。お前は、ぶふっ、ちっせぇんだからよ……ぶはっ」

「笑いすぎ！　絶対わざとでしょ！　嫌がらせだぁっ、うわぁぁぁん！」

お父さんの悪ふざけだー！　とポカポカ叩いてやった。お父さんは悪い、悪いと私の頭を撫でて宥めてくれるけど、許さないもん！

「笑って悪かったって！　でも、安全のためにもこれは必要なんだ。いくら魔術があるからって俺だって万能じゃない。突然の事故ってのは、いつ起こるかわかんねぇ。お前には少しの怪我だってして欲しくない。……俺も車の事故のせいでこの世界にきちまったわけだし、な」

ふと、お父さんの表情に影が落ちた。そうだ。そうだったよね。私もその言葉で一気に怒りが収まっていったよ。そんなに怒ることじゃなかったよね。ごめんなさい。

「……そ、か。うん、わかったよ」

日本にいた頃だって、事故っていうのはなくならないものだった。自分が気をつけていても巻き込まれることがあったり、災害なんかもあるわけだし。今は私も小さな子どもなんだからきちんと言うこと聞いておこう。お父さんに悲しい記憶を思い出させてしまって申し訳なかったな。私にとってもつらい思い出だ。

「でも、だからってこんなピンクでフワフワなチャイルドシートにする必要はないと思うんだけど？」

けど、それとこれとは話が別だよね。気分を変えるためにも、私はわざと口を尖らせて言ってやった。

「可愛いからいいじゃねぇか」

それはそうだけど！　何気に可愛いもの好きなお父さんの趣味が全開である。ケラケラ笑いながらお父さんの手によってヒョイッとシートに乗せられた私。自分で乗れるのにぃ。あ、でも座り心地は抜群だ。お父さん、いい仕事した。

「さ、行こうか」

運転席に座ってドアを閉め、自分もサッとシートベルトをつけたお父さんはハンドルを握って魔力を流す。そうすることでエンジンがかかるらしい。自然に優しいエコドライブ……。ほどなくして音もなく車が浮かび上がり、動き出した。タイヤの意味!?　でも、だからこそなのかものすごい勢いでスピードが上がっていく。

「とんでもないスピードが出るし、乗り心地も良くて便利だけど……。目立つね？」

「まぁそこは慣れろ。この大陸中はこれで走り回っているからだいぶみんなもこの光景には慣れている。そこまでの注目は浴びねーよ」

なんて心の強さなんだ！　娘の私はみんなに変な目で見られるのでは？　と気が気でないのに。でもお父さんは昔っからそうだよねぇ。私が小学生の時に、家庭科の授業で作った歪《いびつ》なマフラーも平気でつけて会社に行っていたこともあったっけ。なんだか、この車に乗ってお父さんと二人でドライブしていると、忘れかけていたあれこれを思い出しちゃうなぁ。そういえばあんなこともあった、こんなこともあったって。でも、どうやらそれは私だけじゃなかったみたい。

「よく夜中に車で出かけてさ、うまいラーメン屋探しに行ったよな」

「ふふっ、覚えてるよ。ボロボロの外観のお店を見つけて、お父さんがこういうところはうまいんだーって言って入ったの、覚えてる？」

「あーあれな！　くっそまずかったよな！」

お店の見た目で判断しちゃダメだよね、ってことで私も渋々そのお店に入ったんだけど、ほんと、笑っちゃうくらいまずかったのだ。あの時は二人で顔を見合わせて苦笑いして、帰る時に車の中で今みたいに大笑いしたんだよね。ああ、懐かしいなぁ。もうだいぶ忘れたと思っていたけど、意外と覚えているもんだなぁ、と笑い合う。まさかまたこうして、ドライブしながら笑い合える日が来るなんて、夢みたいだ。

「またこうして、メグとドライブしたかったんだ。思い残すことはねぇな」

「もう、死期が近いみたいな言い方やめてよっ」

また同じようなことを考えていたみたい。こういうところ、今は血が繋がってなくても親娘《おやこ》だなーって感じる。でも、思い残すことがないなんて不吉な言い方にはツキン、と胸が痛んだ。

「……ばぁか。俺ぁまだまだ長生きすんぜ？」

「知ってるよ。というか……。してくれなきゃ、嫌だ」

ただでさえ、私はみんなを見送る立場にあるのだ。どうしてもその手の話には敏感になってしまう。思わずお父さんの左袖をキュッと掴んだ。

「……そんな顔すんな。こりゃマジで当分の間は死ねねぇわ」

「うん……」

チラッと見上げたお父さんの横顔は、困ったように眉が下がっている。わがまま言ってごめんね、と心の中で呟いた。

6　魔王城での再会

あの後はまた道中、楽しい話で盛り上がった。変な雰囲気にして悪かったなぁと反省した私は、最近のギルドの様子や訓練の話なんかをお父さんに報告したのだ。基本的に毎日楽しいから、報告も自然と楽しい気持ちになる。お父さんも笑ってくれたから良かったよ。そうこうしている間に、気付けば魔王城に到着していた。……そう、到着したのだ。おかしい。絶対におかしいよね？　オルトゥスから魔王城までは結構な距離だったと思うんだけど？　楽しくドライブしていたから早く着いたように感じた、とかいうレベルでは決してないと思うの。絶対、尋常じゃないくらい速かった。そ、そんなにスピード出ていたっけ？　と不安になってしまう。

「あー……。ま、ところどころ近道したからなぁ」

近道、というワードにパワーを感じた。あれだ、きっとギルさんの影渡りみたいに、ワープのようなことをしているんだ。たぶん、いや絶対そう！　でも気付かなかったなぁ。魔術の発動した気配に関してはそれなりに敏感になってきたと思ったんだけど、私はまだまだってことだね。思い知った。

「さ、こっからは歩いてくぞ。城下町を歩いて通るとみんなが声かけてきて面倒でもあるが、なかなか楽しいんだ」

「城下町の人たちも、魔王城の人たちも、みんな優しいもんね！」

　ここにきたのは結構久しぶりだけど初めてではない。前に来た時は城下町の散策もさせてもらったしね。みんな私のことは話に聞いていたみたいで、優しく接してくれたっけ。あの時は手には持ちきれないくらいのお土産をたくさんもらったよなぁ。嬉しいような申し訳ないような複雑な気持ちになったのを覚えてる。そういう歓迎っぷりはオルトゥスのある街と同じなんだよね。でも街や人の雰囲気は全く違うから面白い。オルトゥスのある街はなんというか、素朴《そぼく》な感じなんだよね。でも歩道は凹凸《おうとつ》が少なくて歩きやすかったり、お店の場所がわかりやすかったりで住みやすい街だ。

一方、この城下町は古き良き下町、みたいな印象だ。屋台が多く並んでいたり、細道が至る所にあったり。あと石畳ってところがいい雰囲気で個人的に好きだったりする。

「あ、ユージン様！　それにメグ様まで！」

私たちがお喋りしながら歩いていると、早速町の人たちに声をかけられた。前の時と同じ熱烈歓迎っぷりに、お父さんと目を合わせて吹き出して笑う。でも町の人たちは皆さん弁《わきま》えてらっしゃるから、ワッと人が殺到することはないんだけどね。そういうところはオルトゥス近くの街でも同じだから安心出来る。

「よ、元気にしてるか？　アーシュはサボりに来てねぇか？」

「ははっ、そんなの決まってるじゃないっすか！」

「鼻がついたおかしな眼鏡をかけて来た日は、気付かないフリをするのが大変でしたよー！　笑いを堪えるのに必死で！」

明るく笑いながら魔王である父様のサボり癖を暴露する町の人たち。どうやらよくあることらしい。お父さんもわかっていて聞いたっぽいし、私も薄々察していたけどね。肝心の父様は誰にもばれてないと思っているのがまた残念である。そこが父様らしいんだけど！　魔術を使って姿を変えればいいのにそうせず、簡単な変装で街を練り歩いているのが目に浮かぶ。あれだけの美形が鼻眼鏡程度で存在感を消せると本気で思っているのだろうか。むしろ鼻眼鏡なんかつけていたら逆に目立って仕方ないのに。ちなみに、鼻眼鏡を贈ったのは私である。いや、だってお父さんがこれも手紙と一緒に送れって言うから……。確信犯で愉快犯だよね、お父さん。

「ま、クロンは大変だろうけど、止めようと思えば出来るのにそうしないってことは大丈夫なんだろ。アーシュにとっても町にとってもいいことだしな」

「ええ、ええ、そうですよ。おかげでこの町は平和そのもの。魔王様が来られた日は、より一層活気にあふれた町になるんですよ！」

そうなのだ。だから誰も文句は言わない。むしろ意を酌んで知らないフリをし続けてくれている。父様はいろいろとアレで残念な人ではあるけど、魔族たちに好かれるとてもいい王様なんだよね。相変わらず皆に慕われているのがわかって、心が温かくなったよ！

さて、ようやく魔王城の前までやって来た。だいぶ城下町で時間を使っちゃったよね。本当に色んな人が気さくに話しかけてくれるものだから、話に花が咲いちゃって、つい。町の人たちとの交流はとても楽しいので、本来の目的を忘れかけてしまうほどだ。ちょっぴり反省である。

「最初からこうなるってわかっていたから大丈夫だ。だから近道して早めに到着したんだしな」

遅くなってしまったことを気にしていたら、なんとお父さんの計算通りだったようだ。それならそうと早く言ってよー、と頰を膨らませて文句を言うと、人差し指で頰を突かれてプシュ、と間抜けな音が出てしまった。もー！

「まーまー。メグには時間を気にせず楽しんで欲しかったんだ。楽しめただろ？」

「う、言い方がずるいなぁ。でも、ありがと、お父さん」

そして結局、カッコいいこと言っちゃうあたりお父さんは憎めない。言い出すことは突然だし、大事なことはギリギリまで言わないから色んな人を振り回すけど、基本的にお父さんのやることはみんなのためになるって知っているんだ。そんなお父さんが私は大好きだし。でも文句は言うよ、そりゃ言うよっ！　振り回される方は大変なんだからね！　ギュッとお父さんの腕にしがみつきつつ魔王城の城門をくぐり抜ける。色んな人から生温い眼差しで見られているのを感じたけど、そんなものは慣れっこだ。お父さんもされるがままにしているし、歩きづらいだろうけど我慢してもらおう。いいの！　甘えられるうちにたくさん甘えるって決めているんだから。もう二度と後悔しないように。

「ずるいぞ、ユージン！　羨ましいっ‼」

ルンルン気分でいたわけだけど、バァンッと大きな音を立てて城の入り口から魔王が飛び出してきた！　驚いて思わず手を離しちゃったよ。そんな魔王こと父様はなぜか半泣き、というか号泣している。

「うるせー！　せっかくの親子水入らずだったのに、邪魔しやがって。見ろ、メグが手を離しちまったじゃねぇか！　幸福タイムを返せ！」

「うるさいのは其方《そなた》の方であるぞ、ユージン！　それだけ堪能したのだ、十分であろう⁉」

あ、お父さん、幸福タイムだって思ってくれたのね。それはそれで嬉しい。父様がそれに嫉妬して言ってくれているのも嬉しいけど、毎度のことながら恥ずかしいのでせめて城の中に入ってドアを閉めてからやってほしい。道行く人たちがクスクス笑いながら見ているよ……！　仲がいいのねぇって。本当にね？　はぁ。

「よ！」

「ふあっ」

遠い目で父たちの様子を眺めていると、背後からポンと頭に手を置かれたので変な声が出た。慌てて手の主を仰《あお》ぎ見る。

「相変わらずちっこいなー、メグ」

「リヒト！」

そこには、もはや立派な大人へと成長したリヒトが立っていた。振り返って手を広げれば、リヒトもやれやれと言った様子で手を広げてくれたのでギューっと抱きつく。本当、私はスキンシップが好きな子どもである。

「リヒト久しぶり！　確かに小さいけど、私だってこれでも成長してるんだよ？」

「まー、そりゃわかるけどさ、俺はもうおっさんなのにお前はまだまだ子どもで、なんつーか変な感じなんだよな」

おっさん、とリヒトは自分のことを言うけど、やはり年齢よりもずっと若く見える。せいぜい二十代後半だ。リヒトは元日本人だし、童顔だから余計に若く見えるのもある。あれから二十年経っているから、リヒトはもう三十四、五歳くらい。人間だし、たしかにおっさんと言える年齢かもしれないけど……。まぁ、お兄さんだよね。保有魔力が多いのでどうしても成長が遅いのだから。

「私も変な感じだよ。なんだか、一人取り残されている気分……」

「メグ……」

それでも、私よりずっと早く年を取っていくのは変わらない。その変な感覚はリヒトだけではないのだ。私だって流れる時の差を感じてなんとも言えない気持ちになる。この世界にハイエルフと魔王の子として生まれたことで、避けては通れない運命であることはわかってるよ？　それを私は受け入れなければならないとはわかっていても、寂しいものは寂しい。

「……ねぇよ」

「え？」

そんなセンチメンタルな気分でしょぼくれていたからか、リヒトの言葉が聞き取れなかった。顔を上げて聞き返してみたけど、リヒトは優しく笑ってなんでもない、と頭を撫でてくれた。慰めてくれたのかな？　私ったら本当に子どもだな。中身も成長してないんじゃないかって思っちゃう。

リヒトと会うと余計に、早く大人にならなきゃって焦る気持ちが募《つの》る。だって、人間は私よりも遥かに早くこの世を去ってしまうのだから。置いていってしまう者と、置いていかれてしまう者。どちらが辛いかなんて測れない。

私たちはそれ以上、このことには触れずに微笑み合った。

「む、貴様リヒト！　さりげなく抜け駆けするでないぞ！」

「してないっすよ！　人聞きの悪いっ」

そこへようやくお父さんとの喧嘩がひと段落したのであろう、父様がやってきてリヒトに詰め寄る。もう、忙しい人だなぁ。思わず苦笑を浮かべて私は父様の手をとった。

「む、メグ……！」

「お久しぶりです、父様！　会えて嬉しい！」

「ぐはっ、相変わらずの威力よ……！　メグ、我も会えて嬉しいぞ！　その、抱き上げても……？」

恐る恐る聞いてくる超絶イケメンにキュンとする。こんなに顔が整っているのに大型犬みたいな反応で大変親しみやすいです。当然、否《いな》やはないので頷きつつ両手を挙げて待機してみると、父様は嬉しそうに、そして優しい手つきで私を抱き上げた。そんな壊れ物を扱うみたいにビクビクしなくても、とは思うけど、私への思いやりが伝わってきてほっこりする。思わずにへっ、と笑ってしまった。

「ぐぅ、可愛い。我が娘は世界一可愛い」
「ったりめーだ！　ほらアーシュ、さっさと執務室行くぞ」
「わ、わかっておる。メグもそこまでは一緒でよいであろう？　クロン！」
「はい、ザハリアーシュ様」

父様が呼べばどこからともなく現れたクロンさんがスッと頭を下げる。え、ほんと、どこから現れたの、この人。

「執務室についたら、メグの相手を頼む」
「引き受けました。メグ様、お久しぶりです。お変わりないようですね」

父様からの指示に答えたクロンさんは、そのまま私に視線をずらし、相変わらずの不器用な微笑みで私に挨拶をしてくれる。シワも汚れも見当たらないメイド服を着こなし、涼しげな水色の髪に瞳。クールビューティさは健在だ！　ただし、相変わらず作り笑顔は苦手なようだけど。む、無理に笑おうとはしなくていいのよ？

「クロンさんも、元気そうでよかった！　今日はよろしくお願いしますね！」

「ええ、お会い出来るのを楽しみにしていましたよ」

でも、私の言葉に返してくれた微笑みは自然体で、とっても綺麗だった。ふふ、クロンさんの自然な微笑みを引き出すのは、私の密かな目的だったりするから嬉しい。

「クロン」

「……リヒト、様。貴方もザハリアーシュ様とともに執務室へ」

「……ああ、わかったよ」

……あれ？　なんだろう、この二人の微妙な距離感。気のせい、かなぁ？　声をかけようと思ったところで父様が歩き始めてしまったので聞けなかったけど……。喧嘩とか？　うーん、なんだか心配である。

「ふぅん、進展なしか」

「ああ、まったく困ったものよ。だが、見守るしかなかろう」

「だな」

頭上でお父さんと父様がため息混じりに言葉を交わしあっている。たぶん、リヒトとクロンさんのことだよね？　訳有りの予感がプンプンする。この二人は事情を知っているようだ。色々と想像は出来るけど、見守るしかない、とこの二人が言うのならそれしかないんだろう。私も首を突っ込まずに大人しくしてようと決めた。き、気になるけど！　それよりもメグ、と父様が私に話しかけてくるので、私はそちらに耳を傾ける。最近はどうだ？　と近況報告を聞いてくるわけだけど、大体は手紙に書いて送っているはず。でも、手紙の内容と同じことを話したとしても、それを嬉しそうに聞いてくれる父様の顔は、まさしく父親のそれなので、私も気にせず話した。なかなか直接会えないもんね。私も寂しかったし、久しぶりに会えてこうして話せるのは楽しいので問題はない。

それから私は、父様の抱っこで執務室へと着くまでずっとお喋りを楽しんだ。少しでもたくさん話しをさせてやろうと、お父さんも隣をゆっくりと歩いてくれたことに感謝だ。

「さて、名残惜しいが今はここまでだ。メグ、食事は共に摂《と》ろうぞ」

「うん！　お仕事のお話、だよね？　頑張ってね」

「こ、これはすごいな。メグの応援があれば世界が敵に回っても負ける気がせぬ」

「規模がでけぇしシャレになんねぇからやめろ、アーシュ」

本当に、いちいち反応が大げさなんだから。でもこれ、本気なんだよね。それが逆に恐ろしさを増しているわけなのだけど。

「さ、メグ様、参りましょう。少し、頼みたいことがあるのです」

「頼みたいこと？」

父様と、そしてお父さんにもまたあとでね、と挨拶をし終えると、クロンさんが私の手を引きながらそんなことを言う。なんだろう？

「あんま無理させせんなよ？　何するかしんねぇけど」

そんなやり取りが聞こえたのか、リヒトが私たちと入れ違いに執務室に入りながらそんなことを言い出した。ちょっとだけ険《けん》のある言い方じゃない……？

「リヒト、様に言われなくてもわかっています」

「ちぇっ、可愛くねぇの」

「可愛さなど、私には必要のないものです。では、失礼いたします」

ちょ、リヒト!?　昔からよく私のこともからかうようなことは言っていたけど、さすがに毒がある言い方だよ？　ヒヤヒヤする私を余所《よそ》に、まったく動じていないかのように淡々とドアを閉めてしまったクロンさん。うっ、逆に怖い！

「あ、あの……。クロンさんは、可愛いよ？」

居た堪れなくなった私が控えめにそう言うと、険しい眼差しで閉めたドアを見つめていたクロンさんがフッと表情を柔らかくしてくれた。あ、笑った。

「ありがとうございます、メグ様。お優しいですね」

でも一瞬だけ、今度は切なそうにドアを見つめたような気がした。本当に一瞬だったから気のせいかもしれないけど、何だか気になる眼差しだったな。

「さ、行きましょう」

「……はい」

きっと、触れちゃいけないんだろうな。本人たちから何かを言われない限り、下手に口を出さない方がいい。私も、それ以上は何も言えなくなってしまった。

【ユージン】


クロンがメグを連れて行ったのを見送り、やれやれ相変わらずだな、と思わずため息を吐いた。

「なんだ、リヒト。まだ認めてもらえてねぇのか」

「……まぁ。でも、たぶん今じゃないんだと思うから」

リヒトは、初めてこの魔王城にやってきた時にクロンに一目惚れをしたのだそうだ。あまりにもわかりやすいから聞いてみれば、あっさり答えてくれたんだよな。あの頃はこいつもまだ子どもだったし、可愛い初恋だと思って微笑ましい気持ちで見ていたんだが、どうもそれは本気であったらしい。今もずっと、変わらずに想い続けている一途《いちず》さは好ましく思う。

「その割に、我慢出来ずに気持ちを伝えてしまうのであろう？　難儀なものよ」

「ぐっ、魔王様、それは言わないでくださいよ……！」

しかも、その気持ちを本人にもぶつけてしまうみたいなんだよな。というか思ってることをつい言っちまうんだろう。抑えきれないと本人は言うが、なかなか情熱的で嫌いじゃないぜ。その度にフラれているらしいんだが、めげない点も含めて根性あるヤツだと思う。……ま、その行動は正解だろう。クロンも、本当はリヒトを好ましく思っているだろうことは、見てればわかるってもんだ。

だが、クロンが断る理由もわからなくもない。なんてったって、リヒトはただの人間だからな。これればっかりは仕方のないことだが……。クロンも素直になればいいのに、と思わずにはいられない。

「まぁ、今はそのことは置いといてやるよ。……先に話すべきは、メグのことだ」

まだ変わりそうにない二人の進展は置いておくとして、さっさと本題に入らないとな。なんのためにここに来たのかって話だ。俺が切り出せば、アーシュとリヒトの顔色が変わった。

「……なんか、ずいぶん情緒《じょうちょ》不安定って感じがしました」

「そうだな。理由はわかるか？」

リヒトが最初に口を開く。さっきメグと話していた時に感じたんだろう。あんな短時間でそれに気付いたか。よく観察しているな。

「はい。……なんとなく、ですけど」

「ならいい。その勘は当たっているだろうよ」

メグは元々、あれこれ不安になってグルグルと思考の渦にはまりがちなタイプだ。それは環の時からの性格だからこの先も変わらないだろう。だが、あいつのいいところは、それはそれとして自分で考えにケリをつけられるところだ。つまり、ウジウジ考えはするが、基本的に一人で解決しちまう。それがなんでも背負い込みすぎる悪い癖にもなっているわけだが、解決出来る能力は素直にいいところだと言えるだろう。ただ、最近は将来の漠然とした不安みたいなものに押し潰され気味なんだよな。誰よりも成長が遅く、誰よりも長生きをするから取り残されていくような感覚が人より大きいのはわかる。その度に、それでも自分は自分なりに成長している、と言い聞かせているようだが、この不安がなくなることはきっとない。なぜなら、メグが最も恐れているのは、俺ら仲間がどんどん先に逝ってしまうことなのだから。

「想定していたより、随分と早いのだな……」

それに加え、どうしようもない原因によってメグは情緒不安定になっている。本人はまだ全く気付いていないけどな。そしてそれは今後、もっと悪化するだろう。成長過程で必ず訪れる、メグの人生で最大とも言える難関が立ち塞《ふさ》がっているからだ。その壁は、目に見えるほど身近に迫ってきたと感じる。そして、その壁をメグは自分の力で乗り越えていかなきゃならない。

「どのみち、今は注意深く様子を見る他ない。ただギリギリまで待っていたら間に合わなくなる恐れもある。俺らが帰ったらアーシュ、リヒトにもっと詳しく話してやれよ」

「そうであるな……」

だが、そのために備えはしてやれる。少しでもメグの力になれるように、いつでもサポート出来るように、準備はしておかなきゃいけねぇんだ。まだ時期尚早な気もするが、そんなことも言っていられないとこまで来ている。

「話ってもしかして……」

色々と察してはいたのだろう。リヒトが真剣な眼差しで確認をしてくる。これまでずっと、理由も告げずにリヒトには強くなれと言い続けてきた。だが、ここらでリヒトには知っておいてもらわなければならない。

「ああ。お前が俺たち並みに強くならなきゃいけなかった、その理由だ」

リヒトが魔王城に引き取られることになった理由。強くならなければならない理由。思えば文句も言わずによく死ぬほどの訓練に耐えてきたものだ。アーシュやクロンのシゴキだろ？　絶対やばい。なのに愚痴《ぐち》さえ聞いたことがないから、やっぱ大したヤツだよ、リヒト。

リヒトはわかった、と一言呟くと、ゴクリと息を呑んでその瞳に覚悟の光を宿した。だが。

「とまぁ、この話はここでおしまいだ。あとは俺らが帰った後にじっくり聞いてくれ。さ、切り替えていこうぜ。一応、メグにはこっちが本題ってことになってるからな！」

今、話をしてやることも吝《やぶさ》かではないんだけどな。時間は有限。話し合わなきゃいけないことは他にもあるのだ。夜にでもアーシュに聞いてくれと丸投げしてやった。二人が微妙な顔をしているが、知ったこっちゃない。

「ユージンよ、そういうところであるぞ？　慣れておるが」

「俺、今、覚悟決めたところだったのに……。ま、いいけどさ」

ブツブツと呟く二人のことを無視して、俺は話題を切り出し始める。二人はさすがと言うべきか、思考を切り替えて真剣に耳を傾け始めた。

「闘技大会？　特級ギルド同士でか」

「ああ。正確には上級ギルドも混ざってるけどな。実力的にはまったく問題ないだろ。で、そこにリヒトも参加しないか？　魔王城枠でも作ってさ。他にも二、三人くらい代表者を出してもいいし」

「え、俺、ですか」

名前を出されたリヒトはポカンとした様子で聞き返す。ま、そうなるよな。話が突然すぎるし。

「それは構わないが、またなぜそんな話になったのだ？」

アーシュの疑問も尤《もっと》もだ。というか、実は俺もまだ詳細は把握《はあく》していない。ひとまず、俺の知っている情報を伝えておくことにした。

「簡単に言えば、町起《まちおこ》しってとこだな」

「町起し？」

「ああ。まず、俺に相談を持ちかけてきたのはシュトルのトップ、マーラなんだよ」

「シュトルか。元特級ギルドネーモであるな。マーラというと、あのハイエルフの女性か」

さすがは、魔王。しっかり把握しているな。ま、アーシュはハイエルフの郷《さと》に行ったし、というか暴れたし、マーラのことは覚えていて当然なんだが。

「俺も詳しい話はまだ聞いてねぇんだ。ただ、セインスレイをいい町にするために、イベントを開きたいって言うから。じゃ、闘技大会とかしてみるか？　って安易に提案したら乗り気になってな」

俺も軽い気持ちで提案したんだ。昔はオルトゥス内だけでたまに開催したから、それをふと思い出したってだけで。あれはなかなか楽しかった。賭《か》けは上限を食事代金までと決めてやったけど、それでも十分面白かった。ちなみにあの大会によってギルの強さが並外れてヤバイってことが知れたわけだが……。ま、懐かしい思い出だ。

「だから、町起しか。そんなに寂れた土地だったたっけ、セインスレイって」

「おお、リヒトはまだあちらの方には行ったことがなかったな。寂れた、というよりは、治安が悪いと言った方が正しいぞ」

首を傾げるリヒトにアーシュが簡単に補足する。そう、あの国は本当に荒くれ者が多い。だからこそ、ネーモというキナ臭いことこの上ない組織にも拘わらず、腕が立つメンバーが集まったとも言える。モラルってもんがない上に、やたら腕っ節の強いヤツが多い国なのだ。そんな中で、ギルドを立て直して上級にまであっという間に駆け上がったマーラには尊敬を通り越して恐怖を感じるね。さすがはハイエルフというべきか。あんなにおっとりとした美人だというのに。ハイエルフは見た目で判断してはならない。決して。

「ま、その辺をどうにかするために色々考えてるみたいなんだよ。そのために、特級ギルドの助力を、と頼まれたんだ」

「ふむ。しかし、オルトゥスはともかく、ステルラやアニュラスは協力するであろうか？　メリットが無い限り、あの二つは動かぬと思うのだが……」

アーシュの懸念《けねん》は尤もだ。だが、それを考えてないわけがない。あのマーラが！　それを言えば、アーシュも目を逸らして、そうであるな、と一言漏らす。理解が早くてなによりだ。

「だからまずは、プレゼン……えっと、どういったイベントを行って、どんなメリットがあるのかを、各ギルドの代表者で集まって説明させてほしい、ってことだ。そこで一気に説明するからってんで、俺もそれ以上のことは詳しく聞いてねぇ。二度手間だからってさ」

「じゃあ、まずは合同会議をする場所とか、連絡をしなきゃいけないってことか。そこで決まれば、闘技大会が開催されるってことですか？」

「そういうことだ、リヒト。だからお前にも会議に参加してもらいてぇんだ。魔王城代表として」

「我ではダメなのかっ」

そりゃ、本当の魔王城代表はアーシュだけどよ。どう考えてもダメだろ。まったくこのポンコツ魔王め。ため息を吐きつつ人差し指でアーシュの額を強めに突く。

「お前がいるとみんなが萎縮《いしゅく》しちまって話し合いになんねぇ。それに、クロンが許しちゃくれねぇだろ」

「ぐぬぬ……！」

額に当てたままの人差し指を押し返してくるな、指が折れる。それに、そんなに睨んだところでお前が行けるかどうかの決定権は俺にはない。

「ってことで、俺からの話はこれで終わりだ。闘技大会に参加するかどうかは、マーラの説明を聞いてからでもいい。だが、合同会議には来てほしい」

「わ、わかりました」

会議の日時や場所は、また連絡するということで話がついた。リヒトはまだどこか迷っているようにも見えるが、たぶん問題ない。リヒトは絶対に参加する。アーシュから例の話を聞けば、自分の力を試したくなるだろう。それによ、強いヤツと戦う機会なんてこの平和な時代において滅多にないんだ。いつも決まった相手と訓練はしているだろうが、他の強者と戦うのはなによりもいい経験になる。

だがリヒト、大会で優勝すること。まずはこれが最低ラインだからな。これは試験にもなる。大会の意図がなんであれ、こういう機会は逃さず利用してこそだ。……楽しみにしてるぞ、リヒト。

第2章◆特級ギルド合同会議

1　子ども園

クロンさんに連れられて、私は魔王城の外へと出ていた。外、といっても敷地内だけど。なんだかキャッキャと騒ぐ声が聞こえる？

「着きました。ここは、子ども園になっているんです」

「子ども園？」

「はい。城下町に住む百歳以下の子どもたちが集まって、遊んだり学んだりする場所です。随分前にユージン様に提案されて、こういう場を作ったのです。場所は魔王城の敷地内ですし、安全面も完璧なんですよ」

着いた場所はまさかの子ども園でした！　幼稚園？　いや、大きな子たちもいるからどちらかというと学校みたいな感じかなぁ？　なるほど、お父さんの提案なら納得だ。

「朝、子どもたちはここに集まって、年齢に応じて様々な活動をします。その後、昼食を摂り、また少し活動をしてから日が高いうちに家へ帰ります」

大きな子たちが小さな子たちの面倒を見て、家まで送ったりもしているんだって。上の子が下の子の面倒を見る、ということが当たり前になっているんだ。

「当初は本当に大変でしたよ。ある程度育った子ならまだしも、赤ん坊まで預かるというのですから。魔術が暴発したり、空を飛んでの脱走があったりで……」

「た、大変そう……！」

前に、ミィナちゃんのお世話をしたからよくわかる。あれはたった一日だったから良かったものの、ずっとお世話を続けるのは本当に大変だと思う。世のお母さんやお父さん、先生たちには脱帽《だつぼう》だよ！

「試行錯誤《しこうさくご》していくうちに、今の体制が出来上がったのです。保護結界魔術も完備した今なら、どれだけ魔力暴走を起こしても問題ないですよ」

それはそれで怖いな⁉　さすが魔王城……。お父さんの発案もすごいけど。

「それで、メグ様に頼みというのは……。あそこにいる子のことなのです」

そう言って、クロンさんは子ども園の建物近くにひっそりと丸まって座る一人の子どもを示した。

深い青色をした髪がパッと目について印象的だった。後ろ髪だけサラリと長いようで、首の後ろで一つに束ねているみたい。一見、普通の人間の子どものように見えたけど……。あ、あれ？　なんだろう。違和感がある。

「彼の名前はウルバノ。そして、珍しい巨人族の子どもです」

「えっ、巨人族⁉」

続くクロンさんの説明に私は心底驚いた。巨人族。聞いたことはあるけど会うのは初めてだ。言われてみれば普通の子どもよりも大きいかな？　といったところ。でも巨人、というほど大きい印象はない。あ、そっか。違和感の正体がわかった。他の子は獣耳や尻尾、鱗《うろこ》や触角があるけど、あの子にはなにもないからだ。私たちエルフや小人族、ドワーフと一緒で、限りなく人間に近い姿であり、魔物型というものがないのである。

「もっと大きいと思っていましたか？」

「あうっ、えっとぉ……。そ、そうです」

横目でチラリと私を見てそう聞いてくるクロンさん。ここは誤魔化しても意味がないので素直に白状した。すみません、勉強不足で。でもそんな私に、クロンさんはいいのですよ、と嫌な顔一つせず説明をしてくれた。無表情がデフォルトだけど、優しいのだ！

「巨人族は、よくアプリィの木よりも大きいと思われがちなのですが普段はそんなに大きくはありません。それでも他の亜人の人型平均よりも頭三つ分ほどは背が高いですけどね。そして、アプリィの木より大きくなれるのも事実です。魔力によって体の大きさをある程度自由に変化させることが出来るのですよ、巨人族は」

「巨人族だけの魔術、みたいな感じですか？」

「そうですね。我々のような希少亜人がそれぞれ特徴のある固有魔術を使えるのと同じです」

なるほどー、目から鱗が落ちる。てっきり巨人族は常に大きいのが普通だと思っていたから。そうではなく、魔術によって巨大化出来る種族だったのだ。確かにあそこで丸まっている巨人族の子も、他の子より大きめだな、というくらいでそこまで気にならない。亜人でも特に大きいっていう人はいるから余計にね。ニカさんがいい例である。

「えっと、それで、あの子がどうかしたんですか？」

「ええ。あの子は最近になってここへ来たのですけれど……。実は、孤児なのです」

「え……」

話を聞けば、あの子の母親はあの子を産んだ後に体調を崩し、ずっと寝込んでいたのだそう。それが最近ついに亡くなってしまって、あの子は親を失ってしまったんだって。そっか、母親が……。

なんだか私と境遇が似ているな。環の母も、メグの母も、幼い時に亡くなってしまったから。

「父親は巨人族ではない亜人だったらしいのですが、あの子が生まれる前に不慮の事故で亡くなっているそうで。母親が倒れてしまった要因の一つでもあると聞いています」

そっか、あの子にはお父さんもいないんだ。だから身寄りのないあの子を魔王城で引き取ることにしたんだって。じゃあ、あの子はずっと子ども園にいるってことか。どれだけよくしてもらっていたとしても、時間になったら一人、また一人と帰っていく様子を見るのは、きっとすごく寂しいよね。

「まだ、母親が亡くなって半年ほど。あの子は立ち直れずにいます。子どもたちの輪にも入ろうとしないのです。だから、園で働く職員が心配していて……」

うん、それは心配だ。私だって今初めてあの子の様子を遠目で見て、話を聞いただけだけど心配だもん。今はまだ無理でも、少しずつ自然に笑えるようになってほしいって願わずにはいられないよ。

「ですので、メグ様には一度、ウルバノとお話ししていただけないかと思って」

「うえっ⁉　わ、私⁉」

変な声出た！　え、え、どういうこと？　ですので、って言われても！　どこをどうしたらその流れで私があの子と話すことになったのかな⁉　いや、お話することに否やはないよ？　ただ、話しかけることは出来ても、それによってあの子が返事をしてくれるだとか、少しは元気になるだとか、そんな保証はないし自信もないから。慌てる私に対して、クロンさんがクスリと笑みを溢す。あ、笑った……！　笑顔を作るのが超絶苦手なのに、今日はよく笑顔を見せてくれる。は、反則だよ！　美人すぎてトキメキが止まりません！

「あの子をどうにかしてほしい、というわけではないですよ、もちろん。少しは何か変化があればとは思いますが、なんの反応もなかったとしてもいいのです。ただ、ウルバノはメグ様より後に生まれましたし、巨人族です。なので……、その」

クロンさんは少しだけ言葉を濁している。どうしたのかな？　黙って続きを待っていると、意を決したかのようにクロンさんは言葉を続けた。

「この先、メグ様とは長く付き合っていけると思ったのです。良き友として……。巨人族は寿命も長いですから」

「あ……」

私のためでもあったんだ。思いもよらなかった言葉に思わず固まってしまった。私は誰よりも寿命が長い。私はまだ子どもだから、同じハイエルフがいるにしてもいつかは取り残されてしまう。この巨人族の子と比べても、私の方がずっと長く生きることにはなると思う。でも、少しでも長い間一緒にいてくれる存在っていうのは、本当にありがたい。私が寂しさに潰れてしまわないように、って気遣ってくれたんだね。クロンさんなりの優しさが伝わってきて、心がじんわりと温かくなった。

「よ、余計なお世話だっていうのはわかっています！　その、相性もありますし、仲良く出来ると
も限りませんし、あの子が立ち直ってくれるかも、という下心もあるにはあって……！　で、でも
私はっ」
「わかってる。クロンさん、大丈夫です」
突然、両手を小さく振って慌て出すクロンさんを遮って、私は声をかけた。そう、大丈夫。ちゃ
んと伝わっているから。
「ありがとう……。私のことを考えてくれたことが、すっごく嬉しい！」
「メグ、様……」
「それに、私も出来ることならお友達を増やしたいって思っていたから。だからお話してみます！」
あの子は嫌がるかもしれないけど、と付け加えておく。だってだって、自信なんかないんだも
ん！　むしろ、嫌われたらどうしよう!?　という心配の方が大きいし。
「……ありがとうございます。ウルバノは、根は優しい子なのです。ただ、元々引っ込み思案《じあん》気味
ではあったそうですが。メグ様を突っぱねるようなことはしないと思いますから」
「うん、わかりました！」
引っ込み思案かぁ。人見知りだったりもするのかな？　少しでもこちらを見てくれたらそれでい
い、くらいの気持ちで臨《のぞ》もう。返事はしてもらえない、って思っていた方がいいかもしれないね。
焦らず、穏やかに、ゆっくりと。
「えっと。じゃあ、行ってきてもいい、ですか？」

「はい、お願いします。職員にはすでに話を通してありますから。あとは、私がいると怯《おび》えさせてしまいますので、隠れて見守らせていただきます」

怯えさせるって。あ、いや、うん。普通の子どもだったらわからなくもない、かもしれない。ごめんなさい！　だって、クロンさんはその優しい性格がわかりにくいタイプだから！　顔に出ない上に、笑顔を作るのが苦手な人だからね。仕方ないの。でも、私はそんなクロンさんが好きだよ！

心の中でフォローしてから、私はゆっくりとあの子の元へと近付いていった。びっくりさせたくないから、気配を感じてもらえるようにわざと足音は聞こえるように歩く。うーむ、近付いてみるとよくわかるけど、確かに大きいな。立っている私と座っているこの子の大きさがそんなに変わらないもん。さすがに、立っている私の方がちょぉっとだけ大きいけどね！　蹲《うずくま》っているから顔まではわからないんだけど、今の私より年下、なんだよね？　そもそも私の成長が遅いから、見た目だけでは判断出来ないわけだけども。

「あ、あの……。ウルバノ、くん？」

観察はひとまずおしまい！　側にいることには気付いているはずだから、私は出来るだけ優しい声色を心がけてウルバノくんに話しかけた。声をかけたことで、ウルバノくんはピクリと少しだけ身じろぎをする。うん、聞こえてはいるね。顔を上げようとはしないけど、聞いているなら今はそれで十分だと思おう。

「あのね。私、メグっていうの。隣、座ってもいいかなぁ？」

当然、答えは返ってこない。でも雰囲気っていうのかな、どことなく戸惑っているような気がした。まぁ、見知らぬ子に声をかけられたら戸惑うよね。うーん、座っても平気かな？　そう思ってウルバノくんを観察してみると、小刻みに震えているのがわかった。

「あ、わ、怖がらせちゃったかな？　ごめんね、突然話しかけて。あなたと少しだけお話してみたいって思っただけなの！」

ど、どうしよう！　私は人畜無害《じんちくむがい》なエルフだよー、なんて言っても伝わらないだろうし。うーん、うーん、あ、そうだ。

「私ね、特級ギルドオルトゥスから来たの。今日は父様……えっと、魔王様に会いに来たんだよ」

魔王様という、知っている人の名前を出したら少しは安心するかな？　父様は魔王だけど、みんなに好かれやすくて親しみやすい王様なんだって聞いているから。魔王城の敷地内にこうして子どもも園もあるわけだし、きっと子どもたちからも慕われているんじゃないかなって思ったのだ。するとびっくり。ウルバノくんは見事その単語に反応してゆっくりと顔を上げてくれた。

「魔王様、の……？　あ……」

顔を上げた瞬間、目が合ったので条件反射でニコリと笑う。笑顔、大事！　ウルバノくんは驚いたように目を見開いて私を見ていた。髪の色と同じ深い青の瞳が透き通って見える。キラキラしていてすごく綺麗。目の色が私と似ているからなんとなく親近感が湧いた。

「うん。魔王様の娘なの。あんまりここには来られないんだけどね」

えへへ、と頭を掻きながら答えてみる。ごめんね、魔王の娘がこんなちびっ子で。それにしても大きいなぁ、ウルバノくん。顔立ちからすると私より幼いのに、身体は大人に迫る勢いで大きい。

巨人族、ということを実感したよ。

「でも、今日ここに来られてうれしい。お友達が出来そうで！」

私がそう言うと、ウルバノくんはまたガバッと蹲って顔を隠してしまった。ああ、残念。とても優しい目をしていて綺麗だったのに。でも仕方ない。焦らない、焦らない。

「あ、あっちに……みんな、いるから……行ったら？」

おぉ？　話してくれた！　一言も声を聞けないことも覚悟していたのにこれは嬉しい誤算だ。内容はさておきね！

「うん、後で行くよ。私はね、あなたともお友達になりたいなって思ったよ」

遠回しにあっち行け、と言われたようなものだけど、この程度ではめげない。あんまりグイグイいっても引かれちゃうから、そのバランスが難しいところだけど。あともう少しだけ。

「オレ、と……？」

「うん。ダメ？　会ったばっかりだし、よくわかんないかな？」

突然、友達になろー！　って言われてもそりゃ困るか。見知らぬ人だし尚更だよね。でもさ、友達ってどうなったら友達って言えるんだろ？　前に会ったルーンとグートの双子は気付いたら友達、って感じだったし、ルーンが積極的に話してくれたからスムーズだったんだよね。そうだなぁ。

「あ！　じゃあ、私、お手紙書くね！」

いいこと思いついたぞー！　父様やリヒトとだって今文通しているし、ルーンやグートとも文通の約束をした。だから、ウルバノくんとも最初はお手紙でやり取りするのはどうだろう？　話すのは苦手でも、文章ならうまく伝えられるかもしれないし。

「てっ、手紙？　でもオレ、字書くの、苦手……」

あっ、それがあったか。まだ私より幼い子どもだもん。仕方ないよね。でも、苦手っていう言い方だから、書けないわけじゃなさそうだ。

「読むのは？　平気？」

「よ、読むのは、出来る……」

「それなら、余計にお手紙の交換をしようよ！　読み書きは使ってこそ、上達するもん！　大丈夫！　最初は一言、二言だけでもいいから。ね、ダメ？」

グイグイ行き過ぎだろうか、と少しだけ不安になりつつも提案を押し付ける私。だってせっかくだし、仲良くなりたいもん！　それに、読み書きが上達するのは事実だし。

「あ、う……」

ジッと見つめすぎただろうか。チラッと腕の隙間からこちらを窺っていたウルバノくんは耳まで真っ赤にして戸惑いはじめた。やっぱり強引だった？　加減って難しい。

「……私は、お手紙書くね？　だから、気が向いたらお返事を送ってくれたらうれしいな」

うん、この辺りが妥当《だとう》かな。絶対に返事を書かなきゃダメってなるのはハードルが高いもんね。けど、手紙なら直接話すより心の整理をつけやすいと思うのだ。考えながら返事が出来るし、今のウルバノくんにはちょうどいいと思ったから。でも、あまりにも一方的に話を決めてしまったので、手紙を送られるのが迷惑だったら先生にでも言ってね、と逃げ道を用意しておく。強制したくはないし、手紙が精神的な負担になるのもよくないもん。

「迷惑じゃ、ない、けど……」

「そう？　えへへ、それなら嬉しい」

　でも、この様子なら大丈夫そう。ゆっくりと、時間をかけて仲良くなれたらいいな。思っていたよりも好感触だったことに嬉しさを隠せなくなった私は、そのまま満面の笑顔でまたね、と挨拶をする。再びこちらを見てくれたウルバノくんだったけど、目が合ったらまた硬直してしまったから先は長そうだ。でも初めての会話としては十分すぎるよね！　時間はたっぷりあるわけだし、これから、これから。

　それから、タタッとクロンさんの元へ戻ってご報告。文通をすることになったと告げれば、目を見開いてそれはいい案ですね、と褒めてくれた。うふ。

「それで、あの、ウルバノくんは字を書くのが苦手みたいだから……」

「わかりました。職員の一人に頼んでおきましょう」

「！　ありがとう！」

　さっすが出来る魔王の右腕、スーパーメイドのクロンさんである。いや、実際はメイドではないんだけどさ。メイド服を着ているのに。でもこれが戦闘服なんだろうな。気に入っているみたいだからいいけども。

「こちらこそ、ですよ。まさか、そこまで会話を引き出してくれるとは思っていませんでした」

　可愛いは正義ですね、とクロンさんはそっと私の頭を撫でながら呟く。んん？　可愛いは正義ではあるけど、私のこと？　でも、この見た目がウルバノくんの警戒心を和らげてくれたのなら良かったと思うよ！　無害そうな顔しているもんね、私。覇気《はき》がないというか。それはそれで魔王の娘としてどうかとは思うんだけど。

「あの、クロンさん。この後って何か予定はありますか？」

「いいえ、特には。行きたい場所があればお連れしますよ。ただ、敷地内のみにはなりますが」

たぶんこれでクロンさんの頼みっていうのは終わったと思うのでこの後の予定を聞いてみた。きっとお父さんたちはまだ話しているだろうし、せっかくならお友達を増やそう大作戦を決行したいと思ったのである。

「えっと、子ども園の他の子たちともお話してみたいなって。私と年の近い子って、他にもいるのかなぁ？」

ザッと見回した感じだとほとんどが私より年上っていう印象。でもそこまで年齢差がないと思うんだよね。見た目で判断出来ないんだけどさっ。でもここに通っているのだからまだ子どもってことは確かだ。私は子どもの友達が欲しい！　ロニーも成人しちゃったから置いていかれた感が半端ないんだよう！

「もちろん。ぜひ話してあげてください。外に出ている子たちは年長者ですが、建物内にはメグ様と変わらない年齢の子や、もっと小さな子たちもいます。それに、メグ様は有名人ですから。きっと喜ぶと思います」

有名人？　どういうことだろう？　首を傾げていると、クロンさんから衝撃の事実が告げられた。

「ええ。ザハリアーシュ様が隙あらばメグ様の自慢を言いふらしていますから。どれほど可愛いか、どれほど優しいかなどですね。おかげで魔王城周辺でのメグ様人気は天井《てんじょう》知らずです」

父様、何してんの⁉　待って、私の知らないところで私のことが知られているってなんか怖くない？　しかもかなり美化されてそうだ。へ、下手な行動出来ない……！　するつもりもないけど、き、緊張する。もしかして、私が魔王の娘だって知った時のウルバノくんの様子が変だったのもそれが要因の一つだったりするんじゃ。父様、深い愛情は嬉しいけど、ほどほどにしてください！

「えーっと、うん。じゃあ、行ってみる……」

微妙な表情をしていた自覚はある。でも行かないという選択肢はないからね。クロンさんがまたしてもクスッと貴重な笑みを見せてくれた。この人の笑顔が見たいとは思っているけど、なんか違う、そうじゃない感が酷い。いいもん、いいもん。諦めるもん。

それからクロンさんとともに子ども園の中心へと向かったんだけど、覚悟していた通り数歩進むごとに取り囲まれて大変な目に遭った。嬉しいよ？　嬉しいけど正直、困りもしたのだ。クロンさんがキッパリと道を開けてください、と言ってくれなかったら日が暮れていたかもしれない。でもおかげで色んな子とお話しが出来たよ。みんながキラキラした憧れの眼差しを向けてくるから、妙に心が痛んだけどね。そ、そんなに出来たエルフじゃないのよ、私ぃ！　まだ言葉も覚束《おぼつか》ない幼児でさえ「メグしゃま、しゅてき」とか言ってくるんだもん。そりゃあ可愛かったけど、その分重圧も感じたのだ。みんな敬語だし。これは、魔王城付近での友達作りは難航しそう。この辺の人たちはみんな魔族と呼ばれる人たちだからね。同じ亜人でも、魔王様を崇拝している種族なのだから仕方ないといえば仕方ない。慕われるけれど、友達のそれとはちょっと違うんだよね。

「友達を作るのって、難しいなー……」

クタクタになって子ども園を後にしながら呟く。申し訳なさそうな顔でお疲れ様です、と言うクロンさんとともに、私たちは城内へと戻る道を歩いた。


「あ！　シュリエさん！　こんにちは。お仕事お疲れさまでした！」

「おや、こんにちはメグ。遅くなってすみません。お待たせしてしまいましたね。まったく頭領の無茶振りにも困ったものです」

魔王城の入り口で、城門の方から歩いてくる麗しきエルフを発見。そうだ、あとで合流するって話だったもんね。

「父がいつも、すみません」

「ふふ、メグの可愛さに免じて許しましょう。乗り物も手配してくれていましたしね」

お父さんがシュリエさんに同行を伝えた時、シュリエさんは別の仕事の最中だったと聞いた。それを急いで片付けてここに来たのだろうことは容易に想像がつく。本当にお父さんは、まったくもうっ！

「こんにちはクロン。お久しぶりですね」

「はい。お久しぶりです、シュリエ。ユージン様の下へ行かれますか？」

「そうですね。でも、おそらくどちらかというと用があるのは魔王の方です」

私の隣に立つクロンさんに挨拶をしたシュリエさんは、魔王である父様に用があるらしい。魔王と呼ぶ声にどことなく冷たさを感じる……。シュリエさんはやっぱり、父様に対してまだ思うところがあるのかな。ううん、たぶんどうしても冷たさが出ちゃうんだろうな。それを察知したクロンさんからもピリッとした雰囲気を感じる。クロンさんは魔王様至上主義の人だもんね……！　ヒヤヒヤである。

「頭領の説明だけでは足りていないでしょうから。合同会議の場所や詳しい話し合いの内容など細かく詰めていかないといけません。心配なら貴女もご一緒にいかがです？」

「……ええ、そうさせてもらいます」

敵意はない、けど必要以上に仲良くする気もない、という意思が、漂う雰囲気と声色でわかった。私にもわかるのだ、クロンさんだって正確に読み取っただろう。そこが妥協点。この態度に文句を言うことは出来ないことも、わかっているんだろうな。雰囲気が冷たいだけで、言葉は丁寧だし、シュリエさんもかなり配慮しているのだろう。

「あの、一緒に、行きましょ……？」

二人の間に入ってシュリエさんの手をそっと取る。私だってわかってる。本当の意味で理解は出来ないけど……。ちゃんとわかってる。でも、やっぱり大好きな人たちが微妙な関係になるのは心苦しい。私の存在がほんの少しでもクッションになればなぁ、と思ったんだ。せめて、執務室に着くまでの間だけでも。だから私は、少しだけ力を込めてギュッとシュリエさんの手を握る。

「……ええ。もちろんですよ、メグ。貴女は本当に思慮深いレディですね」

レディ！　っと、その単語に喜んでいる場合ではない。私の思惑だってお見通しってことだよね。シュリエさんもしっかりと手を握り返してくれたから。うん、それでいい。私だってみんながみんな仲良しこよし出来るわけないって知っている。そう、少しでもスムーズに、少しでもストレスが少なくいられたらな、って思うだけなんだ。

「よしっ、じゃあ出発ーっ」

「メグ様、反対方向です」

「うえっ⁉」

早速シュリエさんの手を引いて城内を先導しようと足を踏み出したところ、クロンさんに間違いを指摘された。方向音痴《おんち》ですみません！　恥ずかしい！

コンコンコン、とクロンさんが部屋のドアをノックする。お父さん、父様、リヒトの三人はまだここにいるらしい。気配でわかるという。精霊の気配ならわかるんだけど、私にはまだ誰の気配だとか人の特定とかは出来ないので、みんなすごいなぁと思う。むしろ人の気配自体、察せないよ。危機感がなさすぎるな、私。

「お、シュリエ。早かったな」

「ええ、誰かさんのおかげでスムーズに仕事をせざるを得なくなりましたから」

「……悪かったって」

おう。シュリエさんの笑顔が怖い。でもお父さん、それは自業自得だよ。私にフォローは出来ない。

「頭領のことですから、どうせ細かい話は詰めていないのでしょう？　さ、今からさっさと決めてしまいますよ」

「そういう面倒な、ゴホンッ、難しい話は今じゃなくてもいいだろ？　それに日時や場所は決まってから教えるってことに……」

今すぐに会議が始まる勢いでシュリエさんが言うと、お父さんがわかりやすく渋った。面倒なんだ。特級ギルドの頭領ともあろう人物がそんなんでいいのか。もちろんいいわけはなく、シュリエさんはニコッと笑みを深めてからお父さんに向き直り、一気に捲し立て始めた。

「貴方が引き受けてきた依頼でしょう？　日時や場所の提案はこちらがすべきですよ。マーラから指定されているなら話は違いますけど、そうではないのでしょう？　そうやってまた、ギリギリになって予定を空けさせられる方の身にもなってください。調整がとてつもなく大変なのですから。そんな思いを他のギルドや魔王城の方々にさせてはいけません。話を聞いているだけでもいいから参加してください」

「……ハイ」

ズイッ、とお父さんに顔を近付けて有無を言わせない勢いのシュリエさん。慣れてらっしゃる。こっちからは見えないけど、きっとものすごぉく綺麗な笑顔なんでしょうね。い、いいなー、美しい顔が間近で見られて。お父さんも首を何度も縦に振っている。あの姿じゃあ、とてもオルトゥスのトップには見えない。まったくもう。

「魔王様、俺はメグと城の中を散歩してきていいですか？」

話が長くなりそうだなぁ、と思っていたら、リヒトから思わぬ提案が。シュリエさんと父様のことは気がかりだけど、この場にはお父さんもいるから大丈夫だろうし。まだリヒトとはゆっくりお話し出来てないしね。

「う、羨ましいぞ、リヒトぉぉぉ！」

しかし、いや案の定と言うべきか、父様からは羨む発言が飛び出してきた。しかしリヒトは怯《ひる》まない。だいぶ父様の対応にも慣れた様子だ。

「俺はとりあえず、後で決定事項だけ聞けばいいんですよね？　メグとは色々話したいこともあるし、いいでしょう?」

「ぐぬぬぬ……！　メグ、食事の時は我の近くで頼む……！」

「うん！　父様の隣で食べるね！」

血の涙を流す勢いで父様が私に言うので、喜んで答えた。そのくらいお安い御用だよ！　父様とも色んなお話したいのは事実なのだから。

「ぐあっ、我は今日幸せで死ぬかもしれぬ……」

すると、父様がその場で崩れ落ち、両手両膝《りょうひざ》を床について震えてしまった。大げさ過ぎない!?本当に感情豊かな人である。彫刻《ちょうこく》のように整った外見なのに。

「城内から出るなよー」

執務室から出て行こうとする私たちに、お父さんから声がかけられたのではぁい、と返事をしてから部屋を出る。あ、クロンさんも部屋を出た。一緒に行くのかな？　そう思ってクロンさんを見上げると、私の疑問がわかったのか、クロンさんが眉尻を少しだけ下げて口を開いた。

「申し訳ありません、メグ様。ザハリアーシュ様だけには任せられませんので、私はここに残ります」

わざわざ部屋の外まで見送りに来てくれたんだね。律儀《りちぎ》な人である。

「そっか、それがいいかも。クロンさん、忙しいのに、案内してくれてありがとうございました！」

「いいえ。こちらこそ楽しい時間を過ごせました。ありがとうございます」

そう言ってクロンさんはチラッとリヒトに目をやってから再び室内へと戻っていく。あ、あれ、リヒトに声はかけないのかな？　そう思って今度はリヒトを見上げてみる。

「……リヒト？」

ジッとクロンさんが入っていったドアを見つめ続けるリヒトは、なんだかとても切なげだった。だから思わず呼びかけてしまったんだけど。ああ、やっぱりリヒトはクロンさんのこと……。

「あー……。もう、好きだわ」

言っちゃってるよ。え、これ、声に出てますよーって言った方がいいの？　その場で顔を両手で覆《おお》って俯《うつむ》いちゃったし。

「やっぱり、クロンさんが好きなんだ？」

「……うん」

うん、て。可愛い。でもそうかぁ、リヒトがクロンさんをねー。なんとなく察してはいたけど。

「でも、なんか……。ギクシャクしてない？」

「…………はぁ」

あ、聞いちゃダメなヤツだったかな？　ごめんよ。私ったら環の時から恋愛は苦手分野でさ。友達からも相談されていたことがあったんだけど、聞いてもダメだと思われたのかだんだん相談されなくなったし。告白すればいいんじゃない？　とか、避けられている気がする？　じゃあ諦めたらいいんじゃない？　みたいなアドバイスがダメだったんだろうな。だ、だって、本当によくわからないんだもん！　そんなわけで、恋に悩むいい年した男の相談には乗れそうもない。けど……。

「話くらいは、聞くよ？　アドバイスはまったく出来ないけど」

そう、話を聞くくらいなら出来る。誰かに聞いてもらうだけでも気が楽になるってこと、あるもんね。

「……なんか、子どもに聞いてもらうってのも微妙な気分だな」

それはごもっともだけどね！　でもリヒトはありがとな、と私の頭に手をポンと乗せて、じゃあ聞いてもらおうかなと微笑んだ。少しでも気が晴れるといいんだけど！

2　様々な相談

リヒトから話を聞くことが決まったとはいえ、このまま執務室の前で立ち話をするのもなんなので、リヒトの提案で現在、階段を上っております。ゼェゼェと息を切らして……はいないんだなぁ！　かなり体力がついたんだから！　えへん！　このくらいは息切れしないのが普通、とかいう指摘は聞かないことにしている。褒められるポイントは多い方が幸せでしょ？

「着いた。ここ、来たことあるか？」

「あ、結構前に連れてきてもらったことがあるよ！　相変わらずいい眺めーっ」

そうして辿り着いたのは、魔王城の最上階。小さな塔《とう》があって、そこが見晴らしのいい展望台になっているのだ。昔はヒューさんっていう宰相《さいしょう》さんに連れてきてもらったっけ。せっかくなので、フカフカとした座り心地の良さそうな椅子に二人で並んで座る。私の足はまだ地面につかないのでブラブラさせています。もう少しだけ背が伸びればつきそうなんだけど、とても惜しい。

「この場所も、クロンに教えてもらったんだ。それで、最初に告白したのもここ」

「えっ？　告白したことがあるの？」

関係ないことを考えていると、リヒトから思わぬ発言が飛び出した。反射的に問い返すと、もちろん、というお答え。わぁ、リヒトったら情熱的なタイプだったんだぁ。

「何度も好きだって言っているんだけど……。毎回振られてんだよなぁ」

「もうその一途さと行動力がすごいよ！」

とても元日本人とは思えない。恥ずかしがってなかなか言い出せないとか、そういうものなのだと思ってた。それは私だけ？　それとも年齢的なもの？　でも諦めずに告白し続けるのは本当にすごいなって思うのだ。

「だって、アイツを見てると言いたくなるんだ。抑えきれないんだよ」

ふおぉ！　恋してるよ、これが恋だ。残念なくらい私には気持ちがわからないけど、これが恋なんだって聞いていてわかる。自分のことじゃないのに胸がドキドキと高鳴った。もっと詳しく！

「えっと、いつから？　いつからクロンさんが好きなの？」

せっかくなので恋バナっぽくそれらしい質問を投げてみる。気になるしね！　ドキドキしながら返答を待っていると、リヒトは目を細めて柔らかくはにかんだ。

「最初から。俺がここに初めて来た時からだよ」

「一目惚れ？」

「ま、そうだな」

これまた私には経験のない現象だ。一目で恋に落ちる、それ即《すなわ》ち一目惚れ。うーん、どういう気持ちの変化なんだろう。見た目で恋に落ちるってことだもんね。よほどタイプだったのかな？　なんだかもっと色々と聞いてみたくなったので、私はやや身を乗り出し気味に話を聞き始める。

「どういうとこが、好きなの？」

人に恋をする。それは私にとって未知の世界だ。

「んー、最初は一目惚れってくらいだし、単純に雰囲気だな。涼しげな目元も佇まいも気になるっていうか目が離せなくなって、電気が走ったみたいに感じたんだよ。今は中身も好きだぞ？　冷たい態度だけど本当はめちゃくちゃ優しいとことか、案外不器用なとことか、魔王様に対する忠誠心も全部含めて愛おしい」

うっ、軽い気持ちで聞いてはみたけど、なんだろう。私の方が恥ずかしくなってきちゃうな。でも、クロンさんのことを語るリヒトはとても嬉しそうで幸せそうで、恥ずかしさなんて微塵《みじん》もないように見える。これが愛の力というやつだろうか。

「だから、目が合ったらつい、気持ちを言っちゃうんだよな。どうしても止められない。っていうか気付いたら言ってたってのがほとんどだけど」

「思いが溢れちゃうのかな？　そ、それで、クロンさんはいつもなんて？」

本当に情熱的だな。それに積極的。相手から拒否されたら怖いとか、そういう気持ちはないのだろうか。そんなこと、構わないくらいの想いなのだろうか。

「そんなことは考えられません、だったかな最初は。でも、顔を赤くして動揺してる姿は、すげー、可愛かった」

玉砕《ぎょくさい》しているのにめげない精神。それどころかより想いが強くなっているのかな。素直にすごいよ。その思いは本物なんだなぁって感じる。

「でも、会う度に俺が言うもんだからさ。だんだんそれにも慣れてきたみたいで、顔を赤くしてくれることも少なくなったんだよな。今じゃなんて言えばクロンを赤面させられるか考えるほどだな」

「趣旨《しゅし》、変わってない？」

いや、想いを伝える、という意味では合っているのかな。っていうか、別に恋人になりたいって思ってるわけじゃないのかなぁ。

「俺は、気持ちを伝えられればいいんだよ」

「……そういうものなんだねぇ」

告白の意義は人によって違うのかもしれない。だけど、そういうリヒトの言葉にはほんの少しだけ嘘の匂いを感じたよ。気持ちを伝えられればいいけれど、それでも通じ合えないよりも通じ合えた方が嬉しいに決まってる。でも、その嘘には気付かないフリをして小さく頷く。すると、リヒトがやや難しい顔になり、でも、と言葉を続けた。どうしたんだろう？

「最近、態度が余所余所しくなってさ。今までみたいにはいはい、って軽くあしらってもらえなくなったというか、俺のこと様付けで呼んだりとか……」

「あ、リヒト様って呼んでいたよね。どこか言いにくそうだったけど、最近なんだ」

普段の呼び慣れた呼び方じゃないから言い難そうだったんだ。でも、なんで突然？　普通に考えれば心情の変化だよね。距離を取りたくなる何かがあったのかな。

「……好きなヤツでも、出来たのかなって……」

「えっ、クロンさんに？」

はぁぁ、とリヒトは大きなため息を吐き、頭を抱えて項垂れる。

「だって、それしか考えらんねーじゃん。でもさ、別にいいんだよ、それは。クロンに好きなヤツが出来たなら応援したっていいんだ」

「え、そうなの？」

「好きなヤツが幸せならそれでいいって思う」

恋を通り越して愛だな、と思った。なんだか、そんな風に思える相手がいるのが羨ましくも感じる。

「たださ、前みたいに気軽に話せないのが辛いんだよ。俺は、ただクロンと話せたらそれでいいんだけどなぁ……」

そう言って、再び大きなため息を吐いたリヒトがなんだかかわいそうに見えてきた。どうにかしてあげられたらいいんだけど、私ほど頼りない恋愛相談相手もいないだろう。何をしたらいいのかもわからないし。

「クロンさんに、聞いてみようか？　気持ちを」

「……聞きたい気持ちはあるけど、いい。それは俺がいつか自分で聞く」

少しでも手掛かりを、と思って聞いてはみたけど、予想通りそれは断られてしまった。リヒトならそう言うと思ってたよ。それなら私に出来ることはあとこれだけだ。

「そっか。なら、私は密かに応援してるね」

「おう、それで十分」

苦笑を浮かべながらポンポンと頭を撫でられる。そんなリヒトを見上げていると、本当に大人になっちゃんたんだなって実感する。時間って残酷だ。リヒトがもう立派な大人なんだもん。まだ見た目は若いけど、心も、身体も。

「恋、かぁ……。どんな気持ちなんだろ」

今世《こんせ》では、恋することもあるのだろうか、なんて柄にもなく考える。長い長い人生なんだから、恋だってすることもあるかもしれないけど、今は全く想像もつかないからね。

「は？　お前、好きな相手いないのかよ？」

「え？　大好きな人はいっぱいいるよ？　でも、恋ってそういうことじゃないでしょ？　さすがにそのくらいはわかるよ！」

「えっ、あー……。もしかして、前世ってか日本にいた頃も誰かを好きになったことがない、とか？」

「うっ」

図星である。い、いや、彼氏がいたことはあるよ？　けど、友達のノリで付き合っていたら、知らない間に振られていた、って感じで終わっちゃったんだよね。友達という間柄が心地良くて、それは私も相手も同じ気持ちだったから、別れた後も普通に程よい距離感の友達に戻ったのだ。女友達には、一度付き合った相手と友達に戻るなんてあり得ない！　ってよく言われたものだ。うーん、すごく懐かしい。

「……不憫《ふびん》だな」

「む、いいもん。別に恋を知らなくても生きていけるもん」

「いや、お前じゃなくて……」

私じゃない？　どういうことだろう、と首を傾げていると、リヒトに呆れたような目で見られてしまった。

「お前さ、今の外見を鏡で見たことくらいあんだろ。めちゃくちゃ整っててさ、それで基本的に人に優しいだろ？　お前に惚れるヤツなんて大勢いるだろって話！」

「えー？　それはないよ！　確かに整っているのは自覚してるよ？　でも、私まだ子どもだもん」

でも、そうか。リヒトだって一目惚れってやつをするくらいだし、私ももっと成長したらワンチャンあるかも。誰かに愛を告げられたりしたりして。それで、恋心ってやつを初めて知ったりして！　でも残念なことに自分が誰かを好き好き言う未来が全く見えない。予知夢どころか想像さえ出来ない。美形集団に囲まれているから、一目惚れもたぶんしないだろう。ギルさんの顔を初めて見たときだって「わぉ、イッケメーン！」ってテンションが上がったくらいだもん。ほんと、枯《か》れてるな、私。

「……お前に恋は当分無理だってことがよぉぉぉくわかった」

「言わないで。私だってわかってるから……！」

思わずどんよりとしてしまったけど、ま、なるようになるさ！　人生何が起こるかなんてわかんないんだし。事実私はまだまだ子どもだしね。恋する気持ちというやつも、いつか知れたらいいなー、くらいに思っておこう。

「でも、さ。正直……ギルさんとか、どうなんだ？　って思うけど」

「ギルさん？　何が？」

「いや、だから……その、恋人に？」

「へっ⁉」

予想外の言葉に思わず声が裏返った。え、誰が？　誰の恋人にって？　私の恋人に、ぎ、ギギギ……！

「ぎっ、ギルさんは、パパだよ⁉」

無性に恥ずかしくなって、つい声が大きくなってしまった。身内を恋人にどうだ、と薦《すす》められたようなものだ。そりゃあ気恥ずかしくもなるってもんよ！

「いや、そうなんだろうけどさ。その慌てよう……まぁいいや」

そうだよ、何言ってるの。ギルさんは、私の保護者で、パパなんだから。あービックリした。まだドキドキしてる。そ、そんなことより、気になることがあったんだった。話題も変わるし丁度いい。早速リヒトに聞いてみよう。

「ね。最近、ラビィさんには会った？」

時々、手紙では様子を教えてもらっていたから大体は知っているんだけど、やっぱり直接聞きたいからね。人間の大陸に飛ばされた事件の後、ラビィさんは人間の大陸で生涯をかけて国のために働きながら罪を償っている。前に手紙で読んだ時は、自分たちが攫《さら》って売り払った奴隷《どれい》も半数以上は親元に返したって話だった。それでも、途中で亡くなっていたり、売られた先でさらに売られたりなんかで消息不明の子達も大勢いるみたい。あの事件があった後、不認可の奴隷商は駆逐されたって聞いた。でも、ああいう裏稼業っていうのは、なかなかなくならないものなんだよね……。潰しても、潰しても、また新たにそういった組織が出来たりするものなのだそう。でも、あの頃に比べてかなり減ったのは事実みたいだから、傾向としては良くなっているんだと思う。人間大陸の国がそれぞれで対策をしているみたいだしね。

「ああ、実は一ヶ月前くらいに行ったばっかりなんだ。相変わらずだったよ。まぁ、病気にもならず、元気そうだった」

最初の頃は、会いに行くたびに痩《や》せていて心配だったって聞いていたけど、最近ではもうそれ以上瘦せることはなくなっていて一安心だ、って聞いている。ただ、被害者と顔を合わせている日々だからか、精神的にくるのだろう。年齢よりも老けて見える、と遠慮がちに書いてあったっけ。私はあの日から会っていないから、想像もつかないな。でも、会いに行こうとは思っていない。会いたくないんじゃないよ？　会いたい気持ちの方が強い。でもね、きっとラビィさんは変わった自分の姿を見られるのは嫌なんじゃないかなって思ったのだ。このことは、ロニーと二人で相談して決めたことでもある。ラビィさんと会って話すのは、リヒトだけでいいって。その分、私たちはリヒトに手紙を託《たく》して、ラビィさんに渡してもらおうって、そう決めたのだ。

「溜まっていた二人の手紙も嬉しそうに読んでたぞ。あと、俺を見て、ますますおっさんになったなって。ほんと、一言余計なんだよラビィは」

そっか、冗談も言い合えるくらいに元気なんだね。それを聞いて安心した。リヒトも嬉しそうだし。

「あ……。でも」

「ん？」

唐突に、その表情を暗くさせて思い出したようにリヒトが言う。

「……ゴードンは、亡くなったそうだ。前から患《わずら》っていた病気で」

「……そ、そっか」

人身売買の裏組織のリーダーであったゴードンが、どうも病気らしいことは聞いていた。五十代半ばだから私の感覚ではまだまだ若い。人間の大陸的にも亡くなるには少し若い方かな。あの人には辛い思いをさせられた記憶しかないからなんとも言えない気分だけど、亡くなって良かっただとかはさすがに思えない。罪を償いながら亡くなったわけだしね。

なんとも重い空気に耐えかねて、私は立ち上がって手すりの方に向かう。ここからの眺めはとってもいいから、気分も変えられるかなって思って。手すりは私の背よりも高いから、間から覗く感じになっちゃうけど。緑豊かで下町っぽい雰囲気である魔王城の城下町が一望出来て気分が浮上する。

「ラビィさんには、精一杯生きてほしいな」

「……そうだな」

誰に言うでもなく呟いた独り言を、リヒトが拾う。ふわりとした風が私たちの頬を撫で、あなたたちも精一杯生きなさい、と励まされたような気がした。いつの間にか横に立っていたリヒトが寿命の短い人間であることも、意識的に考えないようにした。

それからしばらくリヒトとは他愛《たあい》のない話をした。主にロニーの話だ。ロニーはケイさんという師匠がついてからというもの、メキメキと実力を伸ばしてきた。オルトゥスの中でも上位の実力に位置し始めたのでは、と噂されるほどである。ロニーは真面目だし、ケイさんがいない時でも一生懸命訓練をしているからそれも納得だよ。ただ、実力っていっても正確には比べられないんだけどね。サウラさんみたいにトラップ専門の人もいれば、魔力をほとんど使わない力技なジュマ兄みたいなタイプもいる。どちらがどれだけ強い、っていうのはなかなか測れないよね。相性とかもあるだろうし。だからここでいう上位の実力っていうのは、単純に戦う力のことを指している。つまり、一撃でも攻撃をもらったらアウトなサウラさんでも上位に入るってことだ。そんなこと言ったらみんな上位じゃないかって？　それがそうでもないんだなー。受付担当のお姉さんたちはほとんどが非戦闘員だし、医療担当のメアリーラさんも戦うのは苦手だ。食堂で働く若手の男の子とか、ギルド内部で働く人たちは戦うのが苦手な人が多かったりするのである。それでも、一般人よりはずっと強いけどね。特級ギルドに所属しているのだから、最低限の自衛手段は持っているのが条件でもあるわけだし。あ、私？　私は自然魔術の腕が上達したのもあって、真ん中くらいの位置にはいると思う。たぶん。ただ、実戦経験が皆無《かいむ》だから測定不能なんだよねー。早くお父さんとの訓練で実戦訓練をしたいものだ。ちょっと怖いけど。

「そっかー。ロニーは昔っから強かったもんな……。闘技大会に出場したら戦えたりするかな？」

「リヒトも出るの？」

や、やっぱりあの夢は実現しちゃうのかな。ギルさんとリヒトが戦うことになる夢。だから思わず聞いてみた。

「魔王城からも数人出ないかって。俺も出ていいっていうからさ。まだ魔王様が闘技大会に賛成するかわかんねーけど、たぶん参加するだろって気がしてる」

「そっか……。あ、あのね、リヒト」

これはたぶん、リヒトは確実に闘技大会には参加するだろう。夢と全く同じようになるかはわからないけど、忠告だけはしておかないとね！

「大きすぎる魔力は、練っちゃダメだよ？　あんまり大きな魔術はその、危ないから……」

「は？　なんだよ、急に」

だよねー、そう思うよねー。これは説明が足りなかった私が悪いね。ここは正直に話してしまおう。ただ、対戦相手を知らせるのは不公平になるかもしれないので伏せておく。せっかく闘技大会が開かれるというのなら、条件は同じにしないといけないと思うし。

「予知夢でね、見たの。リヒトがある人と戦って、大きな魔術を使う夢。それで、ちょっと危ないことになりそうだったから」

「予知夢……。そういやお前、そんな特殊体質を持っているんだったな。ふぅん、俺やっぱ闘技大会に出るんだ。そんな気はしてたけど」

顎《あご》に手を当ててふむ、と考え込むリヒト。どんな術を使うんだ？　って聞かれたけど、大会をするにあたって不公平になる可能性があるからそれは言わない、と主張した。リヒトはそれもそうか、とすぐに納得してくれたけど……。本当は、私にもよくわからないというのが本音である。ただ、あの大きな魔力が下手したら人に大怪我を負わせるだろう、というのだけはわかる。でもそれを正直に伝える気にはどうしてもなれなかったのだ。

「それで、気を付けてくれる？」

「んー、頭の片隅には置いとく。だって、どんな強敵と対戦するかわかんねーしさ。もしかしたら使うってこともあるのは仕方ねーよ」

「う、そうだけどぉ……」

リヒトのあれを使われた場合、危険な目に遭いそうなのは実は私なんだよねぇ。でもそこも伏せておく。ん？　ああ、そっか。というか、私が気を付ければいいんじゃない？　そうだよ、リヒトにも少し意識してもらいつつ、私も気を付ければきっと避けられるはずだ。

「一応、意識だけはしておいて？　ね？」

「おう。お前の予知夢は当たるって言うし、ちゃんと気を付ける」

そこだけ念を押しておけば大丈夫だよね。リヒトも馬鹿じゃないんだし。相手がギルさんだったらそりゃ、本気を出さざるを得ない、っていうのもよーくわかるしね！

「んじゃ、そろそろ戻るか。腹減ってきたし」

「うん！　父様孝行しなきゃ」

「……お前も、いろんなヤツに気を遣って大変だな」

いや、別に大変じゃないよ？　好きだからやっていることだもん。イヤイヤやっているわけでもない。それに、甘えられるのも今のうちなんだから、子どもの特権はしっかり使わないとね！　打算的な子どもなのだ、私は。

「……なぁ、メグ」

「ん？」

塔を下りる階段の前で、リヒトが呼び止めるので振り向く。どことなく、その表情は真剣だ。

「お前は……。なんか、悩んでることとか、ないのか？」

ああ、そっか。自分ばっかり聞いてもらって悪いな、とか思ったのかもしれない。でも、うーん。悩みか。そりゃあ、あるよ。でも、考えても相談しても、あまり意味のないことっていうか……。

結局、自力で乗り越えるしかないって結論が出る堂々巡りの悩みだからね。何って、長すぎる寿命の件である。

「んー。聞いて欲しくなったら、話す！」

でも、特にないだとか、そういう嘘はつかない。つかなくなった、というべきかな。私だって、色々と成長しているのだ。嘘を吐かれたり、頼られないというのは寂しいものだって、知っているから。

「そか。ん。じゃあ、なんかあったら、すぐに言えよ？」

「うん！　ありがと、リヒト！」

いつか、相談する日が来るかもしれない。来ないかもしれない。でも、ちゃんと頼りにはしてるって、伝わったかな？　でも、正直リヒトには相談しにくいとは思っている。だって、私とリヒトの寿命についての悩みは、正反対だから。たぶん、そういうのもある程度察しているからこそ聞いてくれたと思うんだ。ほんと、優しいんだから。それ以上は、どちらもその話題に触れることもなく、私たちは夕飯のメニューは何かな、などという当たり障りのない話をしながら階段を下りていった。

執務室に戻ると、そこにはシュリエさんが仁王立《におうだ》ちしており、その前に正座させられているお父さんと父様がおりました。どうしてそうなった⁉

「ああ、メグ。ちょうど良かったです。お話は終わりましたからね」

そしてニッコリと微笑むシュリエさんの笑顔は大変迫力がありました、とここで報告させていただきます。いや、ほんと、なんでそうなったんだ……！

「お、おう、メグ……。遅かったじゃねぇか……」

「くっ、父親の威厳がぁっ」

そして、正座のまま挨拶された私は一体どう反応すればいいというのだろうか。とりあえず、ここは全力でスルーしつつ要望だけを述べようと思います。

「おとーさん、父様……。あの、お腹、空いた、なー……?」

やや言葉が途切れ途切れになってしまうのは許していただきたい。私だって戸惑っているんだよ！　でも、その言葉を待っていました、とばかりに正座二人組がスッと立ち上がり、揃って私の下へとやってくる。

「俺も腹減ったぜ！」

「うむ、我もだ。さぁすぐに食事しに向かおうぞ!!」

不自然に明るい。というか父様にいたっては涙を流さんばかりの勢いだ。そんなに辛かったのか、シュリエさんのお説教は。

「まったく……。クロンの苦労がよくわかりますね。はぁ、言うだけ無駄でしたかね」

「えっと、お疲れ様です?」

「ありがとうございます、メグ。貴女のおかげでささくれ立った心が癒されていきますよ」

「同意だ」

「同意である」

シュリエさんの言葉になぜか父二人も同意を示してくる。双方にとってストレスだったんだね……。なんか本当にお疲れ様です。

「……ちゃんと、話はまとまったんだよな？」

リヒトだけは顔を引き攣《つ》らせて未だにこの状況を呑み込めていないようだった。ああ、まぁ慣れてないとそうなるよね。でもシュリエさんはこれが通常運転である。話しても無駄と思いながらもわざわざ説教をしてくれる、苦労人でもあるのだ。ギルド内では主に説教相手はジュマ兄だけどね！　また捕まっては敵わない、とばかりに、父様が私をスッと抱き上げて執務室からさっさと出て行く。そのままズンズンと迷わず歩いてく父様の歩みはやたら速い。ちょ、ちょ、みんなを置いていってるよー！

こうして辿り着いたのは、長いテーブルが置かれた会食場だった。ほんと、長いテーブルだ。お城にありそうな食卓。あ、ここお城だった。いつもはギルドの食堂で食事をすることがほとんどだから、こういった厳かな雰囲気っていうのはなんだか緊張するなぁ。

「特に気にするような間柄でもないのだ。好きな場所に座って好きなように食べればよい」

そんな緊張が伝わったのか、頭上から父様の優しい声が降ってきた。そっか、緊張する必要はないって言いたいんだね。その心遣いに感謝の気持ちを込めて、上を見上げてニコッと笑う。あ、あれ、父様が固まったぞ？　う、動いてー！

「はいはい、可愛いのはわかったから。ってか、元々メグは可愛いから。いい加減に慣れろよ、アーシュ。さっさと席につけ」

「……はっ！　そ、そうであるな。可愛すぎる娘を持つというのは大変であるな……」

「それには全面的に同意だが」

親馬鹿トークが繰り広げられている。いつも思うけど、こういう時どんな反応すればいいのかわからなくて困るんだよね。だって、恥ずかしいもん！　あんまり可愛い可愛いって、直球で言われるのはさすがに照れるんだよ！　顔が赤くなっている自覚はある。

「プッ、メグの顔、リンゴみてぇ！」

「うう、仕方ないでしょぉ……！」

「リンゴ、ですか？」

向かい側の椅子に座りながら、リヒトがそう言って吹き出す。アプリィではなく、リンゴで通じるのがなんとなくくすぐったい気持ちだ。当然、シュリエさんには伝わらず、首を傾げられてしまった。

「ああ、ニホンではアプリィのことをそう言うのであったな。……なんだか仲間はずれの気分であるぞ……」

「なるほど、呼び方が違うのですね。興味深い」

ふと気付いたけど、ここにいる五人の中で元日本人が三人もいる。それもそれでなんかすごいな。

シュリエさんは知的好奇心が疼《うず》いた様子だったけど、父様はどことなく落ち込みモードだ。なので、私が今度いろいろ教えてあげる、という魔法の呪文で持ちこたえてもらった。親馬鹿の娘として対応にも慣れてきたように思います。それもそれでなんとも言えない気持ちになるけど。

「では、さっそく食事としようか！」

気を取り直した父様が最後に椅子に座り、軽く手を打ち鳴らす。すると、数人の執事さんやメイドさんが部屋に入り、食事を運んできてくれた。ふぉぉ、お貴族様になった気分！　王族と呼べる立場にいるけども。それぞれの前に食前酒と前菜が並べられたところで、父様のいただきますという号令がかかった。この場でその挨拶っていうのもなんだか気が抜けるけど、どうも父様が気に入っている挨拶らしい。可愛い。私たちもそれに続いて、食事を開始した。ん、このドレッシングおいしー！

「ひとまず、特級ギルド合同会議の場所は、アニュラスかステルラのどちらかに場所を提供してもらうことになりました。打診は私が」

食事をしながらシュリエさんから先ほどの説教……ではなく、話し合いで決まったことを聞くことになった。会議の場所かぁ。一箇所に集まる必要があるからどこで話すかっていうのは先に聞いておかないといけないよね。

「オルトゥスや魔王城、シュトルじゃダメなんですか？」

合同会議は四つのギルドと魔王城で行うんだよね。だからその二つが候補に上がったのはなんでだろう、と思って素直に疑問をぶつけてみた。すると、シュリエさんは優しげに微笑みながら教えてくれた。

「単純に、場所がいいからですよ。シュトルも魔王城もオルトゥスも、魔大陸の端の方にありますからね。中間地点であるアニュラスとステルラのどちらかにした方が、皆が集まりやすいだろう、というのが理由です」

「なるほどー！」

言われてみれば確かに、である。頭の中で思い浮かべた魔大陸の地図で当てはめてみると、シュトルは地図の左上、オルトゥスは真反対の右端にある。魔王城はやや左、といった位置にあるけど、お城は端にあるもんね。そうなると、魔大陸の真ん中に位置するセントレイ国にある二つのギルドが最も集まりやすいのは当然だった。その二つの中でも、ど真ん中にあるのはアニュラスだ。さすがは商業ギルド、いい位置にある。

「次に合同会議の日程ですが……十日後にします。ギリギリ、予定が組める最短日数ですね。それでも、各ギルドのトップに予定を空けさせる、というのは難しいでしょうけれど、ねじ込んでもらいましょう」

「ね、ねじ込む……」

サラッと鬼畜《きちく》発言をするシュリエさんに、引きつった笑みを浮かべるリヒト。うん、慣れて。オルトゥスではよくある光景だから。それでもオルトゥスがブラック企業っぽくないのは、みんなが みんな有能で報酬《ほうしゅう》も良く、仲間同士が信頼しあっているからこそだ。休みもきっちりとるしね。聞けば、特級ギルドはみんなそんな感じらしい。中級ギルドになるとブラック企業的なギルドも多いみたいだけど。特級はその点でも特級だなぁって思ったよね。

「その辺りは、一応言い出したマーラが何十日も前に声をかけているからな。みんなそれに合わせて調整出来るように準備はしているだろうよ」

そこへ、お父さんからの補足説明。なるほど、さすがはマーラさんである。いつでも突然言い出すお父さんとは大違いだ。

「皆、事情を知っているということか？」

父様が疑問を挟んだけど、そうだよね。どこのギルドにどの程度の話が伝わっているのかな？

すると、お父さんは肩をすくめて答えた。

「最初に話を持ちかけたのは俺だって言っていたな。で、俺が動くことを決めた時、マーラはマーラで各ギルドに手紙を送ると話していた。だから、シュトルが町起しのための闘技大会を開きたいから手伝って欲しい、みたいな内容くらいは伝わってんじゃねーか？」

うんうん、さすがはマーラさん。でもたぶんその手紙、オルトゥスには来てないよね？　そう思っていたら同じ質問をシュリエさんが聞いている。すると、返ってきた答えがこれである。

「うちは俺が聞いたから送らなくていいって断ったんだよ」

「頭領。貴方って人は……！」

お、お父さん……！　本当に日本で営業マンとしてバリバリ仕事をしていたのか、と問い質したい気持ちである。この世界に来て、父様と魂を分け合ったことでさらに性格が緩めになったのが影響しているのかもしれないけどさぁ！

「書類は書類として必要でしょう……!?」

「書類？　あ、もらってるんだった。ほれ」

「…………頭領？」

思い出したかのように収納魔道具からポイっと出すお父さんに、シュリエさんが軽くキレたのがわかった。そうなるよ、そりゃそうなるよ！

「わ、悪かったよ！　そう怒るな。書類にはちゃんと目を通しているし、処理もする！　サウラたちには迷惑かけねーから！」

「報告を怠《おこた》った時点で迷惑かけていることに気付いてくださいっ」

シュリエさんのお怒りはごもっともだ。これはサウラさんもかなり怒ると思うなー。オルトゥスに帰ったらお父さんはまたサウラさんからのお説教かな？

「いやぁ、すまん。お前たちが有能だからついそういうのは後回しになっちまうんだよ」

「……それはズルいですよ。はぁ、これだから頭領は頭領なんですよね」

だけど、頭に血がのぼっていたシュリエさんが、お父さんのその言葉だけでスゥッと怒りが収まっていくのが見て取れた。お父さんの人誑《ひとたら》しが発動された……！　しかもこれ、お父さんにはそういう打算がないんだよね。本気でそう思って言っているし、それが伝わるからシュリエさんも冷静になってしまうんだと思う。しかも亜人とか私たちの種族は、能力を認められる、ということに弱い。人間よりも。私も環の時より仕事で褒められると気分が高揚するから、そういう性質なのかも。私なんか特に単純だからかなりチョロいと思う。

「ともあれ、帰ったらすぐサウラに渡してくださいね」

「げっ、また説教コースじゃねぇか」

「自業自得ですよ」

まったくだ、という思いを込めてうんうんと頷く私。ジト目で睨んでも怖くないもんねーっ。

「あとは合同会議に出席するメンバーですね。頭領は当然行くとして、あとは誰を連れて行きます？」

「あん？　俺だけでいいだろ」

「頭領だけだと報告が心許《こころもと》ないですからね」

シュリエさんの返答には棘《とげ》がある……！　さっき怒りが収まったとはいえ根に持たないってことはないもんね。お父さんも言い返せずに声を詰まらせている。

「わ、わぁーったよ！　サウラ、はギルドから離れらんねーだろうし、アドルでも連れてくか」

「ああ、それはいいですね。彼も前に人間の大陸へ遠征したことでかなり成長しましたし、次代のオルトゥスを支える一人となるためにも、他の特級ギルドとも交流を深めて欲しいところですから」

アドルさん、と聞いて脳内でその姿を思い浮かべる。赤みを帯びた黒い髪と瞳を持つ、眼鏡をかけた優しそうなお兄さんだ。いつも受付の奥の方で事務作業をしているから、あんまり会うことはないんだけど、かなり有能な人だって聞いたことがある。あのサウラさんが秘蔵っ子だといって推《お》すくらいだ。かなりの実力者なんだろう。人間の大陸に飛ばされたあの事件の事後処理でかなりお世話になったんだよね。ギルさんと一緒で鳥型の亜人さんだって聞いたことがあるな。色も黒で似ているし、なんだか兄弟みたいに感じるのは私だけだろうか。色合いが似ていて同じ鳥系亜人だ、ってだけのことなのに、安易な考えであることは自覚している。

その後、シュリエさんによりこれからの方針をフンフン聞きつつ、食事会は進んでいく。お料理がどれも美味しくて、つい話を聞きそびれたのは内緒である！　だって美味しいんだもーん！

3　メグの影響力

「さて、そろそろ仕事の話は終わりにして、メグの話を聞かせてくれぬか。最近、なにかあったか？」

隣に座る父様が優しげに目を細めて聞いてきた。超絶美形な父様だけど、こういう時は普通の父親だなぁ、なんて思う。よし、それなら最近の話で、友達が出来たことを報告しよう！

「えっと、この前ルド医師とお出かけした時に、アニュラスに行ってね？　そこでアニュラスの頭の子ども二人と、友達になったの！」

「ほう、友達か。年が近そうなのか？」

「うん！　双子でね、ルーンっていう明るくて可愛い女の子と、恥ずかしがり屋さんな男の子のグート。ちょっとしか一緒にいられなかったけど、お手紙交換することになったんだよ」

ルーンとはたくさんお話し出来たけど、グートは照れちゃったのか、あんまり話せなかったんだよね、と続けると、父様の動きが止まった。止まった？

「男の友だちも、出来たのか……」

「んー？　あの双子なら俺も知っているが、ルーンはメグの話す通りだけどグートは決して照れ屋じゃねぇぞ？　どちらかというとすぐ熱くなるやんちゃで生意気な小僧だ」

次いで、お父さんも目を丸くしてそう言った。あ、お父さんもあの二人を知っているんだ。へぇ、グートったら本当はそんな性格なんだ。

「でも、グートはすぐ真っ赤になっちゃって、あんまり話してもらえなかったよ？　人見知りなのかなって」

「真っ赤に、だと……？」

「メグ、それは人見知りではないのでは……」

父様はまたしても呆然とした様子で呟き、シュリエさんも戸惑ったように口を挟んだ。人見知りじゃなきゃなんなのだろう。あ！　もしかして！　ハッとした私は思わず両手で口を覆う。

「もしかして、女の子が苦手だったのかな⁉　話しかけちゃって、悪いことしたなぁ。お友達に、なれないかなぁ……」

無理にグイグイいってしまっただろうか、と猛省《もうせい》してしまう。私、そういうとこは察するのが苦手なんだよねぇ。なかなか治らない、私の悪い癖だ。

「メグ……。お前というヤツは、ほんっとに相変わらずだよな」

「え？　どーいう意味？」

するとそこへ、お父さんが呆れたように声をかけてきた。なんでそんな残念な子を見るような目で見てくるんだよう。

「環の時から変わらないってことだ。まぁいい、それでこそお前だ」

「意味がわからないし、それ、褒めてるのぉ？」

ぷくぅ、と頬を膨らませて抗議していると、シュリエさんがまぁまぁと穏やかに仲裁に入ってくれた。いつもすみません。

「メグ、心配しなくても大丈夫ですよ。グート少年も、メグとは仲良くなりたいと思っているはずですから」

「そ、そうかなぁ？　そうだったら嬉しいな」

シュリエさんはいつでも私を励ましてくれるから好き！　へへっ、と笑顔を向けておきます！

「お、親として非常に複雑な気持ちである……！　メグ、別にそこまで仲良くならずとも……。いや、友達とはとても良いものであるから仲良くはしてほしいのだが……。ぐぬぬ」

隣で父様は一人、頭を抱えながらよくわからないことを呟いている。そっとしておくことにしよう。私にはわからない複雑な親心というやつかもしれない。

「あ、それとね！　さっき、クロンさんと子ども園に行ってきたよ。そこで、ウルバノくんともお手紙交換をすることになったの」

「何？　ウルバノとか？」

父様の様子が落ち着いたところで、今さっきのこともご報告。まだクロンさんから聞いていなかったのかな。お仕事の話で忙しかったのかもしれない。

「ウルバノ？」

名前に聞き覚えがないのか、お父さんが首を傾げた。そこで父様がウルバノくんについて軽く説明。お父さんもシュリエさんもふむ、と耳を傾けている。

「それにしても、巨人族とは珍しいな。俺も一回くらいしか会ったことねぇ」

「私もです。仕事で集落の近くに行ったことがありますから、その時にチラッと」

そんなに珍しい種族なんだ、と私が呟くと、珍しいのはそうだが、と父様が続けて教えてくれた。

「あまり表に出てこない種族なのだ。基本的には集落から出ることはない。エルフやドワーフ、小人族や妖精などと同じだな。亜人との違いでもある」

「そうなんだ……。オルトゥスにはみんないるから、なんだか不思議」

「言われてみればそうですね。ふふ、オルトゥスにいる私たちが変わり者なのですよ。その基準でいくと、メグも変わり者の一人になってしまいますが」

変わり者かぁ。そこは、正直否定はしない。でもさ、オルトゥスのメンバーって基本的にみんな変わり者だよね？　あえて口には出さないけども。やっぱ頭領であるお父さんが変わり者だからだろうなぁ。以前からずっと思っていたけど、要するに類は友を呼ぶのである。

「でも、そうか。ウルバノが心を開いたか。さすがはメグであるな」

「えっ、まだ心を開いたとは言えないと思うよ……？」

ちょっと話してくれただけで、そう簡単に心を開かないと思うんだけど。そう思っていたら、リヒトが違うんだよ、と口を挟んでくる。

「ウルバノは、魔王様が話しかけても口を開くことはなかったんだ。巨人族っていうのは基本的に警戒心が強いらしくてさ。だから、気を許した相手じゃないと話したりしないらしい。子ども園の先生たちには少し気を許して話すらしいけど、それでもものすごく時間がかかったって聞いたぞ」

「だというのにメグ、そなたは今日初めて会ったのであろう？」

それでウルバノと話すなんて快挙だ、と父様は言った。そんなにすごいことだったんだ……。思ってもみなかったよ。やっぱりこの緊張感のない顔のおかげかな？

「ウルバノくんが、少しでも元気になってくれたなら、嬉しいな」

「……マジでお前、人誑しだな」

「お父さんには言われたくないもんっ」

失礼だな！　別に誑してないもん！　出来るだけ、人には優しく接したいと思うだけだよ。初対面ならなおさら。よっぽど極悪人とかでなければ、だけど。だって、優しくされたら誰だって嬉しいでしょ？　優しくされて怒る人はよほどのことがあったか、どうしようもなく性格が悪いかになるし、それがわかるという点でも優しくするのは結構有効な手だと思うんだけどなー。こんなこと思っているから、お前は甘いんだー、ってよく言われるんだけど。

「ウルバノと仲良くしてやってくれ。我も、あの子どものことは気になっていたのだ。一人でも二人でも、信用出来る者が多いのは、良きことだ」

私がプンスカしていたら、父様がそう言いながら頭を優しく撫でてきた。わ、父親っぽい。チラッと見上げると、本当に嬉しそうな顔で微笑んでいる父様と目が合う。国民のことを大事に思っているんだなぁ、いい王様でもあるんだなぁって実感出来た。そりゃ残念なだけじゃ務まらないよね。だって、私は父様の残念な姿ばっかり見ているから、つい。

——王様、か。私も、いずれ王様になるのかな。魔の者を統べる、魔王に。そう考えると、なぜか気持ちが落ち込む。なんでだろう？　確かに私は魔王にならずに、ずっとオルトゥスにいたいって思ってる。でも、これが逃れられないことだというなら、受け入れるつもりでもいるのだ。オルトゥスに行けなくなるわけじゃないんだもん。でも、将来のことを考えると落ち込んでしまうんだよね。嫌、なのかな。そんなに魔王という立場が嫌なのかな、私。そんなこと、ないと思うんだけどなぁ。でも、無意識下のことはわからない。自分のことなのに、よくわからないなんて……。まぁ、よくあることか。あんまり気にしない方がいいんだろうけど。でも、なんだろう。うまく言葉には出来ないんだけど、このことを考えると胸の奥がゾワゾワするというか、頭がぼんやりするというか、緊張するというか、興奮するというか？　自分でも何を考えているんだかわからないんだけど、どうも落ち着かなくなってしまう。だから、出来るだけ考えないようにしていたんだけど……。でも――。

「……メグ!!」

「………え？」

突然、私のことを呼ぶ父様の声でハッとする。あれ、私ぼんやりしてたかな？　でも、そんなに長い時間じゃなかったと思うんだけど。

「えっと……なぁに？」

みんながどこか驚いたような、心配するような目でこっちを見ているから、首を傾げてしまう。ちょっと考えごとをしていただけだよ？　それだけでそんなに心配しなくてもいいのに。

「い、いや……。呼んでも返事がなかったのでな」

「えっ、ごめんなさい。私、そんなにぼんやりしていたのかな……？」

呼ばれていたんだ！　気付かなかった。そりゃちょっと心配にもなるか。せっかくみんなで一緒にいるんだから、しっかりしなきゃ。反省。

「……どこか、調子が悪いとかはないか？」

「ううん、元気だよ！　本当に考えごとをしていただけだから！」

リヒトも心配そうに聞いてくる。や、本当に大丈夫だからね？　だからシュリエさんもお父さんも難しそうな顔しないでー！

「……メグのことだ。おやつ何かなー、とか考えてたんだろ」

「私っ、そんなに食いしん坊じゃないもんーっ！」

確かに今言われて、おやつ何かなって気にはなったけど！　そんなことくらいで声が耳に入らないほど考えごとしたりしないもん。本当に、お父さんはいっつも私をからかうんだから。

「でもメグ、精霊たちも今、心配していましたよ？」

「え？　あ、みんな……」

シュリエさんの言葉を聞いてふと見上げれば、ショーちゃんを始めとする精霊たちが集合して、心配そうに私を見下ろしていた。

「なんか、ごめんね？　でも、平気だからね？　心配してくれてありがと！」

『……ご主人様は本当にそう思っているのね。うん、わかったのよー』

「ああ、ショーは真偽《しんぎ》がわかるのでしたね」

ショーちゃんの言葉を聞いて、シュリエさんもようやく安心したようだ。そう、ショーちゃんは声の精霊なので、私の考えていること、つまり心の声も聞こえてしまうため、全てお見通しなのだ。要するに嘘はつけないってことと同義である。それはそれでなんだか恥ずかしいけど、私に関することを、他の人や他の精霊にショーちゃんが勝手に話すことはないから大丈夫。どうだ、この信頼関係！

「マジな話、なんか眠いとかでもいいから、いつもと違うなって思ったことは言えよ？」

さっきまで私をからかっていたお父さんが突然、真面目なことを言い出したのでキョトンとしてしまった。うん、そっか。さっきのあれは、お父さんなりに私を心配していたってことか。

「うん、わかった。ちゃんと言うね」

だから、私もきちんと応えないとね！　社畜時代の悪《あ》しき習慣はだいぶ消えてきたと思うけど、うっかり無理をしちゃうのはなかなか変えられない私なので、意識的に改善しようと思います。

その後は他愛もない話で盛り上がりつつ、楽しい時間を過ごした。父様とたっくさんお話し出来たのはよかったな。やっぱりあんまり会えないからね。私だって寂しいって思ってるよ？　そう言ったら泣かせてしまったけど、私は嬉しかったな！

食事の後は魔王城内を父様と一緒に歩くことになった。ここはこんなことをする場所だとか、今はこういう仕事をしているだとか。そうやって、魔王城のことを私は少しずつ知っていくのだ。要するにお勉強である。もちろんそれだけではなく、庭園や訓練場も見て回ったよ！　なんと、遊戯《ゆうぎ》場《じょう》もあった。息抜きに娯楽《ごらく》ゲームをしたり、ちょっとしたスポーツが出来る場所なんだって。スポーツという概念《がいねん》があったことに驚いたけど、これ、どうやらリヒトの提案だったみたい。

「娯楽が少ないよなぁって思って。最初はカードゲームやすごろくなんかを広めたんだけど、それじゃちょっと物足りなくてさ。人間より血気盛んな魔族が、身体を動かして発散する方法ってのが戦闘だけで、生傷が絶えないからルールのあるスポーツはどうかって提案したんだよ」

「なかなか良い提案であった。おかげで怪我人がかなり減ったからな！　中には血を流すことで満足する種族もいるゆえ、完全になくなるわけではないが」

何その種族⁉　鬼族《おにぞく》みたいな感じなのだろうか。ま、まぁそれでいいっていうのなら何も言うまい。怖い。それにしても、リヒトもただ魔王城でお世話になっているだけ、ってわけじゃないんだな。ちゃんと自分に出来ることを探して、見つけて、実行しているんだ。そして、貢献《こうけん》してる。うーむ、これは私も負けてられないぞー！　なんだか気合いが入ったよ。

「日が暮れちまったな。オルトゥスに着くのは夜中になるなぁ」

「泊まっていけば良いものを」

「そうはいかねぇさ。早くサウラたちに報告しなきゃなんねぇし……。どこかの影鷲《かげわし》が遅いって不機嫌になるだろうし」

どこかの影鷲って。ギルさんだね！　お父さんと一緒だから大丈夫だとはわかっていても、遅くなれば心配もするかも。私も会いたいし。それにしても、オルトゥスまではかなりの距離があるのに、お父さんたらどんな反則をしているのかな？　行きも思ったけど、獣車を乗り継いで行ったとしたら軽く五日はかかる距離なのに、数時間で着くとか。まぁ、あんまり深く考えちゃダメだよね。なんたってお父さんだし。

「では、メグと会えるのはおそらく、闘技大会の時になるであろうな……」

「開催されればな。ま、するだろうけど。そんなもんすぐだ、すぐ！」

「わかってはいる。だが理屈ではないのだぞ！」

こうして名残惜しむ父様がいるからじわじわ遅くなったんだけどね。ま、仕方ないと諦めよう。

「リヒトとは、合同会議でだな！」

「はい。よろしくお願いします」

リヒトが魔王城の代表として合同会議に参加するんだっけ。いいなぁ、お父さんはまたすぐに会えて。でも、私も闘技大会は見に行くだろうから、そこで会えるもんね。……あの未来を、なんとしてでも阻止せねば！　こうして、涙を流す父様と手を振るリヒトに別れを告げて、私たちはお父さんの愛車、カケルくんに乗り込んだ。帰りは助手席にシュリエさん、私は運転席の後ろへと乗り込む。もちろん、チャイルドシートに座ります。リヒトにはものすごく笑われた。ぐぬぬ。最後にクロンさんにも挨拶したかったんだけどな。それがちょっと心残りだけど、父様へのお手紙にクロンさん宛てのメッセージも書いておこうかな。脳内メモに記しておく。

うっかり車の中で眠っていた私がハッと目を覚ますと、すでにそこはオルトゥスだった。私、何時間寝ていたんだろ？

「おかえり、メグ」

「ギルさん！　ただいまー！」

車から降りると早速ギルさんが出迎えてくれた。駆け寄って手を伸ばすと、当たり前のように抱き上げてくれるギルさん。

「誰が親かわかりませんね。この光景を見ていると」

「やめろ、悲しくなるから」

背後でクスクスと笑うシュリエさんと、少し拗ね気味のお父さんの声を聞きつつ、私は今日あった出来事をギルさんにあれこれ話して聞かせたのでした。話し出したら、止まらなーい！


さて！　あれよ、あれよという間に、合同会議の日がやってきました！　場所はステルラが提供してくれたんだって。どんな場所なんだろう。私もいつか、行ってみたいな。現地には各ギルドのトップと、プラス一人ずつが集まって会議を開くらしい。オルトゥスから向かうのは当然、頭領であるお父さんと、予定通りアドルさんとなったようだ。早速ステルラに向かうということで、私はギルさんやサウラさんたちと一緒に見送りにホールまでやって来ていた。

「ステルラは肩が凝《こ》るんだよなぁ……」

「はは、格式高い感じはありますよね。国から最も信頼されているギルドらしくはあるかと思いますけど」

アドルさんが苦笑しながらフォローを入れる。どうやらお父さんはステルラの雰囲気が苦手なようだ。ルド医師とセントレイ国へ行った時は、アニュラスには行ったけどステルラには行かなかったからどんな様子かはわからないんだよね。聞けば、超高級ホテルみてぇ、という非常にわかりやすい答えがお父さんからは返ってきたわけだけど。高級店より屋台の焼き鳥、みたいなタイプのお父さんには確かに窮屈《きゅうくつ》に感じるかもしれないなぁ。私？　私も焼き鳥派です。でも、高級店もたまにはいいなって思うよ？　ずっとは無理。ボロが出るもん……！

「そうだ、ステルラ代表は長《チーフ》であるシェザリオと、なんとイザークなんだってよ！」

「イザーク、さん？」

思い出したようにそう言ったお父さんだけど、聞き覚えのない名前に首を傾げる。すると、ギルさんが教えてくれた。

「イザークは、ルドの甥《おい》だ」

「ルド医師の⁉」

そういえば、ルド医師には甥っ子さんがいるって聞いたことがあったなぁ。そっか、ステルラにいるんだ。私が驚いていると、サウラさんがヒョイッと私の顔を覗き込みながらさらに情報を教えてくれる。

「メグちゃんは知らなかったのね。そもそも、ルドの双子のお姉さんがステルラ所属なのよ。番がステルラだったから、一緒になったみたい。だから必然的に、イザークもステルラ所属になった、って流れかしらね」

「ほえー、知らなかった！」

ルド医師も双子だったんだね！　というか、甥っ子がいるって時点で兄弟がいるのは確定だったんだから、考えてみれば当然か。亜人は出生率が低いから兄弟がいるとしたら大体双子なんだもんね。

「虫系亜人は双子が多いんだぞ？　だから、そうまた珍しくもない。でもアニュラスの双子はそうじゃないからちょっとだけ珍しいけどな」

さらにお父さんからの補足説明。それはまた初耳だ。そうポンポンと双子が生まれるってわけじゃないってことだね。ま、それも考えてみれば当たり前か。

「イザークはちょっとばかり頭が固いところがあるからなぁ。嫌いじゃないんだが、やっぱり肩が凝りそうだな」

「おっとりとしたルドさんとは真逆ではありますよね。でも、仕事に対する真摯《しんし》な姿勢は似ているかもしれません」

アドルさんも面識があるっぽい口ぶりだね。真逆だけど、似ている部分もある甥っ子さんかぁ。会ってみたいな。闘技大会の日に会えるかも？　人が多そうだから無理かもしれないけど。

「じゃ、行ってくるわ。帰りは明後日の朝になる」

「いってらっしゃい！　気をつけてね？　アドルさんも！」

そうこうしている間に、お父さんとアドルさんがギルドを出ようとしていたので手を振ってお見送り。会議が長引くことも考えて向こうで一泊だけするようだ。本当、お父さんが使える異空間を通る秘密の経路って便利だよねぇ。どこもかしこも短縮ルートを通れるわけではないみたいなんだけど、それでもかなりの移動時間を短縮出来るのは大きいと思う。けどそのせいで、どう考えてもそっちの方が遠いのに、近い方より移動時間が短い、なんていうおかしな矛盾が起こることもあるんだって。地図の意味がなくなりそうである。

「さぁてと。私たちも夕方までいつも通り働くわよー！　アドルの分も仕事終わらせなきゃ！」

二人が出て行った瞬間、ググッと伸びをしてサウラさんが言う。お、お胸が揺れております。相変わらずのナイスバディ。って、そうじゃなくて！

「夕方まで？　夕方に、何かあるの？」

口ぶりがそんな感じだったので不思議に思ったのだ。すると、サウラさんはそうよー、と笑顔で教えてくれた。

「夕方になれば会議が始まるでしょ？　アドルは向こうで頭領の手綱を握る係。私たちは記録しなきゃいけないもの」

「え、記録？　出来るの？」

「あ、そうか。メグちゃんは聞いてなかったかしら。頭領たちにはギルの影鳥を連れて行ってもらっているのよ。ステルラなら距離的にも問題ないし」

「あ、なーるほど！」

ギルさんの影鳥。それはすなわち、リアルタイムで会議の様子が聞けるってことだ。本当に便利。というか、あれだけの距離でも問題なく繋げることが出来る、ギルさんの魔力量や技量がやばい。私も、魔術をそこそこ使えるようになってきたからわかるんだ。それがどれだけすごいことか。まぁ、私は精霊たちにお任せ！　な自然魔術の使い手だから、根本的に魔術の扱い方が違うんだけどさ。それでもギルさんが規格外なのはわかるよ。

「メグちゃんも、聞いてみる？　合同会議の様子」

「えっ、でも、私なんかが聞いていてもいいのかなぁ？」

「もちろんよ。会議っていうのがどんなものか、知るのも勉強になるしね！　交渉術とか色々と、学べることは多いわよ！」

サウラさんがそう誘ってくれたので、せっかくだからお邪魔させてもらうことにする。ぜひ！と両拳を握りしめて答えたら、いい子いい子と頭を撫でられた。えへへ。

「……それなら、メグも仕事をしっかり終わらせてこないとな」

「そうでした！」

続くギルさんの言葉にハッとする。そうだ、今日は依頼をこなす日である。といっても、場所は街の中で、やることもお手伝いレベルなんだけどね。でも仕事は仕事。きちんとこなさねば！

「確か今日は、ランのお店で売り子さんをするのよね」

「はいっ！　だから、今日はランちゃんが特に気に入っていて、私に似合うって言ってくれた服を着ているんですよっ」

そう言って、服がよく見えるようにクルンとひと回り。裾《すそ》にレースがあしらわれたミニ丈のサロペットスカートは動きやすいし、私もお気に入りだ。吊りベルトみたいになっているので、上に着てる白のお洒落なシャツも見えるのがいい。今日はポニーテールにしているので、スカートについているのと同じレースで出来たシュシュでまとめている。オマケ、と言ってランちゃんが一緒にくれたのだ。さすがである。

「うん！　今日も飛びっきりキュートよ、メグちゃん！　ランの店だから大丈夫だと思うけど、色々と気をつけるのよ？」

「はぁい！」

思えば、街の中で一人でお仕事に行けるようになるまでも、色々あったよなぁ。ほら、みなさん過保護じゃない？　いくら街中とはいえ、一人なんて危ないってなかなか許してもらえなかったのだ。それが許されるようになるまで、何度も保護者付きで依頼をこなしたっけ。本当、付き添ってくれる人たちの時間を奪うことになってすっごく心苦しかったんだから！

「何かあれば、呼べ」

「うんっ、ギルさんもいつもありがとー！」

そして現在、私の影に魔術を施し、いつでもギルさんが影を通して駆けつけられるような状態でなら、一人でもオッケーとなりました。それがなくても、ギルさんには私の危機がなんとなくわかるからすぐに駆けつけられるらしいんだけどね。直接、私の影と繋がっていた方が早いから、という理由だそうだ。しかし危機を察知出来るとか、それはそれでどういう仕組みなんだ、って不思議に思うけどね。ギルさんだから、で納得している。……まだまだ過保護だということなかれ。ここまでくるのにどれだけ時間がかかったのかを考えればお察しいただけると思う。私が一人前になる日はまだ遠い。というわけで！　これ以上準備することもないので、私も意気揚々《いきようよう》とギルドを後にすることに。あ、でもその前に。

「では、いってきまーす！」

挨拶は大事！　元気いっぱいにそう言うと、ギルド内にいる人たちがみんなで、いってらっしゃいと声をかけてくれた。誰もが笑顔で見送ってくれるのがとても嬉しい。ああ、幸せ。思わず緩む頬を隠しもせず、私は一歩外へと足を踏み出した。

道中、街の人たちに声をかけられて挨拶しつつ、目的地であるラグランキラリンテーラーショップに辿り着く。星マークを「キラリン」と読ませる、相変わらずすごい店名である。この街は本当にみんないい人たちばかりだから、そんなに心配はいらないのになぁ、なんてつい思っちゃうけど、外部からの観光客とか仕事の人とかもいるし、こういう油断がいけないんだよね、と気を引き締める。何度か目《ま》の当たりにしたこともあるし。しかも今日はお店の売り子としてお客さんの呼び込みをしたりもするから、ちゃんと気をつけねば！　これ、何度も何度も言い聞かせられたからね。色んな保護者から。

「あらぁあ、待っていたわよぉ、メグちゃん！　その服、着てきてくれたのねん！　嬉しいわぁ」

「ラグランジェさん、おはよーございますっ！　今日はよろしくお願いしますっ」

「挨拶も完璧！　よろしくねぇ、メグちゃん。いつか叶えたかった夢が叶って嬉しいわぁん」

そして、店内から出てきた迫力の人物がこの人、ラグランジェさんことランちゃんである。相変わらず服装は派手で、虎《ティガル》の耳と尻尾が揺れており、ガタイもいいのにクネクネと動く存在感バッチリのお人である。でも、フリフリの服が似合うんだよねぇ。素材がいいのだろう。

「夢、ですか？」

ランちゃんが何気なく口にした言葉が気になったので聞き返す。すると、そうよぉ、と思い切り顔を近付けてきたので思わず一歩後ろへ下がってしまった。突然だったからビックリした！

「メグちゃんがまだここに来たばっかりの頃、アタシが提案したじゃなぁい。ここで看板娘しない？　って！」

「うん。そうだったね！」

でも、あの時は一緒にいたギルさんとケイさんに即行で却下されちゃったんだよね。一人で街にいるなんてとんでもないって。でも、そのおかげでオルトゥスの看板娘に就任出来たし、今の私があるのはランちゃんのおかげといっても過言ではない。

「だから、やっとうちの看板娘をやってくれることになって、とぉっても嬉しいのよぉ？　今日一日限定だけどっ」

「えへへ。私もこうしてお店のお手伝いが出来て、嬉しいです！　今日は頑張るっ」

「んーっ！　かんわいいわぁっ！　食べちゃいたいっ」

「ふあっ⁉　食べるのはだめぇっ」

至近距離で舌なめずりするものだから、思わず本気で震えて両手をブンブン振ってしまう。それを見たランちゃんがコロコロ笑って冗談よぉ、って笑っているけど……。ちょっとばかり目が本気だったのは気のせいだろうか？　そして、ほんのわずかに自分の影が揺れた気がしたのも気のせいだと思いたい。ギルさん……。そんなひと悶着《もんちゃく》がありつつも、開店まであと少し、とのことなので慌てて店内に入ってお店の中を確認することに。さっきのやりとりを見ていたのか、スタッフのお姉さんが笑いながらも優しく店内を案内してくれる。可愛いからからかわれただけよ、と言ってもらえてようやく安心しました。もう、ランちゃんたら、お茶目さん！

「こんにちは！　どうぞ、いらっしゃいませっ！」

私のお仕事は、店先で元気に挨拶をすること！　入店しようか迷っていたらすかさず挨拶をしてくれればいい、とのことなので早速そうしているんだけど、それだけでいいのかな？　とちょっぴり不安。だって、挨拶だけでお給料をもらうなんて申し訳ないというかなんというか。そんなこと言ったらいつもの仕事も大差ないんだけど。くすん。

「あら、メグちゃんじゃないの。どうしてここに？　お手伝い？」

「はいっ、今日はランちゃんのお店の人なんです」

お客さん第一号は、常連さんの奥様。ランちゃんのお店はリーズナブルなものから高級品まで品揃えもいいから、色んな層のお客さんがやってくるのだ。そしてこの奥様はお求めやすい系の服をいつも買って行ってくれるお客さんである。もちろんランちゃん情報だけど、実はギルドの軽食コーナーにもよく来る方なので私も顔馴染《かおなじ》みなのだ。

「明日行こうかなって迷っていたけど、今日来て正解だったわ。メグちゃんがいるなんて、今日はとってもいい日ね」

「えへへ、ありがとーございます！　私も嬉しい！」

いつもニコニコ優しい笑顔で褒めまくってくれるこの人が、私も好きである。見た目や仕草、話し方からもこの人の穏やかさが伝わってくる感じ。ほのぼのでおっとりで、なんだか癒されるのだ。

思わず二人でニコニコ笑い合う。

「んふふ、奥様ったら運がいいわねぇん」

「ランちゃんたら、前もって教えてくれたら良かったのに。あ、でも知らせたらお店が混雑しちゃうわね」

「ご名答よぉ。みぃんながメグちゃん目当てに来ちゃうじゃない？　アタシとしては嬉しいけど、メグちゃんが大忙しになっちゃうのはかわいそうでしょお？」

「その通りね。でも、メグちゃんがお店の前にいるだけで、すぐに人が集まってきそうね？」

奥様とランちゃんが談笑を始めた。え、そんなに影響があるものかな？　ランちゃんのお店は元から人気店だし、私がいるってだけでそこまで変わんないと思うけど。でも、知り合いの方は寄って行ってくれるかもしれない。

「本人には自覚がないみたいだけどねん」

「あらあら。メグちゃん、貴女は自分で思っているより人気者よ？」

「そ、そうですか？　私がまだ子どもだから、皆さんが優しくしてくれるんだと思います、よ？」

そう、まだ子どもだからだ。子どもは貴重だし、私はオルトゥスのみんなに良くしてもらっているから、余計に大切にしなきゃ、って思ってもらっているんだ。大人になって一人前になったら、こうはならないんじゃないかなぁ？

「謙虚《けんきょ》ねぇ……」

「本当に。メグちゃんがいい子だからこそ、みんなが慕うのよ？　少なくとも私は、礼儀正しくていつも笑顔で、元気に頑張るメグちゃんだから大好きなのよ?」

「あう、あの、ありがとーございます……!」

真《ま》っ直《す》ぐ褒め言葉を言ってくれるから、照れてしまう。そうかなぁ、そうかなぁ? でも、奥様が言ってくれたことは、私がそうあろうと努力している部分でもあるから、認めてもらえたみたいでとても嬉しい。そう、嬉しいのだ。だってね? その、私って外見が美少女じゃない? いや、嫌味とかじゃなくて! 客観的に見てだよ? でもそれは仕方のないことでもある。だって、彫刻のような美しさを誇る魔王と、とにかく美しかったと言われているハイエルフのお母さんから産まれりゃ、そりゃそうなるでしょうよ? お母さんの姿をちゃんと見たことはないけど、ハイエルフってだけで種族柄、美しさは確定したようなものだし。で、まあ、見た目が整っているっていうか、恵まれているのはわかっているんだ。でも、だからこそ、自分にはそれしかないって思われるのは嫌だなって思ったのだ。可愛いから許されるだとか、何もしなくていいだとか、そういうのは人形と一緒だし、私らしさとは言えない。自分に出来ることは精一杯やりたいし、それが大好きな人たちのためになるなら余計に頑張りたいんだ。というか、私らしさってそこしかない気がするんだよね。……まぁ? それをやりすぎて社畜になって、過労死してしまったという前科があるわけだけども。大丈夫、過去の過ちは繰り返しませんとも。ようやくこの身体の限界だとか、どこらへんから無理になるのかとかが、わかってきたから。それに、自分で気付く前に止めてくれる保護者もいるからね。もちろん無理はしないけど、私は私らしく、色んなことに挑戦したり、目の前のことを精一杯頑張るスタイルを貫きたいと思う。

改めてそう思ったからこそ、張り切って呼び込みを続けたわけですが。結果、現在お店は人でごった返しております。あ、あれぇ？　途中でランちゃんからのストップがかかってからは、お店の中に引っ込んで洋服の整理など、裏方作業をしていたんだけど……。それでもどんどこお客さんが来るわ、来るわ。おかげで大忙し！

「やっぱりメグちゃんがいるって噂が広まったのねぇん。予想以上の効果だわ……」

ランちゃんや他の従業員の皆様も嬉しい悲鳴を上げている。今は店内に入る人数制限をしている状態なのだ。ちなみに、私がいるから私に会いに来た、って人が多いみたいではあるんだけど、みなさんちゃんと買い物はしていく。用もなく会いに来ただけって人はいないんだけど……。

「品物を買うのがメグちゃんに会うためのチップみたいになってるわぁ。うちはウインドウショッピングも歓迎なんだけどぉ……」

そう。商品をよく見もせずに、じゃあこれ頂戴っていうどことなく失礼な人も中にはいるのが厄介なのだ。買い物はしているし、お店としても追い出すわけにもいかない、というなんとも歯がゆい状況である。なにこれ、私むしろお店の邪魔しちゃってない？

「ランちゃん、ごめんなさい……。私、一度帰った方がいいかなぁ」

なぜここまで私なんかを見に来たいのかは理解出来ないけど、この状態は私が招いたことだろうことはさすがにわかる。お店に貢献は出来たと思うけど、ここまでは望んでいないし、純粋にお店の良さを理解されないのは悲しい。もちろん、お店のファンだからって来る人もたくさんいるけどね！　一部のマナーの悪い人がいると、どうしても、ね。

「何を言うの！　メグちゃんが謝ることなんてこれっぽっちもないわぁ！　見通しが甘かったアタシの責任よぉ。でもそうね、混雑しすぎて危ないから、少し休憩もかねて戻った方がいいかもしれないわねぇん」

決して迷惑だからではない、むしろこんなにたくさんのお客さんを集めてくれて嬉しいから絶対に勘違いしちゃダメよ、と何度も釘を刺された。ランちゃんたら、私の性格をわかっているなぁ。実際、落ち込んでしまっているもん。でも、そう言ってくれたランちゃんの気持ちに嘘はないって伝わる。だから、ここは私もしょげていてはダメなのだ。

「忙しい時に抜けてごめんなさい。また、頃合いを見て戻ります！」

「ふふ、本当にいい子ねぇ。ええ、ゆっくり休んで来てねん。待ってるわぁ」

まだまだお店も忙しいんだから、ここで時間を取るのは良くない！　それをランちゃんも察してくれたから、あっさりと見送ってもらって、私は裏口からこっそり店を抜け出すこととなった。はふぅ、酸素がおいしいです。それにしても本当に人で苦しかったし、従業員さんたちもきっとヘトヘトだろうから、戻ってきた時には何か差し入れを持って行こう。お詫《わ》びもかねてね！　気持ち、切り替えていこう！　差し入れは何がいいかなー？

4　会議の日

「メ、グ、ちゃぁぁぁん？」

お店から出てしばらく歩いたところで背後から声をかけられる。あ、これは好ましくない声だって雰囲気で察した。実は、たまにこういう声のかけられ方をする。私はオルトゥス所属だけどまだ子どもだから、狙いやすいと思われがちなのだ。要するにこの手の人たちは私を利用しようとしているか、攫おうとしているかのどちらかってことが多い。どちらにせよ、良からぬことを考えているタイプの人たちってことだ。今回はどんな目的の人でしょうねぇ、などと考えつつ、すぐにでも対応出来るように振り返って相手を見る。

「あぁぁぁ、本当に可愛いめちゃくちゃ可愛い……。連れ帰って僕たちと暮らそう？　ね、そうしよう？」

あ、変態の人でしたか、そうですか。ゾワッと悪寒が全身に走る。対処は出来ると思うけど、嫌だな、怖いなって感じるのは仕方ない。思わず顔も引きつってしまう。やだなぁ、こういう人たちがこの街に来るのって。ここは本当にいい街だからこそ、そう思う。住んでいる人もよく来る人もみんな親切だし。ちょっとマナーの悪い人はいても、基本的には善人なのだ。だからこの人たちは外部から来た人たちだってすぐにわかる。三人かぁ。大人三人で子ども一人相手に、何をしようとしているんだろう。気分が落ち込む。そりゃ、世の中いい人だけってわけにはいかないよね。はぁ。

「ライちゃん、リョクくん」

『はいなー！　ビリっとさせればいいんやねー！』

『はぁい、捕まえればいいんだよねぇ？』

すかさず私は精霊たちに声をかける。こういう時は迷っちゃダメだと何度もギルさんたちに言い聞かせられているからね。もしこちらの勘違いだったとしても、そう思わせる相手が悪い。気になるならあとでいくらでも謝ればいいのだから、迷わず先手を打ちなさいって。情けは身の危険に繋がる。それに責任は自分たちが取るから遠慮はいらないって。でも、さすがに怪我をさせたりするのは気がひけるから、意識を奪って拘束するのが私の限界だ。甘い？　わかってはいるけど、これぱっかりはどうしてもー！

『いっくよー！　ビリビリーッ！』

ライちゃんが軽い電撃で大人三人を攻撃する。それを見届けてから、私はリョクくんに向かって小さな種を放り投げた。

『次はボクの番だよぉ。グルグルー！　はい。出来たよ、メグ様ぁ』

種から発芽し、みるみる内に蔦《つた》が成長した。リョクくんがその蔦を操り、感電して動けない大人三人を拘束。見事な連携プレイである！

「二人ともありがとう。おかげで助かったよ！」

優秀な私の精霊ちゃんたち。私がちょっとイメージを伝えただけで仕事を終えてしまったよ。黄色いミニウサギな姿の雷の精霊、雷《ライ》ちゃんと、緑の小さなカエル姿の蔦の精霊、緑《リョク》くんである。ネーミングセンス？　なんですかね、それは？　こうして無事に三人の不審者を捕らえたところで、私の足元の影が揺らめく。保護者の到着らしい。ホッ。

「メグ！……コイツらか」

「ギルさん」

スッと影から現れたギルさんは、蔦に捕らわれて意識を失う三人組を、氷点下を思わせる視線でチラッと見た。うぉう、迫力ぅ！

「何もされてないか」

でもすぐにこちらに顔を向けて私の安否を聞いてきたので大丈夫だとすぐに答える。いつものフードにマスクのスタイルだからわかりにくいけど、私の返事を聞いて僅かに目元が緩んだように見えた。

「メグも、頼もしくなったな」

「ふふーん。私だってオルトゥスの一員だもん！」

ギルさんが優しく褒めながら私の頭を撫でるので、嬉しくなって胸を張る。そうだな、と答えてくれるのがさらに嬉しい。もちろん、まだまだ甘っちょろいことはわかっている。オルトゥスに所属する者は常に向上心を持つことがルールだし！　精進しますとも。

「もうじき詰所《つめしょ》から人が来る。コイツらを回収していってくれるだろう」

「そっか……。お話しなきゃいけないかなぁ？」

魔大陸では治安維持のため、各国に警備隊が配置されている。犯罪者はこの警備隊が連行し、その後の対応をしてくれるのだ。周囲の国に比べてかなり小さい国であるリルトーレイ国。その中でもこの街は、魔大陸で最も治安のいい街として有名だ。それもこれも、オルトゥスの本拠地があるからこそだと言われている。だから犯罪者が現れる方が珍しいんだって聞いたことがあるんだけど。でも実は私、この街でこういう事件に巻き込まれるの、これで八回目なんだ……。他の国はもっと危険なのかと思うと怖くなっちゃう。

「影鳥を置いていく。この場で説明する必要はないだろう」

「あっ、じゃあ私も。ショーちゃん！」

過保護なギルさんのことだから、すぐにでもギルドに戻ろうとするのはなんとなく察していた。けど、被害者とも言える私の証言がないのはちょっとね。だからこそ私の最初の契約精霊、ショーちゃんの出番である！

『はいなのよー！』

私が呼ぶと、すぐに全身ピンクの人型精霊が現れた。声の精霊であるショーちゃんなら、ここでのやり取りをそのまま伝えることが出来るからね。

「もうすぐここに詰所の人たちが来るから、今のやり取りを教えてあげてほしいの。影鳥ちゃんを通じてお願いするから、そのタイミングで。出来る？」

『お安い御用なのよー！』

ショーちゃんは任務を頼むといつもこうして嬉しそうにクルクル飛び回る。頼りにされるのが嬉しいって、喜びの舞を踊るのだ。可愛い。話がついたところで影鳥とショーちゃんをその場に置くと、私たちはギルドに向かって歩き出した。今は隣にギルさんがいるから安心感が半端ない。一人で歩くのも別に平気ではあるよ？　でもやっぱり、こういうことがあったあとは心強いって余計に感じるよね！　歩いていると早速、詰所の人が現場に到着したようなので、歩きながらギルさんが影鳥を通じてやり取りをし始めた。

『ギルさん。いつも助かります！　報告では、ここでオルトゥスのメグさんが襲われかけたということですが……。お怪我などはありませんでしたか？』

「ああ、自身で撃退していたからな。そいつらを捕らえたのもメグだ」

『ええっ⁉』

どうやら、私が変質者を撃退出来るほどの力を持っているとは思わなかったようだ。こうして驚かれるのも馴れっこである。現場に駆け寄る人もいつも同じってわけじゃないからね。この人たちは私絡みの事件の後処理が初めてなのだろう。まぁ、私は見た目こんなだし、驚く気持ちはよくわかる。

「今からそこにいる精霊が事件の様子を再現してくれる」

『えっ、精霊ですか……？　でも我々に精霊は見えませんよ？』

「問題ない」

戸惑う様子が音声だけで伝わってくる。なんかすみません。そこに留まっていたら説明も簡単だったんだけど、ギルさんのすぐに帰るという揺るがぬ意思を感じた私に、従う以外の選択肢はなかったんだよ……。ギルさんが私に目で合図を送ってきたので、影鳥越しに私はショーちゃんに指示を出した。

「ショーちゃん、その場での出来事を教えてあげて」

『わかったのよー！』

影鳥越しでもショーちゃんの声が聞けたこと、最初はビックリしたんだよねー。精霊の声って耳で聞くというより心で聞いている感じだから、聞こえるのも当然ではあるんだけど、初めて聞けた時はなんというか、意外で。それはさておき。指示を受け取ったショーちゃんはすぐに事件のあらましを完璧に再現し始めた。音声だけとはいえ、声色もそのまま再現するから信憑性《しんぴょうせい》は抜群である。ま、精霊というだけで嘘はついてないことの証明になるんだけども。正直者じゃなきゃ、精霊は言うことを聞いてくれないって言うのはこの世界の常識みたいなものだからね！

「……やはり潰しておくべきだったか」

変質者たちの私を誘う音声を聞いて、ギルさん周辺の温度が二度くらい下がった気がした。お、落ち着いて！

『す、すごいですね……。でも、よくわかりました。ご協力に感謝いたします。それにしても、本当に気を付けてくださいね？　メグさんは狙われやすいと聞いていますから』

「えっ、私？」

ショーちゃんからの報告を聞き終えた詰め所の人から話を振られた。やっぱり子どもで、エルフだからかな。

『はい。この街自体は本当に平和です。魔大陸の片隅にある小さな国ですし、オルトゥスの皆さんもいますからね。でも、メグさんを狙ってこうして遠方からわざわざやって来る者たちが増えているんですよ。メグさんの情報が魔大陸中に広がって、中途半端な情報を得た愚か者が遥々《はるばる》やって来るのでしょうね』

「ひえっ」

なんで遠方からわざわざ⁉　そこまでの情熱を他に注げばいいのに！　だからこんなに平和な街なのに、最近になって何度も私はこういう事件に遭遇していたの？　あまりにも熱の入った変質者と聞いたものだから、思わず変な声が漏れた。

「……鬱陶《うっとう》しいな」

ギルさん周辺の温度がさらに下がった。だから落ち着いて！

『我々も気を付けてはいるのですが、目が行き届かずに申し訳なく……』

「いや、仕方ない。俺たちも独自で警戒する。それに、身柄を拘束出来るのは警備隊の存在があってこそだ。引き続き頼む」

『は、はいっ！』

そう、変質者とか犯罪者とか、そういった人たちを見つけて捕まえたりすることはオルトゥスでもやるし、依頼もくる。でもその先の処分に関しては国の管轄《かんかつ》になるのだ。オルトゥスはあくまで依頼の遂行まで。処分までこちらがやってしまうのは、パワーバランスが崩れてしまうからね。役割分担は大事なのである。たとえオルトゥスの方が、優秀な人材が揃っていたとしても、それがみんなの知るところだとしても、である。そして、お父さんの方針に、国とは敵対しないというのがある。国のトップがなかなかの人格者であるっていうのが大きいみたいだけどね。持ちつ持たれつ、世の中をうまく生きていくにはその辺りのバランス調整も大事なんだって。ゴーイングマイウェイなお父さんでも、そういうところはちゃんとしてるんだなぁって思うよ。まぁ、権力者に関わるのは面倒だから程よい距離感を保っている、というのが一番の理由な気はするけれど。

とまぁ、そういうわけで、今回の変質者事件はこれで終わりというわけ。警備隊に引き渡して事情も説明したから、これ以上私たちが関わることはない。余程の理由がない限りね。変質者に思うところはあるけど、実害はなかったし。むしろ彼らの意識を奪ったのは私の方だし。正当防衛だけど。

「やはり、一人で歩かせるのは考えた方がいい、か……？」

隣を歩くギルさんからそんな呟きが聞こえてくる。こ、これはいけない！　私はすぐにバッ、とギルさんの方に向き直って声を上げた。

「大丈夫だよ！　私、ちゃんと対応出来たよ？　怪我もしなかったし、させなかった。私だって、自分の身は自分で守れるようになりたいし、きっとこれも修行になっていると思うの！」

勢いのまま言いたいことを言ってしまった。だからか、ギルさんが目を少し見開いて驚いている。それを見て我に返る私。えっと、えっと、心配なんかしないで、って突っぱねているわけじゃなくてぇ！

「危険だと思ったら、すぐに助けてって言うよ？　そうしたら、すぐに来てくれるって知ってるもん。さっきだってすぐに来てくれたし、その、あの、ギルさんたちのこと、信じてるんだよ？　心配してくれているのも、すごくわかる。で、でも、なんていうかそのっ」

なんか、言えば言うほど語彙力《ごいりょく》が低下していく気がする。あわあわと言い訳する子どものようだ。子どもだけど。でも、そんな私を理解してくれるのがこの人なんだ。

「……心配しすぎて、メグの可能性を潰してしまうことになるんだな。よく、わかった」

立ち止まって、ギルさんは私の前に膝をついて目線を合わせてくれる。しっかり私の目を見て、私の意思を尊重してくれる。

「心配のあまり、暴走してしまった。すまない。メグが信頼してくれているんだ。俺もメグを同じくらい信頼しなければいけないな」

「ギルさん……」

軽く目を伏せて謝るギルさんに、なぜか胸がギュッとなる。私はそんなギルさんの手をそっと両手で取った。

「私がまだまだ頼りないのもいけないと思うの。あのね、ギルさんたちに、私なら大丈夫だって思ってもらえるように、これからも頑張るよ。だからね、もどかしいかもしれないんだけど……」

きちんと謝ってくれたギルさんに、私もきちんと言葉にしなきゃいけないなって思った。だから真っ直ぐギルさんを見つめてそう言ったのだ。そうしたら、ギルさんも自然と私の言葉を引き継いでくれて……。

「ああ。メグを信じて見守る。そして、本当に危険な時にはすぐに駆けつけよう」

私が、一番言ってほしい言葉をくれた。見守るのって、実はすごく勇気のいることだと思う。私は親になったことがないし、小さな子どもと関わる機会もなかったけど、後輩を育てるってことは経験しているからなんとなくわかる。いつかは一人でやらせなければならない日が来るんだってことを、念頭に置かなきゃいけないんだよね。そのために出来ることはするけど、いざという時は本人に頑張ってもらうしかないって。手を出すのは簡単だ。こちらがやってしまえば一瞬で終わることかもしれないけど、見守って、その子自身の力でやってもらわなければ意味がない。たとえ失敗しても。それが子ども相手だと思えば、そりゃ心配もするし手も出したくなるよ。特に私の場合は身の危険も付きまとっているんだもん。でも、やらなきゃ。自立するためにも。自分のためにも。

「ありがとう、ギルさん！」

きっと私は、本当に危なっかしく見えると思う。オルトゥスの人たちは特に優秀な人たちだから、私を見ていてヒヤヒヤしっぱなしなんだろうな。でもこうして見守ってくれて、いざという時に助けてくれる。そんなギルさんたちには感謝の気持ちでいっぱいだ。思わず抱きついてしまった私のことを、そっと抱きしめ返してくれた腕の中で、そんな幸せをしっかりと再確認した。

ギルさんとオルトゥスに戻った私は、そこでお昼ご飯タイム。ギルさんは食後すぐにまた仕事場へと向かって行った。仕事の途中で駆けつけてくれたんだもんね。ご迷惑をおかけしました……！

私がお昼の後に、またランちゃんのお店に向かうことを最後まで心配していたけど、さっき話したこともあって今日はもう行くな、とは言われなかった。顔には出ていたけどね、本当は行かせたくないって！　まぁ、私だって本音を言えば今日はちょっと、怖い。引きこもっていたい気持ちはあるんだ。でも、ギルさんが子離れを頑張ってくれているし、何より私が信じてって言い出したことなんだから引くわけにはいかないのだ。それに怖いことがあった時こそすぐに行動しないと、恐怖心って増幅するからね。ここはグッと気合いを入れて行かなくては！　ランちゃんともまたあとでって約束したしね！

『オレっちたちが、ずっとご主人と一緒にいてやるんだぞ！』

『妾《わらわ》もついているのだ。主殿、心配いらないのだ』

『アタシも！　周囲の警戒はまかせてっ』

「ホムラくん、シズクちゃん、フウちゃん……！　頼もしいよ！　ありがとう」

私の不安に気付いたのだろう、呼ぶ前に精霊たちが現れて、私を励ましてくれた。なんっていい子達なの！

『もちろん、私もいるのよー？　攻撃とか、そういうのは出来ないけど……』

「ショーちゃんがいるから、他の子達に私の意思がしっかり伝わるんだよ！　ショーちゃんがいるの、とっても心強いんだから！」

ここで、声の精霊であるショーちゃんがちょっぴりしょげていたのですぐさまフォロー。本当に助かっているんだからね？　私の自然魔術の腕が上がったのは、ショーちゃんのおかげといっても過言ではないんだから。そんな私の心の声も聞き取ったショーちゃんはみるみる元気を取り戻し、私も頑張るのよー！　と頭上をクルクル飛び回る。ふふっ、可愛い！

そんな心強い味方のおかげで精神的に無敵になった私は、お昼休憩を多めに取った後に無事、再びランちゃんのお店に向かうことが出来た。何ごともなくお店につけたから安心したよ！　相変わらずお店は大繁盛《だいはんじょう》していたので、ここで私が出て行くのは良くなさそう。というわけで、お店の裏口から入り、裏方のお手伝いに徹しました。サイズ違いや色違いの服を探して持って行ったり、在庫の確認をしたり、出来ることはたくさんあったからね。でも、いつも働いている人からすれば、手際も悪いし失敗もするし色々と遅い私。それにも拘わらず助かるわ、と言ってくれたスタッフの皆さんが天使に見えたよ……！　忙しいのにイライラせずにそんな風に言ってくれるなんて。うん、見習おう。

閉店の時間が近づいた頃、陽が傾く前に帰りなさい、と言うランちゃんの言葉に甘えて本日のお仕事は終了。夢が叶って嬉しかったわ、とランちゃんが涙ぐむものだから、私も一緒になって泣いた。泣き虫は変わりません、すみません。大騒ぎになっちゃったけど、またお手伝いしに行きたいな！

「ただいま戻りましたぁー！」

ギルドに戻って元気に挨拶。いつもはこの挨拶を聞いておかえりなさいってする方だから、こうしてただいまって挨拶するの、実は好きなんだ。みんながおかえりなさいって笑顔で迎えてくれるのがくすぐったくて、嬉しくて！　えへへ。

「お、メグじゃないか。今日は外だったの？　珍しいね」

「オーウェンさん！　えっと、ランちゃんのお店のお手伝いに」

「なるほどー」

もはや私のオアシスとなっている私専用カウンターに向かっていると、珍しい人物が声をかけてきた。オーウェンさんはワイルド系の顔立ちで、ちょっと軽い人のイメージがある。補助系の魔術を得意とする守護ムササビの亜人さんで、双子の弟であるワイアットさんとよく行動を共にしている。そしてここが最も重要な情報なんだけど、オーウェンさんはメアリーラさんに片想い中である！……進展はなさそうなんだけどね。メアリーラさんが素直にオーウェンさんの想いを受け取ってくれないのだ。完全拒否しているけど、メアリーラさんもオーウェンさんに好意を抱いているのなんて、周囲にいる人たちにはバレバレなんだよね。だから、ついヤキモキしながら二人のやり取りを見てしまう今日この頃である。うまくいく日が来たら、ぜひオーウェンさんには報告してもらいたい。

「メグは、夕方の会議に参加するんだって？」

「はい！　オーウェンさんも、参加するの？」

合同会議が始まるのは陽が傾く頃だったはず。つまりあと少しである。ま、参加っていっても聞いているだけなんだけどね。

「いや、俺は行かないよ。たぶん、闘技大会についての会議になるんだろ？　その期間、主要人物が大会に出るならギルドを守れるヤツが残らなきゃだからな。俺は大会中は留守番する予定だからさ。決定事項だけ後で聞かせてもらえればそれで十分」

そっか。闘技大会だからって強い人たちがみんな大会に出場してしまったら、その間ギルドは手薄になっちゃうんだ。セキュリティは万全なオルトゥスではあるけど、無防備になるのは良くないもんね。いつ誰が訪問してくるかわからないし、トラブルが起きない保証なんてどこにもないのだ。

「だから、オルトゥスのことは任せとけな。せっかくの闘技大会なんだ、メグも楽しんでくるといい」

なんだかもう闘技大会が開かれるのは決定みたいな話の進め方だ。私も予知夢でギルさんとリヒトが戦うのを視たし、決定だろうけどね。ともあれ、オーウェンさんの言葉はなんとも頼もしい。さすがは、オルトゥスの次代を担うメンバーの一人だ。

「じゃあ、お土産話、いっぱい持って帰ってくる！」

「ん、楽しみにしてるぜ」

そう言ってニッと笑ったオーウェンさんは、私の頭を軽く数回ポンポンすると、その場から去って行った。見かけるたびに軽く挨拶をしたり、ちょっとした話はする間柄のオーウェンさんだけど、こんなにしっかり会話したのは初めてかもしれない。とても気のいい人だよなぁ。メアリーラさん、なんで嫌がるんだろ？　やっぱ、ちょっと雰囲気がチャラいからだろうか。昔は女遊びが酷かったらしいけど、今はメアリーラさん一筋なのに。なかなかじれったい二人である。複雑な恋心なんてさっぱりわからない私には、何も言えないけどね！

「メグ」

オーウェンさんが立ち去った後、マイカウンターで寛《くつろ》ぎながらギルドに来る人たちに挨拶をしていると、ギルさんが早足でこちらに向かってきた。顔に心配していました、って書いてある。基本、表情のわかりにくい人だけど、こんなにもわかりやすいのはいつも一緒にいるからかな？

「ギルさん、おかえりなさい！　あれからは特に何もなかったよ？」

私は元気である！　ということをアピールするために両腕を挙げて力持ちポーズ。……力こぶはない。安定のホヨホヨ腕だ。おかしい、あんなに修行しているのに。

「そうか、良かった……。ただいま」

ホッとしたように微笑みを浮かべたギルさんは、外出モードから寛ぎモードへ。つまりフードとマスクを外してそう言った。いつもこの瞬間に萌えを感じます。ごちそうさまです。

「じゃあ、来客室に行くか」

「はい！」

ギルさんが帰ってきたってことはそろそろお時間ってことだ。ま、私もギルさんと一緒に行くために、帰りをここで待っていたんだけどね。いよいよ特級ギルドの合同会議が始まるんだ。ちょっぴり緊張するなぁ。会議を聞く場所は会議室じゃないのかって？　来客室は居心地がいいからねー。

これといって指定がない場合は、いつも集まる時は来客室を使うことが多いのである。堅苦しいのはみんな苦手ってことだね！　類友《るいとも》、類友。

「あっ、来たわね！」

来客室の扉をギルさんが操作をして開けると、そこにはすでに皆さんが勢揃いしていた。

「……あっちも、もうすぐ全員揃うか、といったところだ。頭領とアドルはもう着いている」

「ええ。ギルが間に合わせて来るってわかっていたから心配していないわ」

そっか。ギルさんは影鳥を通じて向こうの様子がわかるんだったね。焦った様子が見られないのは、まだ会議が始まってないことを知っているからか。何度も言うけど、便利……。

「メグちゃん、ハーブティー飲むかい？」

「あ、ショコロンの焼き菓子もあるわよ！　小さいお菓子だから夕飯前でも大丈夫よね？」

「ふわぁ！　いいんですか？　食べたいですー！」

私が室内に足を踏み入れると、流れるような動きでケイさんがエスコートしてくれる。やはりイケメン。それからすかさず美味しいスイーツを紹介してくるサウラさん。サウラさんの用意するお菓子はいつも美味しいんだよねー！　ウキウキ。

「お茶会、みたいだ……」

「あ、ロニー」

ボソッと呟くロニーの姿に、思わず苦笑する。確かに、これから会議だっていうのにそんな雰囲気はないよね。せっかくなのでロニーの近くの席に座る。いまだに普通の椅子だとテーブルに届かないので、厚めのクッションを収納ブレスレットから取り出し、その上に座った。慣れたもんですよ。

「会議っていっても、ボクらは聞くだけだから。気楽に、ね」

「は、ぁ……」

ケイさんがウインクしながらロニーの前にもカップを置く。相変わらず腑《ふ》に落ちない様子のロニーだけど、そんなものかとすぐに納得したようでそれ以降は何も言わずにカップに口をつけた。ケイさんは師匠で、いつも一緒だもんね。ロニーも慣れてきたのかもしれない。

「とはいえ、気になった部分はメモを取ったり意見を言ったりしていいからね。場合によっては、ギルが頭領にその意見を伝えられるから」

そこへ、ルド医師が穏やかに微笑みながら付け加えた。意見をすぐに現場に届けられるっていうのはいいいね！　ギルさんのおかげである。

「む、会議が始まるようだ。影鳥は中央でいいか？」

「そうね、お願い」

ギルさんの手元から飛び立った小さな影鳥ちゃんが、来客室中央に置かれた机に降り立つ。集まったメンバーも自然と口を閉ざし、聞く体制になった。聞こえるのはカチャカチャという茶器の音くらい。どことなく走る緊張感。でも漂うハーブティーの香り。なんともシュールな雰囲気だ。けど、このくらいがちょうどいいのかもなって思う。だって、特級ギルドのトップたちが集まる会議だよ？　改めてすごいメンバーだと思うわけ。力を抜かなきゃ身が持たないよね！　緊張を解すためにも、私はパクリと焼き菓子を頬張る。そう、緊張を解すために仕方なく……おいしー！

『……では皆さん。まずはこの場に集まってくださってありがとう。私は上級ギルドシュトルの代表、マルティネルシーラ。どうぞマーラと呼んでちょうだいね。突然の申し出だというのに、快く承諾《しょうだく》してくれて、本当に感謝しているわ』

もぐもぐとお菓子を咀嚼していると、影鳥から久しぶりに聞いたマーラさんの澄んだ声が聞こえてきた。声だけだからよくわからないけど、たぶん元気そう。おっとりとした雰囲気でありながら、声にはハリがあってリーダーが板についている印象だ。

『本題に入る前に、各々簡単に自己紹介をしてもらってもいいかしら？　お名前は知っていても、まだ顔と一致していなくて……。ごめんなさいね？』

フワッと優しい笑みを浮かべたマーラさんが脳裏に浮かぶ。記憶の中の姿と変わらないだろうな。なんていったってハイエルフだし。

『よし、そういうことならまず俺らからするか。改めてって意味でも妥当だろ』

マーラさんの申し出にすぐ反応したのはお父さんだ。声ですぐにわかる。会議をスムーズに進めるために名乗り出たのだろうな。ナイスである。

『俺は特級ギルドオルトゥスの頭領、ユージンだ。で、こっちが……』

『はい。オルトゥスの内部で働いています。アドルフォーリエンと申します。どうぞよろしくお願いいたします』

気楽な感じのお父さんに対し、アドルさんはどこか緊張している様子を感じさせる声だ。ものすごいメンバーに囲まれているんだもん、無理もない。だというのに、きちんと挨拶が出来ているのはすごいよね！　私だったら噛む。

『じゃ、次は俺たちが。俺は特級ギルドアニュラスの頭、ディエガだ。こっちは経理のアシュリー。ちょっとばかし人見知りが激しいんだが、有能だから連れてきた。たぶん一言も話さねぇだろうが、大目に見てやってくれ』

次に挨拶したのは、前に聞いたことのある低い声。ルーンとグートのお父さんであるディエガさんだ。そっか、一緒にいる人は人見知り……。緊張もするだろうし、心中お察しいたします！

『では次は私たちが。特級ギルドステルラの長、シェザリオです。この度は我が本拠地まで足を運んでくださり、感謝しています』

『僕は同じくステルラのイザークという者です。長の補佐をしています。よろしくお願いいたします』

続いて挨拶したのはステルラのお二人。もう話し方からしてきっちりしているのが伝わる。そしてこの若々しい声がルド医師の甥っ子というイザークさんか。ほんのりルド医師の声に似ているかもしれない。話し方は全然違うけどね。

『では、最後は私たちですね。魔王城代表、魔王ザハリアーシュ様の右腕、クロンクヴィストです。どうぞ、クロンと』

『お、同じく魔王城代表のリヒトです。よろしくお願いします』

うおぉぉぉい、魔王城からはこの二人かーい！　脳内で激しくツッコミを入れてしまったよ！

えー？　だって、どんな気持ちで二人で移動したんだろうって思うじゃない。めちゃくちゃ気になる。というか絶対、父様が仕組んだよね。きっと、クロンの分まで我が仕事を終わらせておく、とかなんとか言って言いくるめたに違いない。それで、それが出来るなら普段からやってくださいよ、ってクロンさんがガックリと肩を落としている姿まで見えた。

『皆さま、ありがとう。では本題に入らせてもらうわね。でもその話をするためには少し、シュトルの本拠地があるセインスレイの近況を説明する必要があるの。聞いてもらえるかしら？』

会議の席についている全員の自己紹介が終わったらしいタイミングで、マーラさんが再び話し始めた。マーラさんは一人っぽいけど、予定通り各ギルド二人ずつ来ているみたいだね。魔王城の二人も含めて、合わせて九人か。そんなに大人数ってわけではないけど、錚々《そうそう》たるメンバーだよね。

『四十年前くらいかしらね。ある日、少しだけ魔物が暴走しかけたことがあったでしょう？　覚えているかしら』

あの事件のことだ、とすぐにわかった。何って、私がまだオルトゥスに来たばかりの時。ハイエルフの郷で、お祖父ちゃんであるシェルメルホルンとのいざこざがあった、あの事件だ。なんだか懐かしい気もするけど、つい最近のことのような気もする。あの事件があったからこそ、今のシュトルがあるんだけどね。そのいざこざの時にお母さんであるイェンナリエアルの死を知り、さらに侮辱《ぶじょく》されたことで、父様が怒りを抑えられなくなってしまった。それで我を忘れて暴走を起こした時、魔物が少しの間暴走してしまったんだよね。マーラさんはあの事件のことを言っているのだろう。

『あの時、セインスレイは甚大な被害を受けたの』

そう、なんだ……。セインスレイはオルトゥスのある場所からはかなり遠いから、全然知らなかった。父様は知っているのかな。知っているよね、魔王だもん。きっと心を痛めただろうなぁって私まで悲しくなる。ううん、でも後悔ばっかりしていたってだめ。続きをしっかり聞こう。

『それは、なぜか。……街の壁がただの石造りであったり、ただの木の柵《さく》だったり、ただの鉄製だったからなの。皆様ならこれがどういうことか、わかるわよね？』

『保護結界魔術が施されてないってことですか。その状態で魔物の群れに襲われたら……』

『そりゃあ、めちゃくちゃになるだろうなぁ……』

ステルラのシェザリオさんとアニュラスのディエガさんが唸るように呟く声が聞こえた。うん、保護結界魔術のことは私もよく知っている。魔物が街に入って来られないようにするための結界だ。特殊な魔術が組み込まれた壁みたいなものだよね。それが施されてないってだけで、こんなにも違うんだ……。

『皆様の言う通りよ。想像通りの光景だと思うわ。そして四十年経った今でも、まだ全域元通りとは言えない状態よ。国の復興資金も足りていないの。でもね』

まだ復興が終わってないっていうことに少し驚いた。それほどの被害だったんだ、って気持ちと、魔術のあるこの世界で？　っていう二つの意味で。でも私の魔大陸の常識は、オルトゥス周辺が基準である。たぶん、この辺りが特にそういった面において発展しているんだと思う。私、世界のことを知らなすぎるなって反省した。ちゃんと、勉強しなきゃ。

『復興を機に、街を守る壁には保護結界魔術を施すべきだと私は思っているの。今は平和な世の中だけれど、いつ魔物の群れが襲いくるか、災害が起こるかなんてわからないでしょう？　災害が起こる可能性の方が低いかもしれない。でも、もしもの時に一々こうして、被害を受けて、復興して、というのを繰り返していたら、セインスレイの貧困化は進んでいくと思うのよ』

確かに、そう簡単に災害なんて起きないだろうし、起きてたまるかって感じではあるんだけど、そんな神頼みのような行き当たりばったりな政策ではちょっと困るよね。何より、安心感が違うのだから対策はしてほしいところだ。

「……元々、魔大陸の中でセインスレイは少し遅れ気味なところがあるものね。貧困層が集まりがちっていうか」

「だから余計に荒くれ者も多くなったりするんだよね。悪循環だと思うよ」

話を聞きながらサウラさんとケイさんが難しい顔でそんな意見を出し合っている。そっか、そういう土地柄になってしまっているんだ。

「魔大陸全体で、技術の足並みをある程度は揃えたいところよね。でも、これればかりは国が違うもの。それぞれの国政によるところが大きいから、なかなかねー」

「ボクら特級ギルドが特定の国に肩入れするっていうのは、問題もあるしね。ただでさえ、所属国はそれだけで肩入れしているようなものだし」

「各特級ギルドが拠点を構える時は揉《も》めに揉めたな……。最終的には頭領の強引な一声で決まったけど」

そこに、ルド医師が遠い目をしながら設立についての裏話を漏らした。そ、そんなことがあったんだね。ギルドは基本的に拠点となった場所が所属国になるけど、特級ほどの力を持つと、もはや国への所属を公には認めてもらえなくなるのだ。場所は変わらないし、所属国であることには違いはないけど、扱いとしてってことだね！　そうじゃないと、国力に大きな差が生じてしまうからである。だから、どれほど遠くても色んな国からの依頼を平等に受けなければいけない。特定の国の依頼ばかりをしてはいけないって決まりがあるんだって。だから受付業務は特に、特級になった瞬間、仕事量が鬼のように増えるのだそうだ。こ、怖っ。

『だが、保護結界魔術を施すのはかなりの資金が必要だぞ？　ただでさえ完全に復興も出来ていないのに、手を出せるのか？』

『国は嫌がるでしょうね。まずは復興を、と考えるかもしれません』

会議内では引き続き、ディエガさんとシェザリオさんが意見を出している。そうか、資金。セインスレイは貧困だって言っていたもんね。

『その通りよ。何度も提案はしているのだけれど、悉《ことごと》く突っぱねられてしまったわ。これがどれほど重要なことか、わかっていないわけではないでしょうに。でも、諦めずに交渉を続けることでなんとか、提案自体は良いものとするが実行は見送る、という形にまで持っていけたの。でもこれが限界……。このままではいつになるかわからないのよ』

意見を受けてマーラさんがため息を吐きながらそんなことを言う。きっとそんな姿さえ絵になるんだろうなぁ。

『資金の確保が最重要課題になるんですね』

『なるほど、だからこその闘技大会か』

アドルさんとお父さんの声だ。そっか、闘技大会でお客さんを集めて、いっそ商売にしてしまおうってことか。それを資金にってことね？

『特級ギルドが参加するとあれば、魔大陸全土で注目を集めることが出来るわ。セインスレイ国には娯楽がないから、国民の関心も集まる。そこで、闘技場に保護結界魔術を施せば、その有用性も同時に知らしめることが出来ると思ったの』

おぉ、色んなメリットがあるんだね！　そこで有用性が国にも伝われば、セインスレイにも導入しようって上層部も資金のやりくりを考え直してくれるかもしれないってことか。

『シュトルはまだ上級ギルドだから、国外での活動は出来ないわ。だから、会場はどうしてもセインスレイになってしまうけれど……。どうか、皆様の力を貸してもらえないかしら』

そういえば、国を越えて活動が出来るのは特級ギルドだけだったね。だからこうして協力を、って話を持ちかけてきたのかぁ。影鳥ちゃんから聞こえてくる声と雰囲気で、マーラさんが頭を下げている姿が想像出来る。マーラさんがそこで言葉を切ると、現場の会議場にもこの場所にも、暫《しば》しの沈黙が流れた。

5　各特級ギルドトップ攻略

『……話はわかった。だが、我らアニュラスは、すぐに首を縦に振ることは出来ねぇ』

最初に口を開いたのはディエガさんだった。えっ、えっ、なんで？　強面ではあったけど気の良さそうな印象だったから、てっきり二つ返事で了承するものだと思っていたよ。

『ええ、アニュラスの意見には同意ですね。我々、ステルラも同じです』

続けてシェザリオさんもサラッとそう宣言した。えぇっ、ステルラも⁉　じゃあ協力するのはオルトゥスだけ？　そう思って一人あわあわする私。

『まぁなぁ。それだけじゃそうなるだろうよ。マーラ、俺らオルトゥスも同意見だぜ？』

えっ⁉　お父さんまで⁉　だって、もう大会を開くのは決定事項くらいの勢いで話をしていたのに、どうして？　驚きすぎて思わず口に出していたようだ。隣にいたロニーがクスッと笑う気配を感じたので振り向く。

「メグ、大丈夫。みんな協力しないとは、言ってない」

「え、え、でも……」

ロニーはふわりと笑って私の頭を撫でた。ど、どういうことー？　見れば、他の皆さんも優しく微笑んで私を見つめている。優しくというか、生温い眼差しというか。

「今の話からは、シュトルのメリットしか、ない。協力する、特級ギルドの面々と、魔王城に、メリットがない、から」

「あ……。そっか」

確かに、闘技大会を開きたい理由も、資金面も、全てメリットになるのはシュトルとセインスレイ国だけだ。一つの国にだけ肩入れは出来ないし、ましてや特級ギルド三つと魔王城までもがそれに乗るって言うのは魔大陸的には大問題だよね。つまり、ここからはマーラさんが各ギルドのトップを納得させるような説得をしなきゃいけないってことか。それなりに理由がないと、いくら協力したくても表立って協力することが出来ないんだ……！

『じゃ、そこから先を話してもらおうか。マーラ、お前さんのことだから、その辺も考えてあるんだろ？』

『……ふふ、さすがね。その通りよ。ここからが交渉になるの。聞いてくれるかしら？』

会議室で、お父さんとマーラさんがニヤリと笑った気がしたのは気のせいではないと思う。

『まずは特級ギルドアニュラス。アニュラスには、闘技大会周辺の宿泊施設や屋台、あとは移動手段の整備なんかの手配をお願いしたいと思っているの。この手のものはやっぱり商業ギルドにお任せするのがいいと思ったから』

そっか。大会を開くとなると、遠方からやってくる人もいるってことだもんね。セインスレイ国の人たちなら来やすいかもしれないけど、他国から来る場合はどうあがいても泊まりがけになる。大勢来るとは限らないけど、それでも宿泊施設を増設しないとすぐにパンクしちゃうもんね。

『その為に必要な人員はセインスレイからも出すわ。そして……、土地も。施設を建設した場所の土地の権利はアニュラスに、と考えているのよ』

『な、そんなこと、セインスレイ国が許すのか⁉』

『あら、許してもらうのよ？』

驚いて声を上げるディエガさんに対し、ニッコリと微笑むマーラさんの幻が見えた気がした。こ、これは勝ちを確信している……！

『権利は渡すけれど、そこがあくまでセインスレイの土地であるということは変わらないもの。だから、従業員などはセインスレイの民という制限はついてしまうわ。でも、闘技大会までは他国の介入も許可してもらうつもりよ』

『ふむ。大会までの期間中に、ウチから派遣した者たちからセインスレイの者にも商売のノウハウを学んでもらう算段か』

『その打算があることは確かかね』

土地の権利かぁ。かなり大きいとは思うけど、それでもマーラさんたちのメリットの方が大きい気もする。だって要するに、大会中にセインスレイの人たちは、働く術を身に付けられる、ってことだもん。それも商業のプロから直々に教わることが出来る。将来を見据えれば、セインスレイの国力が上がるのは間違いない。それは、ディエガさんだってわかっているはずだ。土地の権利という対価だけで、セインスレイ復興の協力をするってことでしょ？　アニュラスは首を縦に振るのだろうか。

『国に許可をもらいに行くのは、これからになるってことか？』

『そうなるわ。でも、勝算はあるわよ？』

うーむ、しかも交渉はこれからってことかぁ。まだ対価が不確定、となるとマーラさんは劣勢なんじゃないかな……。むむっ、と腕を組んでいたら横でクスッと笑うロニーの気配を感じた。な、なんだよぅ。

『……それなら、その交渉には俺も同行させてくれ。権利をもらう、ってんなら、むしろ俺らが交渉の場に立つべきだろ。勝手な交渉されても困るしな』

『書面にしてもらって確認の上、両者が同意してから、とは思っていたわよ？』

『最終的に書面にするのは当然として、それまでいちいち手紙でやりとりなんざ時間がかかって仕方ねぇだろ』

『ふふ、そうよね。貴方が噂で聞いていた通りの人なら、そう言うと思っていたわ。だからまだ交渉していないの』

交渉の場に同席する、ってことは、アニュラス側に有利な条件を認めてもらいやすい、ってことかな。だってアニュラスはその道のプロだから、交渉もかなり有利に進められそうだし、むしろ口ぶりからしてそれ以上のものを要求してやる気満々だよね、ディエガさん。当然と言えば当然だけど、今度はそれでセインスレイは大丈夫なのかなって心配になっちゃう。ダメだな私、こういう腹の探り合い的な交渉に向いてない。わかってはいたけど。

『げっ、なんだよ、そっちの思惑通りか。どうせ国との面倒な交渉も俺らにやらせちまおうとか思ってんだろ』

『あら。私が下手な交渉をするより、ずっと実のあるものになると思っただけよ？』

コロコロとお上品に笑うマーラさんに対し、怖ぇ女《こえ》、というディエガさんの愉快そうな呟きが聞こえてきた。ん？　おや？　これはアニュラスとの交渉はうまくいったってこと？

「あ、アニュラスは、それでいーのかな？」

だから、思わずそう呟いてしまった。まだ不確定な提案だというのに、それに乗る気でいるから。

するとそれを聞いていたギルさんが説明をしてくれた。

「セインスレイとの接点は、元々どのギルドも欲しがっていたからな」

「そーなの？」

ギルさん曰く、セインスレイは基本的に単独主義なんだそう。自国だけでどうにかする、という考えが強いんだって。ハイエルフの郷のように、周囲からの働きかけを一切シャットアウト、とまではいかないけど、そんな傾向にあるらしいのだ。そうなると、いくら特級ギルドとはいえセインスレイでの仕事はかなり少なくなる。実際、年に数回ほどしか受けてないんだって。それってセインスレイ的にも損じゃないかな？　と思ったんだけど、四十年前までは国の依頼を特級ギルドネーモがほとんど請け負っていたことでバランスを保っていたんだそうな。今更な話ではあるけど、その点でもネーモは他国からの評判が悪かったとかなんとか。な、なるほど。

「でも、今はセインスレイに特級ギルドは存在しないわ。シュトルが特級になるのは時間の問題とは言われているけど、これまで通りセインスレイにばかり加担するようじゃ、世界ギルド連盟からの許可はそう下りないでしょうね」

「んー、そうだね。セインスレイ国王も意地になっているとこ、あると思うよ。今更、他国に依頼なんて出せないって」

サウラさんとケイさんが話を引き継いで意見を言ってくれる。あ、じゃあつまり。

「闘技大会を開けば、それを理由にして自然と他国と繋がれる？　セインスレイにとっても、チャンスなんだ……」

「お、メグちゃん。賢いね。そういうことだよ」

もちろん、アニュラスにとっても商売が出来る場が広がるから損にはならない。しかもセインスレイの土地を自由に使えるわけだし、やり方次第ではかなりの利益になるわけだ。

「だから、マーラさんも勝算はあるって言ったんだ……。ほあー、しゅごい」

マーラさんの根回しに感嘆の息を漏らす。うっかり噛んだのは気にしないでもらいたい。

『では、アニュラスはこの提案に賛成してもらえる、ってことでいいかしら？』

『国王との交渉次第だ。ま、もぎ取るがな』

『頼もしいわね』

まんまとマーラさんの思惑通りな気がしなくもないけど、どちらにとっても利になるならオールオーケーかな？　上手いように使われているのが癪《しゃく》だが、ってディエガさんも悔しそうに言っているけど、それほどセインスレイの土地の権利はアニュラスにとってもおいしいってことだね。国の発展にも繋がって、まさにウィンウィン。国だって経済の活性化のために協力をすることだろう。

『さて、次はステルラに頼みたいことを話すわね』

マーラさんがそう切り出したことで、ルド医師が長いため息を吐いた。なんだろう？

「ステルラは、一筋縄《ひとすじなわ》じゃいかないかもしれないな」

「え、なんで？」

ポツリと呟いたルド医師の一言に、つい反応してしまう。ルド医師はフッと苦笑を浮かべて口を開いた。

「ステルラの長であるシェザリオも、私の甥であるイザークも、頭が固いところがある。そして……。我々オルトゥスに対抗意識を持っているところがあるんだ」

「えっ、仲が悪い、ってこと？」

そんな話は聞いたことがなかったけど……。そう思って驚いたんだけど、ケイさんがクスクス笑いながらそれを否定した。

「仲は良好だよ。お互いに助け合いもするしね。ただ、頭領の性格とシェザリオの性格が正反対っていうか」

「気楽で大雑把《おおざっぱ》な頭領のやり方に、シェザリオはイライラするのよね。それでいて頭領は成果も出すから……。なんとなくムカつくヤツって思われているのよ、きっと」

なるほど。互いの実力を認め合ってはいるけど、ステルラ側はどうもオルトゥスとは相容《あいい》れないんだね。主に性質的に。関係は良好だけど仲良しってわけにはいかないってことだね。難儀である。

「あと、イザークは特にギルをライバル視しているところがあるから」

「む」

「ギルさんを？」

チラッとギルさんを見ながらルド医師が言うので、ギルさんはもちろん私も反応してしまった。

ライバル視か。詳しく！

「イザークの実力は特級ギルド全体から見てもトップレベルだ。戦闘技術はもちろん、依頼の達成率もね。ただ、当然ながらギルには及ばない。それが本人的には気に入らないみたいでね」

「別に、気に入らないからと変なちょっかいは出してこないわよ？　ただギルに対する視線はピリピリするけど。実力で超えようと必死になる姿勢は好感が持てるわね」

そんな事情があったんだ。すっごく意外。だってギルさんって本当に雲の上の実力者ってイメージがあるから、まさかライバルと言える人がいるなんて思ってもみなかった。さて、そんなイザークさんについて、ギルさんはどう思っているんだろう？　気になって顔を上に向けてギルさんを見つめる。

「……そうだったのか」

知らなかったんかーい！　キョトンとしたような顔が見られたのは貴重だけど、そうじゃない！

イザークさん、相手にもされていなかったようだ。なんか、かわいそう。

「……まぁ、そんなことだろうとは思っていたけど。イザークには言わない方が良さそうだな」

「そうねぇ。まぁ、ギルも頭領に追いつこうと自身を高めることに一生懸命だもの。それ以外に目が向かないのは仕方ないわね」

「ギルナンディオはただでさえ他人にあまり興味を持たないしね」

甥っ子に対して複雑な胸中であろうルド医師に、軽く肩をすくめるサウラさん。ケイさんまでもギルさんだから仕方ないね、といった様子で苦笑を浮かべている。まぁ、私も納得しちゃうけどども。

「別に、他人に興味がないわけでは……」

「頭領やメグちゃんは除外よ？」

「あ、いや……。それだけでもないぞ」

「メグちゃんが来てからは、それ以前に比べてずっとボクらにも目を向けるようになったよね」

「む……」

メグちゃん効果だね、とケイさんは微笑みかけてくるけど、私は何かした覚えもないのでなんとも反応し難い。幼子《おさなご》効果かしらねー？　小さい子ってそれだけで癒されるもんね。でもそれでギルさんの態度が今みたいに柔らかくなったというなら、ちょっぴり嬉しいな、なんて思った。

『ステルラには、各国との橋渡しになってもらえればと思っているの。というのもね？　闘技大会には各国の代表にも来てもらえたらと思っているのよ』

影鳥ちゃんから聞こえてきたマーラさんの声に、私たちは再びハッとなって耳を傾けた。え、え？　それって、王様達が闘技大会を見に来るってこと？　規模がどんどん大きくなっていく……！

『ステルラは国からの信頼が厚いもの。それを言うならオルトゥスもアニュラスもそうだけれど、特に信用されているのはステルラだと思うわ。貴方達だって、そう思っているのでしょ？』

『また直球を投げてくるなぁ、マーラは』

臆した様子もなく語るマーラさんの言葉に、お父さんがやれやれと言った様子で口を挟む。確かに直球だ。しかもこれ、そうだねって同意を示すのもちょっと問題なんじゃない？　特級ギルドが特定の国に肩入れするのを良しとしないのと同じで、国が特定のギルドに肩入れするのも良しとしないんだもん。それを考えるとセインスレイは国自体、内部に問題がある気がするよね。だって明らかにネーモを優遇していたわけだし。ネーモが壊滅して特級ギルドという強力なカードがなくなったから、手のひらを返して協力をー、だなんて虫がよすぎる話とも言える。

『そんなことはどうでもいいのです。それで？　私たちのメリットとやらはあるのですか？』

マーラさんの直球の問い掛けに答えることはせず、シェザリオさんが淡々とした声で事務的に話を進めた。感情の読めない声色である。ショーちゃんならわかるのだろうけど。

『そうね。その前に確認なのだけれど……。ステルラの方針は、魔大陸の平和と安寧《あんねい》で合っているかしら？』

『ええ。私たちはそれをモットーに掲げています』

魔大陸の平和と安寧か……。なんだか志《こころざし》が高いな。だからこそ国からの評判もいいのだろう。

オルトゥスのように心が動いた時、みたいなザックリとした行動理念とは大違いだ。それはそれでいいと思っているけどね。基本的にオルトゥスのメンバーも正義感が強いわけだし。

『その目標は、完全に達成しているとは言えないのよね？』

『何を……』

『いいのよ、濁さなくて。この話を国に報告する気なんてサラサラないから。ハッキリ言って、セインスレイの在り方がステルラの目標の妨げになっている。そうでしょう？』

歯に衣着《きぬ》せぬマーラさんの言葉に、息を呑む音が聞こえた気がした。ず、図星なのかな？　マーラさんの言動に、なぜかこちらがヒヤヒヤしてしまうよ！　きっと本人は穏やかに微笑んで、優雅な佇まいを崩していないのだろうけど。

『私はこの闘技大会を機に、セインスレイも魔大陸の一部として、しっかり馴染ませたいと思っているの。だって、ハイエルフの郷を除けば、セインスレイ国は魔大陸でも浮いた存在でしょう？あのハイエルフの郷でさえ、少しずつ外へと働きかけをし始めているのだもの。不可能なことなんてないわ』

あのハイエルフの郷でさえ。ハイエルフの郷、元族長の姉なだけあって説得力が段違いである。

『そのためには、セインスレイ国王の意識改革が必要だわ。それはわかっているの。けれど、あの国王は世界を知らなさすぎる。国の代表同士でもっと語り合うべきなのよ。でも、その場を設けることが出来ない。ステルラの協力が必須なの』

意識改革と簡単には言うけど、実際にはそう簡単に改善していくのは難しいだろう。長年そうしてきたことを変えるというのは勇気のいることだから。けど、そのキッカケっていうのは確かに必要だ。それがなければまず始まらないのだから。つまり、そのキッカケ作りの場が闘技大会会場にしたいってことだね？　突然、畏《かしこ》まった席を用意するのは難しくても、大会の観戦という目的があれば関わりも作りやすい。だから各国の王も呼ぼうって考えたんだね。

『ステルラのモットーである、魔大陸の平和と安寧。これは、各国が手を取り合うことでようやく達成出来るのではないかしら？』

　商業ギルドであるアニュラスには、明確な対価を提示するのが良かったけど、ステルラに同じようなアプローチをかけていてもきっと動かなかっただろうな。たぶん、そういうものは欲していないと思うし。だからこそ、ステルラの性質をついた見事な交渉だ。モットーとして掲げている以上、ステルラは協力しないとは言えないもん。

『はぁ。貴女の提案はこちらの弱みを握っているかのような嫌な後味が残りますね』

『あら、弱みなんてあるの？　あるなら是非、教えてもらいたいくらいね』

『あるわけないでしょう。個人にはあるかもしれませんが、ギルド全体として弱みはありません。うちは公私混同しないのですよ』

　仕事は仕事、ってやつか。うわー、きっちりしてるぅ。でもその方が楽っていうのは確かにあるけどね。オルトゥスレベルでみんなの仲が良くない限り。むしろオルトゥスが特殊なんだってことをつい忘れてしまうよ。

『それで、引き受けてくれるかしら。これは、アニュラスにも、そしてオルトゥスにも出来ないことよ？』

『……その一言は余計です。まるで私たちが他のギルドに対抗しているように聞こえます』

『あら、ごめんなさいね』

マーラさん、策士である。はぁ、と大きなため息が聞こえたけれど、あれは間違いなくシェザリオさんだろうな。気持ちはわからなくもない。

『……わかりました。あくまでも我々のモットーのために協力しましょう』

『ありがとう。とても心強いわ！』

最も交渉が難しいと思われたステルラが落ちた……！　いや、落ちたっていうのは言い方が悪いけど。マーラさん、恐ろしい人っ！

「この人は、随分前からこの計画を進めていたのね……。各ギルドの攻略に無駄がないわ」

攻略って、サウラさん。勉強になるわー、と言いながらメモを取る様子に顔が引き攣ってしまう。勉強ってなんの⁉

「体裁を気にするからな、ステルラは。そこを衝けば意外と簡単だということか」

そしてサラッとチョロい発言するルド医師も只者《ただもの》ではない。いや、元からそんなことは知っていたけど。

「ステルラメンバーのプライドを傷つけず、持ち上げつつ、交渉を運ぶってのがポイントなのよ。嫌味だけど嫌味になりすぎないその手腕《しゅわん》！　あの美貌が一役買ってるとこあるわよね。……シュリエならいけそうね」

確かにいけそう、と思ったのは内緒だ。だって！　だって‼　笑顔のシュリエさんがこちらを見ているんだもん！　私は何も言ってませんっ。

「あとは、魔王城とウチか」

ギルさんの一言でハッと振り向く。これでアニュラスとステルラの協力は得たんだもんね。

「魔王城へはどんな提案をするのかしらね？」

「それよりもウチでしょ。最難関はむしろウチだと思うし」

ワクワクと楽しそうなサウラさんに、ケイさんも愉快そうに口を開く。え？　最難関がオルトゥス？　なんでぇ？

「ウチは、賛成なんじゃないの……？」

だから思わずそんな疑問が口をついて出た。すると、大人たちが一斉に口元に悪い笑みを浮かべるものだから思わずビクッとなる。ロニーの腕にしがみついたのは仕方のないことだった。ロニーも顔を引き攣らせているし、私と同じ心境なのだろう。

「もちろん賛成よ？」

「でも対価もなしに動けないからね」

ニコニコと笑いながら答えるサウラさんとケイさん。

「協力したい気持ちは当然ありますけどね。これだけの規模の依頼をこなすのに、対価がこの程度か、と思えるものだとしたら特級ギルドとしてどうかと思いますから」

「各特級ギルドの中で、依頼を引き受ける条件が最も曖昧なのがオルトゥスだからね。マーラもかなり頭を悩ませたんじゃないかな」

同じく笑顔のシュリエさんに、やや苦笑気味のルド医師。ああ、なるほど。自由人の集まりだもんね、ウチって。頭領であるお父さんが気分であれこれ決めちゃうし。

「損得で動く商売人や優等生より、自由人の方が扱いに困るもんね……」

つまりはそういうことなのだろう。マーラさん、ファイト！　そう思って口走ったこの言葉が、なぜか皆さんの笑いのツボに入ったらしい。一瞬キョトンとした後、誰からともなく笑いだした。

「おっかしい！　その通り過ぎてビックリよ！」

「あはは、メグちゃんは的を射たことを言うよね」

もはや涙目である。ちょ、笑いすぎでは!?

「……くっ」

「ギルさんまで!?」

ふと横を見上げたらギルさんも肩を震わせて私から目を逸らす。ちょっとぉ。っていうかそれ、自分たちのことを笑っているようなものだからね？

「ごめん、ごめん。ふふっ、でも、マーラがその自由人をどう扱ってくれるのか、すごく気になるわ」

「魔王城側も自由人ではあるんだけどね。今回は代表がリヒトとクロンクヴィストだからそこまではないだろう」

そうだ、まだ会議は終わってない。考えてみればオルトゥスや魔王城にとって闘技大会を開くことのメリットって何があるんだろう？　土地が欲しいわけでもないし、国との繋がりが欲しいってわけでもない。高尚な行動理念があるわけでもないしね。

「そもそも、保護結界魔術を魔道具化したのはウチですしね。各国からの要請があって正式に対価を得て初めて使用を許可しているのです。セインスレイからの依頼がなければ、オルトゥスは使用許可を出すことは出来ませんし」

「シュリエさん、それって、他のギルドや、魔王城より、元々ハードルが、高い……？」

「ええ、ロニー。その通りですよ」

そっか、使用許可。特許《とっきょ》みたいなものかもしれないな。正確には違うかもしれないけど。それなら確かに、いくらマーラさんたちシュトル側が頼み込んでも、国が依頼してくれないと許可が出せないってことなのだろう。うーん、本当にどう交渉する気なんだろう？　もはやオルトゥスの良心に縋《すが》るしかない気もする。でもそれだけじゃきっと首を縦には振れないよねぇ。そんな風に考えていたら、タイムリーにもお父さんの声が影鳥ちゃんから聞こえてきた。

『さて、次は俺らの番、か？　マーラ、俺は闘技大会を開きたいと思ってる。楽しそうだしな！　だからよ……。俺らも、踊らせてくれよ？』

『……ふぅ、わかっていたわ。貴方たちを相手にするのは骨が折れると思っていたのよ』

お父さんは、期待を込めてマーラさんを煽《あお》った。いい性格してるぅ！

『オルトゥスには、大会の運営をお任せしたいと思っているの。以前にオルトゥスだけで闘技大会を開いたことがあると聞いたことがあるから、準備や段取りも他のギルドより知っていると思って』

まず、マーラさんはオルトゥスにしてもらいたいことを伝えた。ここまでは他のギルドと同じだ。

『闘技方法や形式、優勝商品なんかもそちらの好きにしてもらっていいわ。もちろん、確認はさせてもらうけれど』

『ふむ、それは決めやすいし助かるがな』

『それだけでは弱いですよね……』

他のギルドと話し合いの上決めようと思ったら打ち合わせをしなきゃいけないし、色々と面倒になる。意見を求める会議は進みも遅いし。その点、確認だけなら書面でのやり取りでも問題ないからね。異議があればまた別だけど。それで助かるのは確かではあるけど、それは闘技大会に賛成しているっていう前提があってこそ。こちらはまだ賛成するための条件を待っているところだから、確かに決め手に欠けるよね。

『もちろんわかっているわ。だから、貴方たちには別方向からのアプローチをしようと思うのよ』

別方向？　意外な単語に思わず近くのロニーと目を合わせた。この場にいるみんなも腕を組んで話の続きを待っている。

『だいぶ話が変わるけれど。別件で今、少し困ったことが起きているのよ』

『別件で困ったこと？　それがなんの関係が……』

『ハイエルフの郷でね、揉めているの。メグは郷に戻るべきだって』

『はぁ!?』

へっ、私？　思いもよらない話の流れに頭がついていかない。ポカンとしていると、ギルさんにそっと肩を抱き寄せられた。

『ああ、勘違いしてもらいたくないのだけど、この件にシェルは関わってないわ。あの子はもはや興味を失っているもの。でもこの揉めごとを解決しよう、なんてことも思っていないわね……。完全に傍観を決め込んでいるわ』

シェルっていうのは、私のお祖父さんにあたるシェルメルホルンのことだ。そっか、あの人がまた何か言い出したってわけじゃなくて、郷にいる他のハイエルフの皆さんの中でそんな意見が出ているってことか。いやいや、今更なんでそんなことに？

『厄介なのは、完全に彼らが善意で言っているってところなのよね。今のメグの状態からして、ハイエルフの郷で療養すべきだって。……貴方なら、この意味がわかるんじゃない？』

『……っ、療養、か。なるほどな』

療養……？　私の？　どういうことだろうか。そう思ってギルさんの顔を見上げれば、厳しい眼差しで影鳥ちゃんを見つめているからなんだか不安になる。お父さんも何かを察しているみたいだし、この様子だとギルさんも？　周囲を見れば、みんな同じように難しい顔をしている。あれ、知らないのは私だけ？　ううん、ロニーも首を傾げているから、私だけじゃないみたい。

「私、何か悪いの……？」

でもやっぱり気になる。だって自分のことだもん。だからそう聞いてみたんだけど、不安の表れか、小さな声になってしまった。それでも、みんなが黙り込んでいたから、部屋中に聞こえてしまったようだ。

「メグ……」

私がじっと見つめていることに今気付いたようで、ギルさんは困ったように眉尻を下げた。言いにくいことなのかな？　療養ってくらいだから、どこか悪いのかと思って、今度は専門家であろうルド医師に目を向ける。ルド医師は私と目が合うと、困ったように微笑んで私に近付いてきた。

「あんなことを聞いたら心配になるよね。ごめん、配慮が足りなかったようだ。ギル、あっちに伝えてくれ。メグも聞いているって」

「……わかった」

安心させるようにか、ルド医師は柔和《にゅうわ》な微笑みを浮かべて私の頭を撫でてくれるけど、うっかり安心している場合じゃない。私は知りたいのだから。ふにゃっ、となりそうなところをグッと我慢して、私はずっとルド医師を見つめ続けた。

「……誤魔化されちゃくれないか」

「当たり前ですよっ」

クスッと笑うルド医師に抗議をする。プクッと膨らんだ頰を指で突かれて、プヒュウ、という間抜けな音が出た。酷い。

「ちゃんと説明するよ。ただ、今は会議の途中だ。また後ででもいいかな？」

「う、本当に、教えてくれる……？」

「もちろん」

ルド医師は嘘をついたりしない。ルド医師の申し出にギルさんや他の人は何かを言いたそうな顔をしていたけど、口を挟むことはなかった。ルド医師の決断を信用しているのだろう。それなら、私だって信じようと思う。私は、わかりましたと首を縦に振った。

『何？　メグが聞いてんのか。そいつぁしまったな。ってことでマーラ、発言には気を付けてくれ』

『メグが……。ごめんなさいね。知らなかったとはいえ、無神経だったわ』

気になる。ひっじょぉぉぉに気になるけど今は我慢だ。もうお姉さんなのだ、私は。ウズウズ。

『とにかく、仲間たちはメグの身を案じてそう言ってきているのよ。その件に関しては私も一理あると思っているわ。もちろん、当事者や保護者たちの意見を聞くつもりではいるけれど』

『はぁ、ったく。どいつもこいつも過保護だな』

『お互い様よ』

過保護なのは皆さん一緒だと思う。その点はマーラさんに同意である。詳しいことはわからないけど、私に今何か不安要素があって、それを和らげるためにもハイエルフの郷に行くのが良さそうってことだよね。たぶん、理由はあそこの環境がいいから。見るからに保養地だもんね、空気も魔力も澄んでいるし。

『だが、そうなると……メグ一人で行くことになんだろ』

お父さんが嫌そうに呟いた。そう、だよね。基本的にハイエルフの郷は同族以外を受け付けない。前に乗り込んだ時とは話が違うのだ。療養目的ならしばらく住むことになるのだろうし、ちょっと遊びに来るならまだしも、しばらく滞在するというのは難しい。ちなみに、これにはちゃんとした理由がある。ただ、ハイエルフたちが他種族を嫌がっているってわけではないのだ。あの空間はハイエルフだけが住んでいるからこそ、清浄な空気や魔力を保てている。他の種族がやって来るだけで、そのバランスが崩れてしまうんだって。実際、以前みんなで郷に行った後、数十年ほどは乱れていた、って後になって聞いたから。なんかすみません……。というわけで、こればかりは仕方ない。私たちだって貴重で神聖な場所を失いたいわけではないのだから。

『そこで交渉よ。今回の件に協力してくれるのなら、ハイエルフの郷にメグの同行者も滞在出来るようにするわ』

『なっ、そんなこと出来んのかよ？』

『やりようはあるのよ。ね？』

待って。待って、待って。それがオルトゥスへの交渉になっちゃうわけ？　それって私の問題でしょ？　それだけでオルトゥスが動くなんてそんなこと……！

「賛成だ」

「引き受けるべきね」

「メグちゃんのためなら即答でしょ」

「問題ないですね」

ギルさん、サウラさん、ケイさん、そしてシュリエさんまでもが真顔で言い切った。え？　え？と思って周囲を見回すと、他の人たちもうんうんと頷いている。えぇ……？

「これ以上ない、交換条件、出してきたと、思う」

「ロニーまでっ」

しまいには隣にいるロニーも感心したように頷いている。おかしい、何かがおかしい。

『その辺り、どう配慮してくれんのかの説明はされるんだろうな？』

『もちろんよ。貴方が納得するまで説明するし、なんならその方法も貴方だけには教えることも吝かではないわ』

『乗った。引き受けよう』

早くない!? 決断早くないかな!? 私が唖然《あぜん》としている中、来客室内では拍手が巻き起こっている。おかしいと思うのは私だけなのだろうか。一般常識、戻ってきて……！

『……オルトゥス、お前らそれでいーのか』

『ここまであからさまだと逆に清々しいですよ』

いました、一般常識。アニュラスの頭ディエガさんとステルラの長シェザリオさんの呆れたような声を聞いてなぜかホッとした私である。

『では、最後に魔王城の方々ね！』

『ご心配には及びません』

オルトゥスとの話はついた、とばかりにマーラさんが張り切ったような声を出す。それにすぐさま反応を返したのはおそらくクロンさんだ。この淡々とした冷静な声色は間違いない。どういうことだろう？

『どういうことかしら？』

『我々、魔王城からは闘技大会に参加するというだけで利となりますから。開催すること、それだけで良いとザハリアーシュ様から言われております。それに聞けばセインスレイの被害の原因はザハリアーシュ様にあるではないですか。力にならないわけがありません』

それでいいのか父様。ある意味オルトゥスより適当じゃない？　まぁ確かに被害が出たのは魔王の力が暴走したせいではあるけど、その話を聞く前から決めていたよね、それ。

『でも、さすがにそれだとこちらの気が済まないのよ。被害が大きかったのはセインスレイの自業自得でもあるもの。ね？　ひとまず用意した条件だけでも聞いてくれないかしら』

マーラさんが常識人で良かった。ホッと息を吐き出すと、ロニーが隣で口を開く。

「魔族は、魔王様至上主義、だから。魔王様の決定に、従うことに、あまり疑問を持たない、って聞いたこと、ある」

「そうなんだ……。確かにクロンさんは少しそういうとこ、あるかも」

だが、と私たちの会話を聞いていたギルさんが横から会話に入ってくれた。

「クロンはかなりマシな方だ。魔王が間違った場合に必ず意見を言うからな」

「そうなの？」

「そういう人選をしているとも言える。そうでなければ魔王も……困るだろう？」

「あ……」

魔王城に行った時、子ども園で囲まれた時のことを思い出した。みんながみんな、優しくて好意を向けてくれていたけど、尊敬の眼差しで見られるばかりで友達になれる雰囲気ではなかった。あんな風に言うことなすこと賛成！　みたいな感じで言われ続けていたら、確かに少し、しんどいかもしれない。そっか、クロンさんは本当の意味で父様を支えているんだなぁ。

『あ、じゃあ、それは俺が聞きます』

そこへ、リヒトの声が聞こえてきた。おぉ、適任者がいたね！　リヒトは魔族じゃないし、きちんと聞けると思う。だからこそ、この二人が会議に来たのかぁ。……いやいや、納得しかけたけど、それなら同行者はクロンさんじゃなくても良かったはずだ。やはり、父様の計らいだろう。グッジョブといえばそうだけど、もう少し二人の距離が縮まっている時にこそ有効な手だとは思うんだけどなぁ。

さて、マーラさんから提示された魔王城への交換条件はなかなか考えられたものだった。簡単に言うと、人材派遣だ。そりゃそうだよね、シュトルは人材派遣ギルドだもん。要するに、魔王城で働ける者をシュトルが厳選して送りますよ、ってことである。魔王城で働く人たちはみんな魔族だ。つまりさっきも思ったように、魔王様の言うことは絶対！　という人たちばかりなのだ。そうではない亜人を派遣することで、やや隔離され気味な魔王城に少し外からの風を送りましょう、みたいなことだと思う。んー、けどこれってある意味賭けみたいなところあるよね。魔王至上主義ではない人を入れるのは大事なことだと思う。けど、だからこそ揉める要素も増えると思うのだ。私がそんなことを考えていると、同じような意見がリヒトからも飛び出した。やっぱそう思うよねー。

『ええ、だからこその派遣なのよ。もしもうまく折り合いがつかなければクビにしたっていいのよ。こちらが送り出したのだもの。戻ってきた者たちへのアフターケアはこちらでするわ。それに、雇《やと》い方だって期間限定、っていうのもアリよ？　例えば、魔王様がしばらく城を離れる間だけの業務のためだけに雇ったたっていいの』

おぉ、それはむしろ短期アルバイトみたいなものかもしれない。単純に人手だけが欲しいっていうならそれで十分だよね。

『こちらの求める人材かどうかを判断するための面接はしますが』

『それで構わないわ。ダメなら拒否してもいいもの。ただ、予《あらかじ》め言ってくれれば良さそうな人員を選んでこちらも派遣するわ』

『派遣された人員に問題があった場合は？』

『それはシュトルの、つまり紹介した私の責任ね。すぐに出向くわ』

淡々と確認していくクロンさんに対し、スラスラと返事をしていくマーラさん。問題があったらトップである自分の責任と言い切れるマーラさん、カッコいい！　シュトルは本当にいいギルドになっているんだなぁ。

『どんな商売もそうなのだろうけれど、信頼関係が大事なのでしょう？　私はシュトルの代表となるまで知識でしかそういったことを知らなかったから。未だに手探りなのよ。でも精一杯の誠意を見せたいと思っているの』

そ、そういえばマーラさんって長い間、それはもうものすごく長い間ハイエルフの郷から出たことがなかったんだっけ。うっかりその事実を忘れてしまう。

「……ハイエルフの知識量って、本当に、すごいんだ」

「ロニー、私もハイエルフだけど、あんな風になれる気はしないよ……？」

持っていた知識だけで、一度崩壊したギルドをここまで立ち直せるものだろうか。いや、絶対それだけじゃない。マーラさんの手腕とか努力とか、そういうものの賜物《たまもの》だと思うんだ。

「でも今後、長く生きるうちに、色んな経験をする。メグは、郷に閉じこもっているわけでもないし、もっと、すごくなる」

「う。そう、かなぁ？　結局私は、あんまり変わらない気がするけど」

それに、膨大な量の知識を覚えていられる自信がない。マーラさんだから覚えていられるのではなかろうか。……他のハイエルフの人たちがどうかはしらないけどさ。種族柄、記憶力が良かったりするならワンチャンだ。でも今のところ、特別記憶力がいいとは思えない。うーん、遥か先の未来すぎて想像もつかないや。

6　違和感

『しっかりしろ！　気をしっかり持つんだ！』

突如、叫び声が聞こえてきた。これは、合同会議？　ううん、違う。みんなの態度は変わらないから。だとしたら……。予知夢？　起きている間に視る、予知夢だ。

『このままじゃ、危ない……！　みんな、協力してくれ！』

『くっ、仕方ない！　すまない――』

音声だけが脳内に流れ続けている。その後は、ワーワーと慌てる複数の声が入り交じって何を言っているのか聞き取れない。声も聞き覚えのある声だけど、どれが誰の声なのか、わからない。ただ一つわかるのは、誰かが危機的状況にあるってこと。みんなが誰かを助けるために、必死で魔術を行使している。その誰かは、危険な状況なんだ……。誰なんだろう。私にも何か出来ることはあるのかな？


「メグ？」

「……え？」

ふと横を見ると、ロニーが首を傾げて私の顔を覗き込んでいた。しまった、またぼんやりしていたのかな？

「ぼーっとしていたみたい。大丈夫？」

やっぱり！　私は慌てて、ちょっとお腹が空いてきただけ！　と誤魔化した。食いしん坊か。でもロニーはクスッと笑ってそれ以上聞いてこなかったからよしとする。いいの、食いしん坊なのはまぁ、事実だから。それにしても最近の私、ちょっと予知夢を視過ぎじゃない？　頻度が多い気がするんだよね。魔力が増えたせいかな。もしくは、何か本当に危機が迫っているか。何となく後者な気がする。だって立て続けに不穏なのを見ちゃっているからね。予知夢はどれも、違う時に起きた出来事なんだろうけど、なんかこう全てが繋がっているような……。とにかく、胸がざわつく気がするのだ。療養と、何か関係があるのかな。

「さ、向こうも休憩に入ったし、私たちも休みましょう！　前半だけでほぼ闘技大会の開催は決まったわね。きっと後半は細かいとこを詰めていくんだと思うわ」

パンパンと手を鳴らし、サウラさんはみんなにそう告げたあと、ブツブツと呟きながら手を口元に当てて何やら考えている。すでに闘技大会の段取りなんかを組み立てていそうだ。さすがである。

「メグは食事の後は寝る時間だ。後半のことは明日にでも教えよう」

「そっか、遅くなっちゃうもんね。わかった！」

ここはギルさんの言葉に素直に従う。お昼寝をしなくはなったけど、まだ夜になるとすぐに眠たくなるのだから仕方ない。いいの！　寝る子は育つ！　それに、合同会議の雰囲気はわかったしね。来客室の私たちはお茶を飲みながらの、のほほんとした空気だったけど、それはそれである。

「いい子だ」

そう言って頭を撫でてくるギルさんはちょっとイケメンすぎると思いました。


「私もご一緒していいかな？」

「ルド医師！　どうぞー！」

ギルさんとロニーの三人で食堂に向かい、席を取っていると、ルド医師が声をかけてきたので秒で答える。断る理由がありませんとも。あまりにも早い私の返答に、ルド医師はクスクス笑っていたけど気にしないのである。交代で夕飯を取りに行き、みんなが揃ったところで一緒にいただきます。今日はクリームシチューだ。もう香りからおいしい。焼きたてふわふわのパンに、トマトがたくさんのサラダ。シチューの中にはこんがり焼き目のついた鶏肉も入っていて、食べ応えも十分。

ヤケドしないように、ハフハフいいながら頬張ると、口いっぱいに幸せの味が広がった。うまー！

「いつ見ても美味しそうに食べるね、メグは」

「らっへ、おいひーもん」

「メグ……飲み込んでから喋れ」

おっと、ちょっとお行儀がよくなかった。ギルさんに注意をされて苦笑い。そこ、ロニー。笑いすぎ！

「ロニーは、後半の会議も聞いていくのかい？」

「あ、はい。どんな風に、物事が決まっていくのか、知りたい、から」

「うん、いい勉強になると思うよ」

モギュモギュと鶏肉を噛みながら会話に耳を傾ける。そっか、ロニーはもう成人しているんだもんね。大人の仲間入り。いいなぁ、私も早く仲間入りしたい。

「メグはもう寝るんだろう？　寝る前に少し時間をくれないか？」

「時間？」

今度はしっかりと飲み込んでからルド医師の言葉に返事をする。学習したのだ、私は。

「あとで説明するって言っただろう？　療養についてだよ」

「あ……」

もちろん、忘れていたわけではない。でもこんなにすぐ話してくれるとは思わなかったから驚いた。だって、あんまりのんびりしすぎると、会議の後半に間に合わないだろうから。

「会議のことなら心配しなくていい。私には糸があるからね。ギルド内なら分体《ぶんたい》で話を聞ける」

「あ、あれ？　顔に出てました？」

「ふふ、メグは本当にわかりやすいよ」

まさしく心配していたことを先回りして説明されてしまったので、なんとも言えない気持ちになる。そうだ、ルド医師は透糸蜘蛛《とうしぐも》の亜人さん。糸の届く範囲なら人の動きを察知出来るんだよね。それで小さな蜘蛛をその糸に放てば、近場であれば音も拾えるって聞いたことがある。でも聞きながら説明するのって難しくないのかな？　難しくなさそうですね、すみません。まずスペックの高さが常人とは違うのだ、この人たちは。特にオルトゥスの重鎮メンバーはね！

「俺も一緒に行こう」

「ギルさんも？……いいの？」

「不安だろう？」

おぅ、ギルさんにはお見通しってわけか。私がわかりやすいのもあるだろうけど、欲しい言葉やして欲しいことを見抜いていつもそうしてくれる。敵わないなぁ。ならば、私の答えはただひとつ。

「……うん。一緒に来てくれるの、嬉しい。ありがとうギルさん」

素直になること。かなり上手になってきたと思うんだ。昔はよく、ここで遠慮ばっかりしていたけど、それって相手を悲しませることだって気付いたからね。ほら、ギルさんは嬉しそうに笑ってくれた。こういう反応をしてくれるって私もわかっているから安心して甘えられるのだ。誰彼構わずワガママは言わないよ？……重鎮メンバーには甘えちゃうけどさっ。

「メグ。僕は、よく、わからないけど……。みんなが、ついているなら、大丈夫」

「ロニー……ありがとう！」

そしてロニーは、きっと詳しく聞いてこない。私が自分から話さない限りそっとしておいてくれる。逆の立場だったら、ロニーの一大事となれば気になって仕方なくなると思う。だからロニーのそういうところ、尊敬するんだ。ちゃんと話を聞いて、話せそうならロニーにも聞いてもらいたいな……。

食後、みんな一度来客室に向かうというので、私は一人いそいそと大浴場へと向かう。お風呂から上がる頃にギルさんとルド医師が出口で待っていてくれるのだそうな。先に話を聞いてもよかったんだけど、終わったらすぐに眠れるようにって半ば強引に送り出されたのだ。過保護すぎる。いつもより気持ち急いでお風呂から出て、ホカホカな状態で私はギルさんとルド医師とともに自室へ向かう。カフェスペースで話すのかと思っていたんだけど、話がなかなかデリケートだから人に聞かれない方がいいだろうっていうのと、話が終わったら私がすぐに眠れるように、との配慮だそう。やはりそれでしたか。ありがたいけども。

「ここが部屋の入口か。医務室からこんなに近いなんてね」

「ルド医師は私の部屋の場所、知らなかったんですか？」

「ああ、この辺りらしいことは聞いていたよ。まぁ、知っていても数人しか部屋の開け方を知らないんだけどね」

その数人というのはギルさんとサウラさんとお父さん、それから部屋の固定魔術を組み込んでくれたミコラーシュさんだけって聞いている。入口の場所を知っているって人自体もそんなにいないから、私の部屋はもはや幻かと囁《ささや》かれているんだって。そ、そんなにか。

「メグの立場上、防犯設備はやり過ぎなくらいがちょうどいい。これはメグだけでなく、我々の安心のためでもあるんだよ」

「なんだかありがたいような、申し訳ないような、複雑な気持ちです……」

「あはは、メグらしいな」

そんな会話をしている間にギルさんが私の部屋のドアを開けた。最初に私が入り、ルド医師が続く。最後にギルさんが入って静かにドアを閉めた。

「可愛らしい部屋だな。女の子の部屋というのは」

「……俺も最初に見たときは、その、戸惑った」

部屋に入り、周囲を見回しながらルド医師が感想を漏らすと、ギルさんもやや恥ずかしそうな反応を見せた。え、そうだったの？　まぁ、こんな部屋に慣れているって言われたら、それはそれでかなり驚くけど。

「……ぬいぐるみが増えてないか？」

ギルさんがやや呆れたような表情で聞いてくる。そうなの、どんどんコレクションが増えていくのよねー。この部屋の住人として並べられているぬいぐるみたちは今、全部で六体。ウサギやら猫やらのモフモフ動物たちばかり。ちなみにどれもこれも自分では買っていません。察して……！

「どれも可愛いからいいの！　でも、一番のお気に入りはこれだよ！」

「む……」

そう。影鷲のぬいぐるみである！　これだけは自分でこういうのがいい！　とリクエストして作ってもらったものになるから特に大事にしている。初めてのぬいぐるみだったし、メアリーラさんと一緒にケイさんからもらった思い出の品だしね。もちろん毎晩抱いて寝ている。

「これ、影鷲だね？」

「とっても抱き心地がいーの」

「そうか、いつもそうして寝ているんだね」

「っ……」

ルド医師とにこやかに会話していると、ギルさんが照れて後ろを向いてしまった。まぁ、自分がモデルのぬいぐるみがあって、しかも子どもが抱いて寝ているとか聞かされたら恥ずかしくもなるか。ごめんよ、ギルさん。でも抱いて寝るのはやめない。

「あ、どーぞ、こちらに座ってください！　椅子も出すね？」

そうだ、ここには遊びに来たわけではないのだ。普段は自分の分しか椅子がないから、二人の分も収納ブレスレットから出さねば。……大丈夫、普通のデザインだよ。小花柄の可愛い椅子にはさすがに座らせられない。

「ありがとう。じゃあ、早速だけど説明しようか」

「お、お願いします……！」

三人ともが椅子に座ったのを見計らって、ルド医師が腕を組みながら話を切り出す。ドキドキしてきた。思わず力の入ってしまった肩に、ギルさんがポンと手を置いてくれたので気分が落ち着く。

わかってらっしゃる。

「メグ。最近、魔力がぐんと増えたな、と思うことはないかい？」

「魔力、ですか？　えっと、昔に比べればかなり増えたなって思うけど……」

ショーちゃんたちからも言われたけど、私の魔力はかなり多めだ。体の持ち主であったメグと魂である環がしっかり一つになった時に一気に増えて、そこからじわじわと増え続けている。あれから結構経っているから、総量がかなり多いらしいのは知っているけど、正確な量はわからない。数値化されるわけでもないし。

「最近になってグーンと増えた、とは思わないかなぁ。ずっと緩やかに増えているみたいだから、あんまり実感がなくて……」

というわけで、結局のところわからないのである。魔術を使った後に疲れたりすることがなくなったのが随分前だから、その頃からもう何も考えてないというのが正解だ。自分のことなのになんてことだ。言われて始めて、もっと自分のことを知るべきだなって反省したよ。

「そうか。……メグ。君は血筋からいって、かなりの魔力を保有することになる。それはわかるね？」

血筋。魔王である父親と、ハイエルフである母親から生まれた私。そりゃ、増えるでしょうなぁ。

わかる、という意味を込めて一つ頷く。

「我々も、その予想は出来ていたんだよ。でもね、予想外なことが起きているんだ。メグはすでにオルトゥスのトップ連中と変わらない魔力を保持している。これはあまりにも早すぎる成長スピードだ」

「え……」

ルド医師は、落ち着いて聞いて欲しいんだけど、と付け加える。すでにやや混乱状態なのですが!? そ、そんなに多かったの？ 私の魔力って……。

「その年齢でその魔力量は、ハッキリ言って異常なんだ。身体が成長途中なら、魔力だって成長途中だ。このままいくと、メグは将来、今の魔王よりも魔力を多く持つことになると思う」

「それだけじゃない。魔王というのは、就任後にさらに魔力量が増大する。このままメグが魔王になったとしたら……。その総量は計り知れない」

「ひえっ……」

思わずギュッと身体を抱きしめる。想像もつかない。そんなに大きな力を持つことになるなんて……。恐怖しか感じない。え、今更、転生チートってやつ？ いらないよそんなのぉっ！ 有り余る力でやりたい放題ウェーイ！ だなんて、出来るわけがないでしょ！ 絶対に持て余す。……持て余す？

「あ……。確か、父様は……」

私がそう呟くと、二人は揃って眉根を寄せた。そっか。よくわかった。みんなの懸念事項が。ルド医師が重々しく口を開く。

「……魔力の暴走を起こしかねない。それがいつになるかは、わからないけどね」

そうだよ。確か父様はそのせいで、魔力が意思を持ち、大暴れしてしまったんだ。魔物が暴れ出し、魔族も攻撃的になってしまって……。大規模な戦争が起きた。暗黒の時代と呼ばれる日々だ。長い歴史の中で、その期間はかなり短いものではあったのだろうけど、その時を生きた人たちにしてみれば果てしなく長く感じる時間だったはずだ。それが、繰り返されてしまうの？　それだけは絶対に嫌だ。

「幸いと言うべきか、メグはまだまだ魔王への就任はしない。爆発的に魔力が増えてある日突然、暴走するということにはならないだろうが……」

ギルさんも難しい顔で言い淀む。

「私たちが心配しているのは、その成長スピードなんだ。早過ぎるんだよ。そのせいで、身体の成長が追い付かないんじゃないか、ってね」

つまり、身体はまだまだ子どもなのに、魔力だけがどんどん増えていく。だから、その魔力を制御しきれずに暴走を起こしかねないってことだね？　うん、理解はした。心臓はバクバクいっているけどね！　そりゃそうでしょうよ！　悪夢再びの可能性が出てきたんだもん。しかも自分のせいで！　でも大丈夫、大丈夫だ。なんとか出来る自信がある。……いや、ないない、まったくない。だけど……。

「でも、何か、打つ手があるんだよね……？」

この人たちが、なんの手も打たないわけがない。私を大切に思ってくれているのを、私は知っているのだ。信頼しているんだ。自分自身ではなく、家族のみんなを。

「……もちろん。ありがとうメグ。私たちを信じてくれて」

そんな私の気持ちが伝わったのだろう、ルド医師もギルさんもふわりと優しい笑みを浮かべてくれたから、私も安心することが出来た。つられて笑った私の顔は、ちゃんと笑顔を作れているかわからないけどね。引き攣ってしまうのは許していただきたい。

「だからこその、ハイエルフの郷なんだよ。マーラさんも気付いていたんだろうね、メグのこと」

あ、療養のことかな？　そっか、マーラさんも気付いていたんだ。え、気付いていたの？　最近会ってもいないのに予想だけでドンピシャ⁉……お、恐ろしい人である。ルド医師も苦笑を浮かべているからつまりそういうことなのだろう。ひえぇ。

「ハイエルフの郷は、この世界でもっとも清く美しい空気と魔力で満ちた場所になる。それにメグは種族的にはハイエルフだ。故郷の空気が、合わないわけがない」

「乱れた体内の魔力も整えてくれる。あの場所にいる間は暴走を抑えられるだろうとは思うんだが……」

そうそう、私は元々ハイエルフなんだよね。郷から出ているし、思想も合わないから自分はただのエルフだって思ってはいるけど。空気が合うというのも納得は出来る。暴走が抑えられるかもしれないなら、療養のために行くのも吝かではない。

「……それは、すぐに行かなきゃダメ、なの？」

でも、今すぐ行かなきゃいけないのだろうか。せっかく闘技大会も始まりそうだというのに、なんだか寂しい。さっきの会議の内容から察するに、誰かが一緒に来てくれるっぽいけど、当然、その間仕事が出来なくなるから迷惑もかかる。つまり、心苦しい。寂しい。気持ち的には行きたくない。ワガママか、私。

「いや、今すぐにという話ではないよ。でも、魔力を抑えきれないという兆候《ちょうこう》が出てきたら、行った方がいいだろう」

そっか。すぐに、ってわけじゃないんだ。そう聞いてホッとした。ハイエルフの郷の人たちが嫌ってわけじゃないよ？　単純にオルトゥスを離れるのが寂しいだけだ。そう、それだけ。だから、こうして前もって教えてもらえたのはありがたい。心の準備が出来るもん。いわゆる、入院みたいなものなのだ。

「その時は、俺も付いていく。だから、心配するな」

「ギルさん……。うん、ありがと」

大丈夫。私には、助けてくれる仲間がいる。そのことがすごく心強くて、安心してしまって……。

――だからこの時すでに、その兆候が出ていたんだってことに、私は気付いていなかったのだ。

「じゃあ、そろそろ私は会議に戻るよ。ちょうど今、合同会議も再開したみたいだしね」

「あっ、そうだった。ルド医師ありがとうございました！」

「いいんだよ。ただメグ、どうしても気に病んでしまいそうならすぐに相談するんだ。誰にでもいいからね」

「……うん、わかった」

ギルはどうする？　というルド医師の問いに、ギルさんが自分はもう少しここにいると返事をする。それを聞き届けたルド医師は柔らかく微笑んでから静かに部屋を出て行った。正直、ありがたかった。ギルさんが残ってくれたことが。

「……大丈夫か」

やっぱり私を気遣ってくれたのだろう、その声にどうしようもないほどの安心感を覚えた。もはや精神安定剤。ギルさんの頼もしさといったらないよね！

「そりゃあ、色々と気になるけど……。でも悩んでいたって仕方ないもん」

「それはそうだが」

そこまでで言葉を切ったギルさん。元々、喋るのは苦手な人だもんね。その後に続く言葉を探しているように見える。ありがたいなぁ、優しいなぁ。だから私はふふっ、と小さく笑ってしまった。

「……なんだ」

それを見たギルさんが怪訝《けげん》な顔でそう言うので余計に笑ってしまった。悪気はないの！

「ご、ごめんなさい。ただね？　ギルさんやルド医師がそうやって心配してくれるのが嬉しいなぁって」

「む……。当たり前だろう」

なんとも微妙な表情で、ギルさんが横目でこちらを見下ろす。表情豊かなギルさんはやっぱり貴重である。微妙な表情でもイケメンは変わらない。ズルい。

「えへへ、ありがとう。あのね、こう言ったら変なヤツだって思うかもしれないんだけど……」

まぁ、言い方に拘わらず、私は変なやつかもしれないけど。それはそれ！　今はそんな話は置いておく！

「自分のことだし、なかなか重大な問題だなぁって思うよ？　けど、ギルさんたちがいると、絶対になんとかなるって思っちゃうの！　不安だし、怖い気持ちもあるけどきっと大丈夫だろうなって」

「メグ……」

我ながら完全に人任せな思考である。い、いや、自分でも何とかしようと思っているよ？　頑張れるところはもちろん頑張りますとも！

「訓練も頑張るし、しっかり食べて、しっかり寝るよ！　お仕事もちゃんとやるし、言うことも聞く！　あ、あれ？　なんだか話が変わってきちゃった……？」

でも、結局のところ私が頑張れることってそんなものなんだよね。何をしたらいいのかわからないし。あとは心構えくらい？　そんなことをブツブツと呟いているとギルさんが吹き出す音が聞こえてきた。

「クックッ……。すまない。メグはメグなんだな」

「ギルさん、笑いすぎぃっ」

私が頬を膨らませて文句を言うと、余計に肩を震わせてギルさんは笑う。ちょ、ちょっと？　でも普段は物静かだからこのくらい笑ってくれると嬉しい気も……。いや待て、笑われているのは私である。

「ね、ギルさん」

ギルさんが落ち着いた頃を見計らって、私は静かに声をかけた。ギルさんはなんだ、と一言告げて私を見る。今さっきまで笑っていたけどちゃんと聞く姿勢を正してくれるのがこの人である。

「……時々、辛そうな、悲しそうな目で私を見ていたのって、この話が原因だったの？」

「……っ、気付いていたのか」

「うん。わかるよ。だってギルさんのことだもん」

もちろん、ギルさんだけではない。お父さんもルド医師も、他の人たちだって時々辛そうな顔を見せていた。気付いていたっていうより、今思い当たった、といった方が正しいかもしれない。その時は特に気にはしていなかったのだ。あれ？　今、なんだか反応が変じゃなかった？　気のせいかな？　みたいな。

「私がぼんやりしていた後とか、みんなが心配そうに見ていたから。えっと、心配してくれるのはいつものことなんだけどね？　なんだかいつもよりずっとずっと心配してくれたように見えたの」

自惚れだ、と言われればそうなのかもしれない。でも私だって何も、のほほんと毎日過ごしているわけじゃないのだ。ちゃんと、みんなのことを見てる。小さな変化があればやっぱり気付くものなのだ。

「よく見ているんだな。……嫌な気にさせたか？」

「そんなことないよ！　何かあれば、いつか話してくれるって信じていたから、平気！」

実際、こうして教えてくれたでしょ？　と笑いかければ、ギルさんはわしゃわしゃと私の頭を撫でてきた。いつもよりちょっと力が強い。あーっ、髪がーっ！

「メグに勘付かせてしまうとは。大人たちは情けないな」

「何言ってるの。情けないくらいがちょーどいいよ！　みんないつもすごくすごいお仕事をいっぱいしてるんだから！」

ギルさんが申し訳なさそうにそんなことを言うものだから、私はビシッと人差し指を立てて宣言してやった。なんでもかんでも完璧でいるのって疲れるし、逆に心配になるもん。仲間のことで感情を外に出してくれるみんなは、とても人らしくて安心する。一方、ギルさんは一瞬、呆気にとられたような表情を浮かべ、それから再び肩を震わせて笑い始めてしまった。ギルさんってば案外、笑い上戸《じょうご》……。

「情けないくらいがちょうどいい、か。……ふっ、そう、か……！」

「そ、そんなに面白いこと言ったかなぁ？」

ギルさんの笑いのツボがよくわからなくなってきた。あまりにも馬鹿っぽい発言だったから？すみませんね、お馬鹿さんで……！

「話を戻すよ？　だからね、何か気付いたことがあったら言って欲しいなって思ったの。私がぼんやりしていた時、何かいつもと違う様子だった、とか。今、変だったよ、とか。だって……」

そう、気付いたのなら言って欲しい。こうして説明を聞いた今ならそれを要求してもいいはずだ。

「何もわからないうちに暴走して、誰かを傷つけてしまうようなことがあったら、嫌だもん。自分のしたことに、ちゃんと責任を持ちたいの！」

知らなかった、では済まないのだ。人を傷つけてしまってからでは遅い。仕方ないという言葉で片付けられないと、今もなお償い続けている魔王である父様の意見に完全同意だ。わかっているのなら、対策が取れるなら、出来ることはしておかないと後で死ぬほど後悔するんだから。

「ねぇ、ギルさん。お願い。もしも私が暴走したら止めてね？　誰も傷つけないように。私なんかが暴走したところで、オルトゥスのみんなは大丈夫だと思うけど……それでも！」

だからお願いする。自分一人ではどうしようもないことだからね。両拳を握りしめてそう訴えたら、ギルさんに優しく抱きしめられた。ふぉぉ、あったかい。膨れ上がりかけた不安がみるみる萎《しぼ》んでいく。

「メグが、それで安心するというのなら、約束しよう。俺が必ず止める」

「周りの人を、守ってくれる？」

「ああ。メグのことも、守る」

ギルさんは迷う素振りさえ見せずにそう断言してくれた。この人なら絶対にやってくれる。そういう確信がある。それは今までの付き合いの中で培《つちか》ってきた信頼というのもあるけど、偏《ひとえ》にギルさんに実力があるからだ。

「よかった……ありがと、ギルさ……」

「メグ？」

意外と私、気を張っていたようだ。なんだかすごく安心して、一気に身体の力が抜けていった。

多分これ、睡魔だ。大人しく身を委ねた瞬間、ギルさんのおやすみ、という声を聞いた気がした。

7　繋がる夢

――夢の中にいる。

近頃、こうやってすぐに気付けるのも慣れた証拠だ。もはや感覚でわかってしまう。今後に関わる何かがわかるかもしれない、そう思って私は真っ白な空間をキョロキョロと見回した。

「父様……？」

遠くの方に、頭を抱えて苦しそうにしている父様の姿が見えた。えっ、苦しそう？　魔王である父様が苦しむとか、それって一大事じゃない!?　これは夢の中だとわかっていながらも、じっとしてなどいられなかった私は、慌てて父様に駆け寄った。

『ぐっ、これ、は……夢ではなかったのか……!?　我は、我は実際に……！』

呻き声をあげながら、父様はブツブツと呟く。どうしたというのだろうか。

『力が、止めどなく溢れてくる……抑えろ……抑えろ……！　もう二度と、民を傷つけては……！』

瞬間、大きな黒い龍《りゅう》が街に襲いかかるビジョンが脳裏に浮かぶ。突然のことだったので、私は小さくヒッと声を漏らしてしまった。容赦無く街を破壊する黒い龍。怒り狂ったように暴れるその龍は、尾で建物を破壊し、口からも真っ黒な炎を吐き出している。逃げ惑う人々、怪我をし、血を流して倒れる人……。凶暴化した魔物たちが荒れた街に入り込み、人々を追いかけ回している。

「あれは……父様？」

この黒い龍は見覚えがある。父様の魔物型だ。全身がガクガクと震えた。ギュッと自分の身体を抱きしめた時、ビジョンがスッと消えて、目の前には人型となった父様が、私と同じように自らを抱きしめて蹲っていた。

父様が震えている。怯えている。大丈夫、父様、大丈夫だよ。それはちゃんと解決するから。もう乗り越えた過去だから。そっと手を伸ばして父様の肩に触れた途端、父様が再びみるみる龍へと姿を変え、耳をつんざくような咆哮《ほうこう》をあげた――。

『怖い……自分が怖い……！　ここにいてはダメだ……また人々を傷つけてしまう……！』

ガバッと勢いよく起き上がる。ドクンドクンと心臓が脈打っていた。私の心情とは裏腹に、窓からは眩《まぶ》しい陽の光が射し込んでいて、それが私を少しずつ落ち着かせてくれた。

「朝、か……」

まだ荒い呼吸でポツリと呟く。なんだか寝た気がしないな……。妙に疲れる予知夢だった。そう、予知夢。でも。

「……今のは予知夢、じゃないよね？」

少しずつ冷静を取り戻してきた頭で考える。考えを纏《まと》めるためにブツブツと声にも出していく。

「あれは、きっと本当にあったことだ……」

暗黒の時代、戦争が起きた時。お父さんが父様と魂をわかち合ったことでようやく抑えることが出来た、あの魔力の暴走。さっきの夢は、暴走を起こして苦悩する父様の夢なんだ。

「……まだ、感触が残ってる」

ぼんやりと、自分の手を見つめた。一瞬だけ触れた、父様の肩。確かに触れた感覚を覚えている。妙にリアルな夢だった。でも、だとしたら、私が見た今の夢は――。

「過去夢……？」

私の特殊体質は、予知夢ではなかったのかもしれない。


【ザハリアーシュ】


「っ、夢、か……！」

久しぶりに見た例の夢のせいで少々目覚めが悪かった。最近は見ることもほとんどなくなっていたため、油断していたのかもしれぬ。じっとりと、不快に感じるほどの汗をかいていた。

「我の罪は、消えることはない、ということか……」

まだ、二百年と少し前の話であったな。我の人生において最も強烈で、辛く苦しい時期であった。もっとも、その期間は今にして思えばほんのわずかなものではあるのだが。今更、後悔という言葉では片付けられぬ。すでに、生涯背負って生きていくと決めたのだからな。当時のことをこうして夢で見るのも慣れたものだ。頻度は少なくなったがいつものことである。

だが、今しがた見た夢は、いつもとは僅かにだが違う点があった。本当に、意識しなければ気付かないだろう些細《ささい》な変化だったのだが。

「あの手は、誰のものであったのだろうか……」

そっと自身の肩に触れた、あの手。暴走する力に呑み込まれる寸前、人型から魔物型へと変化せんとした時、誰かが我の肩に手を置いた気がしたのだ。その感触を、夢から醒《さ》めた今でも覚えていることから、やはり気のせいではなかったのだろう。無意識に触れられた部分に手を当てる。励まされた気がした。この苦しみは長く続かないから大丈夫なのだと思えたのだ。それもまた一瞬のことだったのだが。

「……もう、心臓の音が落ち着いておる。いつもならもう暫《しばら》くは落ち着かぬというのに」

悪夢を見た翌日の朝は、当時の恐怖が蘇って動き出すのに時間がかかっていた。情けない話ではあるのだが、こればかりは仕方ない。ユージンの紹介で診てくれたルドヴィークという医師が言うには、それをトラウマといい、心の病気のようなものだから無理もないのだ、と。自分でどうにかしようとせず、落ち着くために時間が必要だというのならそれでいいのだ、と。だからこそ、時間をかけて気持ちを立て直すのが常であったのだが、今回は今すぐにでも動き出せそうなのだ。悪夢自体が久しぶりであり、あれからそれなりに時間が経っているからだと言われればそうなのかもしれぬが……。

「きっと、あの手に救われたのだろうな、我は……」

とはいえ、これはただの夢だ。いつもと違う何かが現れたということは、我の心が変化したと言えるのかもしれぬな。ようやく当時を受け止め、乗り越えようとしているというのなら、良きことである。だが今はあの手の持ち主に感謝を捧げたい気分だ。軽く目を閉じ、我は誰ともわからぬその相手にそっと感謝の言葉を口にした。

昨夜は合同会議の初日であった。会議は滞りなく進んだようだな。しかし、まだ終わりではない雰囲気なのは、大会に関する細かな打ち合わせをしようとしているからであろう。我は合同会議には参加していないが、こうして窓から外を眺め、会議の場所であるステルラの方角を、魔力を込めて見つめればそのくらいのことはわかる。ふむ、まだ早朝であるからか、皆はそれぞれ部屋におるな。ヤツらは強者の集まりで、しかもそれぞれが個性的。魔力の質で探すのは簡単であった。探すのにさして苦労しない分、彼らの感情などを察するために魔力を使えば大体のことは把握出来た。それに、我の半身たるユージンが会議にはいる。ヤツの気配は誰よりも感知しやすいからな。一瞬、やや焦ったような感情が伝わったが、それもすぐに治ったため問題はないのだろうと思われる。まぁ、後の詳しい話はクロンとリヒトが戻ってから聞けば良い。あの二人、少しは会話をしただろうか。年寄りのお節介だったかもしれぬが、少しくらいは背を押しても良いだろうと無理やり行かせたのだ。……悪化していないことを祈る。これぱかりは二人にしかどうしようも出来ぬからな。まったく、リヒトは真っ直ぐだから良いものの、クロンがもう少し素直になれば良いのだが。乙女心というものは難解である。だが、クロンの気持ちもわかる。一歩踏み切れないのは、後に傷つくことがわかっているからこその自衛なのだと。それも仕方あるまい。クロンは亜人だが、リヒトは人間。人間の時というものは恐ろしく短いものなのだ。現にリヒトはすでに、同じ種族として計算すればクロンよりも年上となってしまった。ほんの数回、瞬きをした程度にも思えるこのわずかな期間で、あっという間に年を取っていく。日に日に成長していくリヒトを間近で見ることで、クロンも恐ろしいと感じたのであろう。

想いが強ければ余計に、だ。

だからこそ、はやく想いを伝えてしまえば良いものを。クロンはこのまま、ずっと想いを胸に秘めておく気なのだろうか。……まぁ、感情というものは複雑であるからな。クロンのペースを見守るしかあるまい。どうするのが最善なのかは、クロンにしか決められぬことだからな。それはリヒトにも言えること。いつ告げるか、それもまた選択である。

「その時が来れば、また考えも変わろう」

物事にはタイミングというものがある。手を出したくなるものであるが、ここは我慢であるな。我に出来ることは、ゆっくりと向き合う時間を与えてやることだけ。二人で会議に向かえと告げた時のクロンの冷ややかな視線など、怖くないぞ。……少々、本気で仕事を進めようか。これで遅れが出ていようものなら、今後さらに仕事を増やされてしまう。

「魔王様」

「む。トルシュか」

執務机に向かおうとしたちょうどその時、現宰相のトルシュに声をかけられる。彼女は前宰相であるヒュードリヒの番である。ヒュードリヒが亡くなって十数年、彼女は立派にその職務を全うしていた。

「……ああ、今日は休暇を取りたいと言っておったな」

「ええ、申し訳ありません。クロン様やリヒト様もいらっしゃらない時に」

彼女の右手の先には、まだ幼い子ども。ようやく言葉を覚えたであろう男の子がキョトンとした様子で我を見ていた。ヒュードリヒの、遅くして出来た子どもだ。父親としてもっと子どもの成長を見ていたかったであろうに。だが、子が出来たその時から覚悟を決めていたからな。産まれた後は悔いのないよう全力で可愛がっていたその様子も、つい昨日のことのように思い出せる。

「何を言う。休暇は以前から決めていたことであろう。良い。子と一緒に過ごしてやれ」

「ありがとうございます」

子はまだ幼い。子ども園があるとはいえ、実の親子の交流はとても大切なものだ。心を育てるためにも、出来る限りこういった休暇は取らせるようにしている。

「ローデリヒ、だったな」

「！　あい……」

出て行こうとする二人の背を見つめ、そっと子の名を呼ぶ。ヒュードリヒと共通点のある名に思わず頬が綻ぶ。

「母上の言うことを聞き、楽しき時間を過ごすのだぞ」

「……あいっ！」

「魔王様……。ありがとうございます」

緊張していた顔が、花開いたようにパッと明るくなった。うむ、良き子だ。このまま素直に育ってくれることを祈ろう。そして願わくば、未来の宰相として成長してもらいたいものだ。

「失礼します」

「ただいま戻りました、ザハリアーシュ様」

リヒトとクロンが戻ってきたのは、陽も完全に落ちた頃であった。む、いつのまにこんなにも時間が過ぎていたのであろうな。仕事に集中していたからか、全く気付かなかった。ふむ、我もやれば出来るな。

「こんなにも仕事を終わらせて……。やれば出来るではありませんか」

だがクロン、お前に言われるとどうも複雑な気持ちになるぞ。我は眉を顰《しか》めつつ、執務机から立ち上がると、二人に歩み寄る。

「早速、報告か？　少し休んでからでも良いぞ」

「そうですね……。移動にもそれなりに時間がかかりましたし、先に休ませていただいても良いでしょうか」

やはり思った通り、二人は戻ってから真っ直ぐここに来たようだな。報告を、と我が言えばすぐにでもしてくれたであろうが、無理をさせる時ではない。少し休憩を挟み、落ち着いた状態で報告を聞けば良い。

「では、失礼いたします」

そう言って、クロンはさっさと退室していく。彼女はいつも行動が早い。戸惑うことをあまりしないのである。まぁ慣れているのだが。

「……じゃあ、今のうちに俺から。いいですか？」

「……何かあったのだな？」

クロンが出て行ったのを見計らって、リヒトが静かにそう告げた。ということは、あまり知られたくない話があるのだろう。我はすぐに察してリヒトに先を促す。

「はい。……会議の内容を、どうもメグも聞いていたみたいなんですけど」

「メグが？……ああ、オルトゥスの影鷲の能力であろうな。不思議ではない、か」

遠距離で会議の様子を知れるオルトゥスの影鷲の能力であろうな。


遠距離で会議の様子を知れるオルトゥスはやはり並々ならぬ技術を有しておる。他の特級ギルドとは一線を画しているのはその部分であり、それこそがオルトゥスの強みでもある。

「シュトルのトップ、ハイエルフのマーラさんが、つい口を滑らしてしまったんですよ。……メグを、療養させるべきだって」

「なんと……。それを知っているマーラ殿もまた只者ではないが」

だが、それをメグが聞いてしまったと言うのは誤算であっただろう。まさか聞いているとは思わぬだろうしな。これは事故である。致し方あるまい。

「だから多分、オルトゥスではメグに、何かしらの説明をしていると思います」

「なるほどな……」

しかし療養か。なるほど、ハイエルフの郷に身を置くということであろう。たしかにあの地にいれば、メグの身体も負担が軽くなる。しっかり考えておるのだな。

「メグに会った時も思いましたけど……。結構、漏れていましたよね。魔力」

「ああ、そうだな。ぼんやりすることもあった。あれは、魔力が漏れ出ているせいとみて間違いないであろう」

メグの魔力の増え方は異常である。いつかはそうなると思い、それなりに準備はしてきたが……。あまりにも早い。療養か、良い手ではあるな。

「せめて、大会が終わるまで持ってくれれば良いのだが」

対策が成功するかどうかは、まだわからない。だが、やるしかないであろうな。そう遠くないうちに。

メグ。安心するがいい。我と同じ道は決して歩ませぬ。我は拳を握りしめ、遠くオルトゥスにいる我が娘のことを想った。

新しい精霊をお迎え

扱える自然魔術を増やしたい。

そう思ったのは先日起きた、ちょっとした事件がキッカケだった。ちょっとした、というと保護者の皆さんがあれは大事件だったと口を揃えて言うんだけど、それを気にしていたら収拾がつかなくなるので置いておく。まぁでも、考えてみれば誘拐《ゆうかい》されかけた、なんて言えば大ごとにもなるか。

そう、実は私、この街で誘拐されかけたのである。もちろん、今こうして元気に過ごしているのだから、たいしたことにはならなかったよ。ようやく許された街の一人歩きをしていたところ、変な人たちに話しかけられて、強引に連れ去られそうにはなった。なったけど待って、聞いてほしい。なんと、私はちゃんと自分でその変質者たちを撃退したのである！　もう一度言う。自分で！　変質者を撃退出来たの！　褒めて！　でもね、反省点もあったんだ。

「あの時は必死だったとはいえ……。さすがに道を焦がしちゃったり、壁を破壊しちゃったのは本当に申し訳なかったなぁ」

何を悩んでいるのかといえば、これである。自然魔術で変質者たちをコテンパンにしてしまえたのはいいんだけど、いや、もう少し手加減をすべきだったかなって反省もしてるな……。まぁその、つまり、やりすぎちゃったのだ。えへへ。いや、私の危機だー！　って精霊たちがものすごく頑張ってくれた、ってことでもあるから誇らしい気持ちではある。あるんだけど、ホムラくんは張り切って変質者の服を燃やし尽くし、ちょっと火傷させた上に道を焦がしてしまった。フウちゃんは変質者の一人を風で思いっきり吹き飛ばしてくれたのだけど、飛んで行った人が壁に激突し、壁の一部にヒビを入れてしまった。それからシズクちゃんは変質者を水攻めしたことでその辺り一帯を水浸しにしてしまったのだ。とにかく、住んでいる街の人たちに迷惑をかけてしまったことを私はものすごく悔いているのである。

『あれは、せいとーぼーえいなのよ？　ご主人様はあんまり気にしなくていいと思うのよー！』

私が悶々《もんもん》と考えている声を拾ったのだろう、ショーちゃんが両腕を腰に当ててプリプリしながらフォローしてくれた。

『そうだよっ！　主様に危害を加える、あいつらがぜーんぶ悪いのっ』

『オレっちも、後悔してないんだぞ！』

『うむ、もっとやってもよかったくらいなのだ』

それからショーちゃんに賛同するように、フウちゃん、ホムラくん、シズクちゃんも続けてそう言ってくれる。ああ、可愛い。私のことを思って頑張ってくれたみんなはとっても優しいし、いい子だし、大好き！　事件当日ももちろん褒めたし、今も感謝の気持ちでいっぱいだよ。それに、私だってそう思う部分はある。でもね、それとこれとはまた話が違うんだよ。

「みんなありがとうね。でも、まだ自分に出来ることがあるならやっておきたいの。もう少し周囲に被害を出さずに済む方法があるなら、身に付けたいんだよ」

仕方ない、で終わったらそこでおしまいだ。そこで終わらせずに、それなら次はどうするかを考えるべきだなって思ったのだ。そんなに頻繁に誘拐されかけてたまるかって話ではあるんだけど、予防策はいくつあってもいい。そして何よりも、これがきっかけでせっかく出来るようになった街の一人歩きが禁止になるのはもっと嫌だ！　あ、はい。これが本音の大部分を占めています。すみません。だって！　これ、自分で撃退出来ていたから今も一人歩きを許されているけど、あの時の私が成す術なく連れ去られていたら、今頃ギルドに缶詰めだった気がするもん……！　やっぱりメグに一人歩きはまだ早かった、って言われるに決まってる！　それに、オルトゥスのルールにもあるでしょ？　成長することを止めないって。向上心を常に持たないと。そうすることで私の安全性も増すし、保護者の皆さんだって安心して私を送り出してくれるようになるはずだもん！　そこで考えた結果、敵を捕縛出来るような魔術や、一瞬で意識を奪ってしまえるような魔術を使えるようになりたい、という結論に達した次第である。

そうと決まれば即行動。自然魔術の使い手である私が新しい魔術を使えるようになるためには、新しい精霊と契約する必要がある。生活魔術では心許ないからね。で、その為には精霊が集まりそうな場所に向かわなければならず、それは大体が街の外。そうなると一人では無理なので誰かに協力してもらわなければいけないわけです。となると、適任者はただ一人。私の魔術の師匠、シュリエさんで決まりでしょう！　精霊のことも視えるし、何より自然魔術は全てシュリエさんに教わっているからね。なので私は早速その相談をするため、受付に行ってシュリエさんに伝言を残した。いつもお仕事で忙しい人だから、いつになっても構わないです、とも伝えておく。個人的な頼みになっちゃうから、あまり無理を言えないしね。返事だけでも二、三日中にもらえたらいいな、なんてのんびり構えていたんだけど、その日の午後一に受付から返答があった。早っ！　しかも今日の夕方に時間を取ってくれるという。え、早っ⁉　なんて仕事の出来る人だろう。無理をさせてしまっていないだろうか、と心配になりつつも、早く相談出来ることに感謝しながら夕方を待った。

シュリエさんの伝言通りに夕方、ホールのカフェで待っていると、数分と待たずにシュリエさんはやってきた。私を見つけるとすぐにいつもの美しい笑顔を見せてくれて大変眼福《がんぷく》です。頼ってくれたのが嬉しくて急いで仕事を終わらせてくれたんだって。む、無理してないよね？　大丈夫だとは思うけど、本来ならもう自由時間であるはずの時間をいただいているのですぐに本題に入ることにした。

「新しく契約する精霊を探したい、ですか？」

「はい！　あの、シュリエさんの予定が空く時でいいので……。ダメ、ですか？」

結局、精霊を探しに行くために、今度はもっとシュリエさんに時間を取ってもらうことになっちゃうんだよね。それがちょっぴり心苦しい。個人的なことだから仕事にはせず、休みの日にしようと思っているし、そうなると貴重な休みの時間を使わせてしまうことになるし。ドキドキしながら返事を待っていると、シュリエさんは顎に手を当てて少し驚いたように質問をしてきた。

「いえ、ダメではありませんが……。ただ、なぜ急に？　その年齢ですと、精霊を四体も契約しているだけでも十分すごいことなのです。ですから、理由を聞いても？」

もっともなご意見である。この年齢にしてはかなり多いもんね、契約精霊。こちらから頼む以上、ここはちゃんと説明しなきゃいけないよね。本当はあまりあの事件のことを蒸し返したくはないんだけど。特にシュリエさんは見た目に反して誰よりも血の気が多いから。しかし、背に腹はかえられない。私は目を泳がせながら出来るだけオブラートに包みつつ、理由を説明した。案の定、話を進める内にその笑顔からドス黒オーラが溢れ出した気がしたけれど、ちゃんと最後まで聞いてくれたよ。しかも、特にあの事件に触れることもなく、嫌な顔一つせず快諾してくれたので心底安心した。はぁ、良かったぁ。

「そういうことなら、出来るだけ早い方がいいでしょう。身の安全に繋がりますからね。そうですね……三日後の午前中はいかがですか？」

「え！　そんなに早く、いいんですか？」

三日後はオフの日で、その日は午後にしか予定がないから大丈夫ですよ、とのこと。本当かな？　無理に空けていたりしないかな？　この人はその辺り、隠すのも上手そうだから。でも、これはご厚意だ。もしそうだったとしても、シュリエさんが私のためにと言ってくれたのだから、素直に感謝をするのが正解だよね！　あ、私の予定？　融通《ゆうずう》が利くんですよ、私のお仕事って。決して、私などいてもいなくても問題がないというわけじゃない。決して。

「じゃ、じゃあその日にお願いします！」

「ええ、楽しみにしていますね」

場所は、シュリエさんがたまに行くという精霊が集まりやすい湖に行くことに。いつもピクニックに行くお花畑でもよかったんだけど、せっかくなら別の場所はどうですか、とシュリエさんが提案してくれたのだ。ついでに、お弁当を持って行きましょうか、というので喜んで承諾。ふふふ、楽しみだなー。……あれ？　ピクニックじゃない、よね？　危ない、危ない。本来の目的を忘れないようにしなきゃ。でも、新しい仲間が増えるかもしれないわけだし、それも含めてとっても楽しみである！

こうして私は三日後の精霊探しに向けて、お仕事の合間に図書館で調べたり、ショーちゃんたちとどんな精霊がいいかな、なんて相談をしながら過ごした。ある程度、こんな属性はどうかな？という候補は絞ったので、当日はその属性の精霊に会えることを祈りたい。もちろん、候補以外の精霊でも相性が合えばお迎えしたいな、と思っている。でも気を付けないとあの子も、あの子も、ってなっちゃいそうなので、ちゃんと選ばないと。たくさんの精霊と仲良くなりたい気持ちはあるけど、契約となると魔術の扱いも絡んでくるから安易に決められないからね。どうか、私と相性の合う子に出会えますように。


さて！　やってきました、ピクニック当日です！　いや、違う。精霊ちゃん探しの日である。危ない、危ない。チオ姉に頼んでお弁当も作ってもらったし、デザートまで用意してもらったし、準備万端だ。……いや、だからピクニックじゃないんだってば。浮かれすぎでしょ、私。

「おはようございます、メグ。準備は出来ていますか？」

「おはようございます、シュリエレツィーノさん！　ばっちりですよ！」

シュリエさんの名前も噛まずに言えて、今日も絶好調である。名前をきちんと呼ぶと、シュリエさんは少し恥ずかしそうに微笑み、そっと頭を撫でてくれた。ふふふ、名前を呼んだだけでご褒美ゲットである。

「ところで、今日はどうやって移動するんですか？」

さっそく、ギルドの外へ出た私たち。歩きながら気になっていたことを質問すると、シュリエさんはにっこりと笑ってとんでもない提案をしてきた。

「メグ、空を飛んでいくのはどうでしょう。自然魔術を使って」

「へー、空を……。えっ⁉　わ、私も魔術で、ですか⁉」

いたずらを思いついたかのような笑顔がちょっぴり可愛らしく見えたけど、言っている内容は結構スパルタである。た、確かに今の私はかなり魔力量が増えたから、フウちゃんの自然魔術を使って空を移動することは出来る。でも、まだ不馴れな上、少し離れた目的地までちゃんと飛べるかと言われると自信がない。一人アワアワしていると、シュリエさんがクスクス笑う。ちょっとからかわれている気がするなぁ。

「もちろん、私が補助します。私の最初の契約精霊は風ですからね。湖までなら問題ありませんよ」

貴女が自身で空を飛んで移動する練習にもなるでしょう？　とまで言われてしまえば、断る理由なんかないよね！　だって、修行にもなるんだもん。出来ることはどんどん増やしていきたい。それに、失敗したってこんなにも頼もしい師匠が一緒なら、なんの心配もいらない。むしろ空を飛ぶ練習をする大チャンスでもある。

「お、お願いします！」

「はい。お任せくださいね」

やる気が出てきたー！　私は早速フウちゃんに声をかける。はーい、と返事しながら現れた黄緑色の小鳥なフウちゃんとともに、ショーちゃんもふわりと私の周りを飛んだ。さすがは最初の契約精霊。私が何かを言わなくてもすでにやることは心得ているようで、お任せなのよーと頼もしい言葉をかけてくれた。ショーちゃん、大好きっ！

「よーし、行っきまーす！」

そしていよいよ街の外へ出た瞬間、待ってました！　とばかりにフウちゃんが私の身体を風で包み込んだ。優しくふわりと持ち上がった私の身体は、そのままどんどん高度を上げていき、あっという間にオルトゥスのある街が見下ろせるまでに到達した。

「怖くはないですか？」

すでに私の隣を飛び、風の自然魔術で補助をしてくれながらシュリエさんが心配そうに聞いてきた。怖い、か。それはもちろん。

「大丈夫！　これまでにもギルさんに運ばれたり、ジュマ兄に跳んでもらったりで、飛ぶのには慣れているので！」

そう。これが案外、全然怖くなかったのだ。なんにも掴まるところがない中で飛ぶなんて怖いかな、って思ってはいたんだけど、フウちゃんによって浮かぶことは何度か経験していたのもあって怖いという感覚は全くなかった。精霊たちのこともシュリエさんのことも信頼しているから余計に安心しているのかもしれない。

「それはよかった。では行きましょう。移動は私が風で誘導するので身を任せてください。メグは飛ぶことに集中するのですよ」

「わかりました！　わぁ、気持ちいいーっ！」

私がはしゃいでいるのを見て、シュリエさんが困ったように微笑んだのが見えた気がしたけど、どうかそのまま生温い目で見守ってください……。だって楽しいんだもーん！

それから自由な空の旅を満喫すること、体感で三十分ほど。シュリエさんと精霊たちのおかげで、問題なく目的地に到着しました！　どんな場所なのかは着いてからのお楽しみです、と言われていたんだけど……。これは、すごい。

「きれー……！　湖が、空の鏡みたい！」

そうなのだ。大きさ的にはそこまではないんだけど、とにかく透明度がやばい。少し離れた位置からみると、水面が空を綺麗に映し出していて、その美しさに引き込まれてしまう。空気も澄んでいて美味しいし、岸辺には小さなお花も咲いていていとにかく癒される場所だなって思った。

『精霊たちもたくさんいるのよー！』

「本当だね。なんだか楽しそう。みんなも、好きに遊んで来ていいよ」

『わぁい!!　行ってくるのよー！』

ショーちゃんたちもウキウキが隠しきれていなくて本当に可愛い。いってらっしゃい、と言うとみんなで歓声を上げながら飛んで行った。ああ、可愛い。

「この場所には、環境に拘わらずあらゆる属性の精霊が集まってきます。湖なのに火の精霊がいたりするくらいですよ」

「え？　あ、本当だ。ものすごくカラフルな光でいっぱい！」

色んな色の光が集まっている、ということは、それだけ様々な種類の精霊が集まっている、ということでもある。なんでも、この湖から発せられる魔力が、精霊と相性がいいらしい。エルフの郷やハイエルフの郷の泉みたいな効果があるのかもしれないな。なんとなく、似た魔力を感じるし。

「メグも自由に歩いていいですよ。心に従えば、貴女に合う精霊と出会えるでしょうから」

シュリエさんが笑顔で私の背をそっと押してくれた。もしや、精霊探しに集中出来るように、私を一人にしてあげようって思ってくれている？　その配慮はありがたい。でも……。私はキュッとシュリエさんの服を握った。

「あの、シュリエさんも一緒に、じゃダメ、かなぁ？　せっかくだから、一緒に歩きたいなって……。その、最近は忙しそうで、あんまりお話も出来ていなかったでしょ？」

せっかくこんなに綺麗な場所に来たんだもん。一人で歩くより一緒に歩いた方が楽しいだろうなって思うんだ。もちろん、目的は忘れてないよ！　でも、ほら、ね？　久しぶりにシュリエさんとのんびり過ごしたいなって思ったんだよ。もじもじしながらシュリエさんの様子をチラッと確認してみる。

「……そんな可愛らしいお誘いを、断る理由がありませんね。ええ。メグさえよければ、ぜひご一緒させてください」

シュリエさんは極上の笑顔を浮かべておりました。か、顔がいい……！　しかも、軽く屈んで右手を胸に当て、左手をスッと差し出してくれたその姿は、精霊界の王子様と言われても納得してしまうくらいの美しさである。ま、眩しいーっ！　顔に熱が集まるのを感じつつ、服を掴んでいた手を離し、おずおずとシュリエさんの手を取った。行きましょうか、と微笑むシュリエさんに、ちゃんと返事が出来たどうかは自信がない。ひーっ、本気のイケメン力を発揮したシュリエさん、恐るべしっ！

とはいえ、一度歩き出してしまえば気分もルンルンである。単純だって？　知っています。だって、せっかく綺麗な場所なんだもん。楽しまなかったら損だよね！

「ところで、どんな属性の精霊にするか、ある程度決めてきているのですか？」

歩きながら聞かれた質問に、私はすぐに答える。ふふ、ちゃんと下調べしてきたからね！

「えっと、雷や、草花がいいかなって思っていて。雷だったら、魔力量の加減にさえ気を付けてもらえたら一瞬で意識が奪えるかなって。それと、草花なら足を取れるかなぁと」

それでも、的外れなことを言っていたら恥ずかしいな、と思ってドキドキしちゃう。でもそれを聞いたシュリエさんは、なかなかいい案だと思います、と褒めてくれました。やった！

「そうなると、雷は黄色い光を、草花は緑系統の光を探すといいでしょう。ただ、色だけでは判別が出来ないのでしっかりと心を通わせてから名当ての儀式をするのですよ」

「わかりました！」

黄色と緑、か。よし。とはいったものの、本当にここは精霊でいっぱいだから、それらの二色の光を探すだけでも大変そうだなぁ。どうしたものか、と考えていたら遊びに行っていたはずのショーちゃんが戻ってきた。

「どうしたの？」

『ご主人様がちょっと困ってるような気がしたから、戻ってきたのよ？』

す、すごい。その通りだよ！　最初の契約精霊だからこそ、察知してくれたのかな。でも、せっかく遊んでいたのに、ごめんね。

『ご主人様の役に立つ方が大事なの！　ね、私、手伝うよ！』

うちの子が世界一可愛いです！　と、感激している場合ではない。せっかくなのでお言葉に甘えちゃおう。

「えっとね。前に相談したでしょ？　どんな属性の子を仲間にしようかって。それで、候補の子を探したいんだけど……この通り。たくさんいるからどこから手をつけていいのか悩んじゃって」

素直にショーちゃんに相談すると、なぁんだ、そんなこと？　とショーちゃんが楽しそうにクルクルと飛び回った。

『じゃ、私はその子たちを集めてくるのよー！』

「集めて、って、え？　あっ、行っちゃった」

飛び回っていたショーちゃんはそのままそれだけを言い捨てるとそのまま精霊たちの集まる方へと飛んでいく。何をする気なのかな？　うーん、わからないけど張り切っていたからしばらく様子を見ていようかな。

「メグの声の精霊は、いつでも一生懸命ですね」

大人しく待っていると、シュリエさんがクスクス笑ってそう言った。そうなんです、ショーちゃんは頑張り屋さんなのです！　そこがとてもいいところで、そして……。

『お待たせなのよー！　見て、見て！　たっくさんなのよ！』

「ちょ、ちょ、ちょぉぉっと、連れて来すぎ、かなぁ……？」

たまに空回りしちゃうのです。私の元に戻ってきたショーちゃんは、黄色と緑の光をたくさん、それはもうたくさん引き連れて私の元へと戻ってきたのだ。目の前が黄色と緑で埋め尽くされている。シュリエさんも口元が引き攣っているよ！　貴重な姿を見た……！

ショーちゃん曰く、ただ声をかけただけだそうなんだけど、それだけでこんなに集まるかな？と首を傾げてしまう。

「一体、なんて声をかけたの？」

『え？　魔王の娘であるご主人様とけーやくしたい、雷と草花の子たちはついておいでーって！』

うーん、まぁ、普通だ。特に問題はなさそうだけど、隣でそれを聞いていたシュリエさんが盛大にため息を吐いた。

「メグが魔王の娘であり、ハイエルフの子であることは精霊たちの間でも有名です。そんな子と契約出来るかもしれない、とあってはこれだけ集まるのも納得ですね」

え、そうなの？　そんなに有名だったんだ。あれかな、二世タレントみたいな物珍しさがあるのかもしれない。とはいえ、これだけ集まられても契約出来るのは多くても二体だ。集めてくれたのはありがたいけど、大半は元の場所に戻ってもらわないといけないんだよね。でも、集めてきた当のショーちゃんは、ご主人様ったら人気者なの！　と嬉しそうだし、とても言い難い。ううむ。

「メグ、よかったら少し力を貸しましょうか」

「え？　それは、助かります。でも、どうやって……？」

私が腕を組んで悩んでいると、シュリエさんがニコリと笑って手助けを申し出てくれた。それはとてもありがたいけど、この状況をどうするつもりだろう？

「大丈夫ですよ。うまくいけばショーのプライドを傷つけることなく、そしてメグと本当に契約したいという精霊だけがここに残ることになりますからね」

そう言ってウインクをしたシュリエさんは、早速私に人差し指を立てるようにと指示を出した。な、なにが始まるんだろう⁉

「私が今からこの周囲に魔力を放出します。本気で契約したいと思っていない限り、あっさりとこの場を離れていくことでしょう」

『えーっ！　せっかくたくさん集めたのにーっ！』

シュリエさんの提案に、ショーちゃんは案の定、頬を膨らませながら抗議の声を上げた。けれど、シュリエさんは声を潜めてさらにショーちゃんに説明する。

「あなたの大切なご主人様にお仕えする精霊なのですよ？　ふさわしい個体を選ばなくてはならないでしょう？」

『はっ！　それもそうなの。本気なら、ご主人様から離れないのよ！』

そしてあっさり納得するショーちゃん。あ、それでいいんだ？　私と本当に相性のいい子を見付けようって思ってくれてるんだね。

「メグは道標《みちしるべ》として、人差し指の先にほんの少しだけ魔力を放出しておいてください」

「道標？」

よくはわからないけど、シュリエさんが言うのだ。大人しく言われた通りにしよう。ドキドキしつつも言われた通りに人差し指を立て、ほんのちょっぴりだけ魔力を放出した。すると、その魔力に引き寄せられるようにたくさんの光が集まってくる。わわ、たくさんいすぎて前が見えないーっ！

「私が魔力を放出した後も、貴女の指に止まっている光があったとしたなら、その子がきっと相性のいい精霊ですよ」

そ、そっか。シュリエさんの大きな魔力に引き寄せられず、残った子が相性のいい子、ってことなんだね。緊張してきた。誰か残ってくれるかな？　ではいきますよ、というシュリエさんの言葉に一つ頷き、私は胸を高鳴らせながらその瞬間を待つ。するとすぐに、シュリエさんを中心にブワッと魔力が広がっていくのを肌で感じた。それにより、集まっていた精霊たちがキャーキャー言いながら飛び去って行く。あ、怖がらせちゃったかな？　って少し不安になったけど、どちらかというとみんな楽しそうに魔力に乗っているように見える。

「ふふっ、私だって精霊たちのことは大好きですから、心配せずともあの子たちに不快な思いはさせませんよ」

さすがはシュリエさんだ。そうだよね、こんなことで精霊たちに嫌な思いをさせるわけがなかった。

「ここに集められたのはメグと契約したいと望む者のはず。楽しそうなことやメグ以外の魔力に心奪われるようでは、運命の相手ではないということですよ」

な、なるほどー。ハッ！　ってことはだよ？　残ってくれた子は、みんなが楽しそうなのにも拘わらず、それをグッと我慢して私と契約したいって思ってくれているってこと？　それはとても健気なのでは⁉　そうだ、ちゃんと私の元に残ってくれた子はいるのかな？　思い出したように私は自分の人差し指に視線を落とした。そこには……。

「わぁ……。残ってくれたんだね」

小さな黄色い光と、緑色の光が私の人差し指にぴったりとくっついていた。

これが、私と新しい精霊、ライちゃんとリョクくんとの出会いだったんだ。

師として出来ること

「新しく契約する精霊を探したい、ですか？」

「はい！　あの、シュリエさんの予定が空く時でいいので……。ダメ、ですか？」

ある日の午後、一度オルトゥスに戻った際に受付で、メグが話したいことがあるらしい、という伝言を預かった私は、早急に仕事を終わらせてその日のうちにメグと会う時間を作りました。当然でしょう？　メグが私を頼ってくれているのなら、何よりも優先させるべきですからね。お茶を飲みながら早速用件を聞いてみると、メグからは意外な頼まれごとをされて驚きました。すでに最初の契約精霊を含めて四体の精霊と契約しているというのに、さらに契約をしたいと主張するとは思ってもみなかったものですから。

「いえ、ダメではありませんが……。ただ、なぜ急に？」

そう、メグはまだ子どもであるにも拘わらず、四体もの精霊と契約しているのです。さらにそれぞれと良好な関係を築き上げて巧みな自然魔術を行使することが出来ています。成人した者でさえ難しいことを、難なくこなせているのですから。要するに、今の年齢では十分すぎるほどの能力を保持している、ということです。それでも欲するというからには、何か理由があるのではないかと思いました。頭のいいメグのことです、考えもなしに言い出すことはないと判断したのです。

「あ、あの。この前の、誘拐未遂事件のこと、聞いています、よね……？」

案の定、メグにはきちんとした理由がありました。どこか目を泳がせながら言い難そうに説明を始めたので心配しましたよ。ですが、内容を聞いて納得です。あの変質者たちのことがキッカケですか。あの者たちには同情の余地もないというのに、どこか申し訳なさそうに、こちらに必要以上の心配をさせないように、言葉を選びながら説明してくれる様子はとても健気で胸を打たれます。あの日、メグに手を出そうなどというその辺のゴミにも劣る連中は、私を含めたオルトゥスのトップ火力が危うく消し炭にするところでした。抱き上げて、メグの美しい髪や愛らしい顔を汚い手で触ったというじゃないですか。塵一つ残さず消されても文句は言えないと今でも思いますよ。まぁ、間一髪のところで警備隊にしょっぴかれましたが、その時すでに虫の息でしたっけ。……ああ、いけませんね。そのことを思い出すだけでうっかり殺意が漏れそうになってしまいます。今はメグの相談に乗っているところなのですから、落ち着かなくては。

けれど、メグ自身が一人で撃退していた、と聞いた時はとても驚きましたね。自然魔術の師として嬉しくもあり、寂しくもあるという複雑な感情を抱いたのを覚えています。この子がただ守られるだけの幼子だった頃から知っていた身としては、感慨深くもなるというものです。

「そういうことでしたら、もちろん。喜んでお手伝いいたしましょう」

「いいんですか⁉　わぁ！　シュリエさん、ありがとう！」

「ふふ、いいのですよ」

……いえ、違いますね。それほどの弱い存在だった頃から、メグは自分に出来ることを探して努力する子でした。その努力が、少しずつ身になっただけのことなのでしょう。その上今度は、撃退する際に街の人に迷惑をかけてしまったから新しい魔術を覚えたい、というのです。ああ、なんて気遣いの出来る優しい子なのでしょうね。危険な目に遭っておきながら、今後の対策を自ら考えるとは。まだ子どもながら、向上心を忘れない。オルトゥスのメンバーとして誇らしいですね。そして、こうして私を頼ってくれたことがとても嬉しい。思いがけずメグと二人でのお出かけが決まり、私も心が浮き立つのを感じます。ふふ、こんなフワフワとした気持ちも、メグがオルトゥスに来て初めて知ったのですよね。やはりとてもいいものです。これほどの多幸感《たこうかん》を教えてくれたメグのためにも、ぜひ新たな精霊と出会わせてあげたいですね。すぐさま、精霊探しに適した場所を脳内で検索します。……そうですね、あの場所がいいかもしれません。移動方法も少しチャレンジさせるのもいい経験となるでしょう。今からメグの反応が楽しみです。

そうしていよいよ当日。メグは朝から楽しみな様子が隠せておらず、ずっとソワソワと目を輝かせていてとても愛らしい姿を見せてくれました。自然魔術を使って空を飛んでの移動と聞いては目を丸くし、湖を見ては笑顔を振りまくメグの姿に、私の方が癒されましたね。本当に、予想通りの反応を見せてくれるのが私もとても嬉しく思います。ですが、今日はただ遊びに来たわけではありません。メグの新たな契約精霊を探さなければなりませんから。うまい具合に見つかるとも限りませんが、精霊たちに愛されたメグのこと、すぐに良縁に恵まれるだろうと、あまり心配はしていないのですよね。ですが、精霊たちを見つけるには一人で歩くのがいいでしょう。そう思って好きに歩いてくるよう伝えたのですが……。

「あの、シュリエさんも一緒に、じゃダメ、かなぁ？」

なんと、メグは私とともに歩きたいと申し出たのです。そんなことを言ってくれる者など他にはいませんから、とても驚きました。まぁ、いたとしてもメグ以外は鬱陶しさしか感じませんが。この子の思いやりといじらしさには、心を射貫かれてしまいましたよ。ああ、いけません。つい、顔が緩んでしまいますね。喜んで、と手を出せば恥ずかしそうに手を取ってくれるメグ。心がじんわりと温かくなりますね。今日はとてもいい休日です。

歩きながら、メグにどんな属性の精霊を望んでいるのかを訊ねると、雷と草花を考えていると答えてくれました。なるほど、今日のためによく考えてきたのですね。目的の属性が決まっているというのなら探しやすくはなりますが……。これほどの数の精霊がいるとさすがに探すのも骨が折れそうです。これは予想外でした。というのも、普段はここまでたくさんの精霊は飛んでいないからです。それなりに集まりやすい場所ではありましたが、ここまで集まることはまずありません。いつもの三倍、いえ、四倍は集まっている気がします。おそらく精霊たちの間で、今日メグがここに来るという噂が広まっていたのでしょう。本当に、この子の精霊たちからの愛されぶりには驚かされます。

とはいえ、どうしたものかと考え込むメグを見ていると少々申し訳ない気持ちになりますね。手助けをしたい気持ちはあるのですが、ここはもう少し様子を見ることに決めました。メグは自身の成長を望んでいます。ここで私が手を出すのは簡単ですが、それではこの子の成長のチャンスを台無しにしてしまいますから。グッと我慢して、メグがこの後どう対処するのかを見守らなくては。師として、弟子の成長を見守るのはとても大切なことですからね。

「どうしたの？」

『ご主人様がちょっと困ってるような気がしたから、戻ってきたのよ？』

様子を見守っていると、メグの最初の契約精霊が心配して戻ってきたようです。事情を聞いた声の精霊は、そのまま何かを思いついたようで再び元気に飛び去って行きました。その様子に、つい笑いが込み上げてきます。

「メグの声の精霊は、いつでも一生懸命ですね」

精霊は主人を第一に考えて行動する、これは基本的にどの契約精霊も同じです。けれどそれは、お願いされれば精一杯応えてくれる、ということに過ぎません。心配して声をかけてくれたり、一緒にお喋りをすることはもちろんありますが、ここまで主人のために自主的に動き回る個体は滅多にいないのです。さらに驚くのはこれがメグの場合、最初の契約精霊に限らない、という点ですね。他の契約精霊たちも、メグのためにと自分で考えてあれこれ動こうとするのです。普通はあり得ませんが、メグの場合はその人柄と魔力の質、そして声の精霊が逐一メグの声を精霊に伝えているからでしょう。様々な要素が重なって、精霊たちに「主人のために動きたい」と思わせているのです。これは天性の才能といえます。これはメグ自身の力。精霊に相談をして目的を達することは、一見して自分の力ではないように思われがちですが、間違いなくメグの力なのです。とても頼もしい限りですね。……ですが。

「ちょ、ちょ、ちょぉぉっと、連れて来すぎ、かなぁ……？」

少々、やりすぎてしまったようですね。メグが困ったように声の精霊に微笑みかけていました。まぁ、仕方ありません。精霊の自主的な行動ですからね。あの子たちに人基準の加減を理解するのは難しいでしょう。それにしたってものすごい数の精霊たちについため息を吐いてしまいましたが。

メグも、善意だから戻してきてとは言い難いでしょうね。ここは一つ、少しだけお手伝いをさせてもらいましょう。

「メグ、よかったら少し力を貸しましょうか」

もちろん、念のために許可を得てから。メグはお願いします、とすぐに助力を求めてくれました。それから、一体これからどうするつもりなのかと首を傾げています。ふふ、愛らしいですね。まぁ、やることは単純なことです。私がここで魔力を風に乗せて放出すれば、精霊たちはあっという間にこの場から飛び立っていくでしょう。自然魔術を扱う私の魔力は、精霊たちにとって居心地のいいもの。それはメグの魔力も同じですが、より大きな魔力が放出されればそちらに惹かれるのは当然のことなのです。その中で、メグの元に残った個体がいたとすれば、その子たちは真にメグとの契約を望んでいる、ということがわかるわけです。

私が風の魔術を放出すると、案の定ほとんどの精霊たちは楽しそうにしながら散り散りに空へ飛び去って行きます。風に乗って広がる魔力はそれだけで精霊たちの遊び道具。自由な性質を持つ精霊ですから、楽しそうな方に流れ、本来の目的を忘れるのも仕方のないことです。けれど、本当にメグと契約したいと思っているのなら。メグの指先からわずかに放出された魔力に引き寄せられるはず。……ああ、やはり、残っていましたか。それも二体も。さすがはメグですね。

「シュリエさん、こ、これ……！」

「ええ。その子たちは真に、貴女と契約を結びたがっているのでしょう。さぁ、名当ての儀式を」

「は、はいっ！」

ほんのり頬を染め、嬉しさを隠しきれていないメグは喜びをそのままに、残った精霊たちに声をかけ始めました。その素直さが好かれる理由の一つでもあるでしょうね。さて、私のお手伝いはここまで。あとはメグの契約を少し離れて見守ることにしましょう。

「黄色い子は、やっぱり雷の精霊さん、かな？」

名を当てられた雷の精霊は、一瞬輝きを増したので本来の姿へと変化したのでしょう。確か雷の精霊は耳の長い小動物であるラビリの姿であることが多いので、きっとあの子も黄色いラビリ型だと思います。後ほど紹介してもらうのが楽しみですね。

「緑の子は、草花の精霊さん？　あ、あれ？　違うの？　ごめんね、じゃあ草だけの子かな。あっ、木かな？　あれれ？」

一方、緑の方はなかなか当てられない様子。植物系の精霊は派生も多いですからね。なかなか言い当てるのが難しいところではあります。魔力の質をじっくり探ればわかるのですが。ここは一つ、助言だけしておきましょう。

「メグ。焦らずに魔力を探ってごらんなさい。植物系の精霊は派生が多いのですよ。少しわかりにくいだけですから間違えてもあまり気にしないことです。ちゃんと観察すれば、きっとわかると思いますよ」

「そっか、派生があるんだ……。はい、やってみます！」

どうやら、派生があることを知らなかったようですね。それならすぐにわからないのも無理はありません。ですが、私のヒントを聞いてメグはすぐに緑の光に集中し始めました。本当に呑み込みが早い。教え甲斐のある弟子です。

「……！　あ、わかったよ！　あなたは、蔦の精霊さんだね！」

しばらくして気付いたメグは、自信満々で精霊を呼びました。それは正解だった様子。すぐに緑の光が輝き、メグの周囲を嬉しそうに飛び回りました。それにしても、蔦ですか。また珍しいですね。蔦のある植物しか操れませんし、少々扱い難いかもしれませんが……。あの声の精霊を最初の契約精霊に選んだメグのこと、きっとこの子も大事にされ、思わぬ力を発揮してくれることでしょうから心配いりませんね。

「シュリエさん！　契約、出来ました！」

ひと段落ついたのか、メグがホクホク顔でこちらに駆け寄ってきました。紹介をしたいというので私も二体の精霊の名を当てると、本来の姿を確認することが出来ました。想像通りの黄色いラビリ型と、そして緑の……これは、フルーグの姿ですね。元々フルーグという生物は緑色であることが多いので、普通のフルーグとの見分けが難しいところです。

「黄色いウサギさんがライちゃんで、緑のカエルさんがリョククくんです！」

ウサギ？　カエル？　聞き覚えのない単語に一瞬戸惑いましたが、おそらくメグや頭領の故郷での呼称なのだと思い至り納得しました。雷がライで、蔦がリョク、ですか。メグの命名はどれも短くて呼びやすいものが多いですね。なにか意味があってつけているのか、音の響きでつけているのかはわかりませんが、メグらしくてとても素敵な名前だと思いました。

『ウチ、ずーっとメグ様を見とってん！　いつか契約してもらうのが夢やったんよ！』

ライはとにかく元気いっぱいといった様子ですね。喋り方が特徴的ですが、ずっとメグと契約するのを夢見ていたというのなら、心配なさそうです。ただ早速、メグの契約精霊たちにグイグイ話しかけている様子が見られるので、少し強引なところがありそうですね。それから勝気な子に見えます。喧嘩っ早くないといいのですが、他の精霊たちやメグならうまく手綱を握れるでしょう。そう信じるしかありませんね。

『ボクはぁ、メグ様の指先の魔力がすごぉく居心地がよくてぇ。とっても気持ちいいから、眠く、ねむ……』

そしてリョクの方は魔力の相性がとても良く合うのでしょう。話し方からのんびりな性格なのが窺えますが、メグの手の上であっという間に眠りこけてしまいました。精霊が居眠りなんて珍しい。楽しいことや動き回るのを好む個体が多いから余計にそう感じますが、これも個性でしょうか。メグをしっかり守れる力があるのか、些《いささ》か心配ではありますが、魔力の相性がいいのでこちらもあまり心配はしなくてもよさそうです。

「ふふっ、二人とも今日からよろしくね。私も頑張るから」

何より、メグがとても嬉しそうですから。それが一番重要なことです。無事に本日の目的が達成出来たようで、私もホッと胸を撫で下ろしました。今後、メグと魔術訓練をする時は、この二体を中心としたメニューを考えましょう。

「シュリエさん、今日はここに連れて来てくれて本当にありがとうございました！　おかげでこんなに可愛い子たちと出会えて、すっごく嬉しい！」

　私が今後について考えていると、メグが私の手を取り、こちらを見上げてお礼を言ってくれました。本当に律儀で丁寧な子です。

「メグのお役に立つことが出来て、私も嬉しいですよ。私は貴女の師ですからね。弟子の成長が嬉しくないわけがありません」

　私がそう告げると、一瞬だけきょとん、としたメグはすぐに笑顔を咲かせると、はい！　シュリエ先生！　と元気に右手を挙げました。……シュリエ先生ですか。悪くない響きですね。また呼んでもらいたいものです。

　それからは、私の時間が許す限りその場所で過ごしました。持ってきたお昼ご飯をデザートまで食べ、新しい精霊や私の他の契約精霊とも交流を深めました。私は十二体の精霊と契約していますから、全てを紹介しきることは出来ませんでしたけどね。その数にメグが目を丸くして驚いている様子には思わず笑ってしまいました。メグも将来的にはこのくらい、いえ、もっと多くの精霊と契約していると思いますよ。ですが、それを言ってはそうしなければならないという意識が働きかねませんので黙っておきます。この子にはこの子のやり方やスタイルを自分で見付けてもらいたいですからね。

　楽しい時間というのはあっという間に過ぎるものです。ですが、メグと過ごした幸福な時間は、今後生涯忘れることのない大切な思い出として私の中に残ることでしょう。

数日後、いつものように一日の仕事を終えてオルトゥスへと戻った私は、ホールでメグに呼び止められました。駆け寄ってくる愛らしい姿に、口元には自然と笑みが浮かんでしまいます。

「お仕事お疲れさまでした、シュリエさん！」

「はい、ありがとうございます。どうしましたか？」

私がそう問うと、メグは嬉しそうに笑いながら先日契約したばかりの二体の精霊を呼びました。確か名前はライとリョクでしたね。私が先に声をかけると、二体が挨拶を返しながらも心なしか胸を張っているように見えました。

「実は、さっき街から戻ってくるときにまた変な人に絡まれてしまって。その時にライちゃんとリョクくんが早速、大活躍したんです！　おかげで街を壊したり汚したりすることなく犯人たちを捕まえられて、すごく嬉しくて！」

『メグ様が投げてくれた種でぇ、ボクが犯人たちの足を引っかけてぇ』

『そこをウチがね、ビリビリーって犯人たちに雷浴びせたったんや！　焦がしてはおらんよ？　でもみんな一瞬で寝ちゃったんよー！』

興奮気味に話すメグと精霊たち。……なるほど。新しい精霊たちは期待以上の働きをしてくれたようですね。あの日のうちに精霊を探しに行ってよかったと心底思います。ですが。

「メグ？」

「え？　は、はい」

メグは悪くありません。ええ、ちっとも。まったく何の落ち度もありませんよ。それどころか反省を活かし、今度はもっとスムーズに対応をと考えて努力してきたことが実戦で役に立ったのです。これは褒め称えるべきことですから。

「襲われたことを、他の者に伝えましたか？」

「あっ……。え、えーっと。警備隊の方はすぐに来てくれたので。でも、あの、オルトゥスの誰か、ってことだと、その、まだ、です……」

ですので、つい笑顔に不穏な気配が漂ってしまうのも全てはその愚か者どものせいです。しどろもどろと言った様子でメグは目を泳がせています。私の怒りを察してしまったようですね。これはいけません。まずは落ち着かなくては。

「メグ、貴女はとても素晴らしい働きを見せてくれましたね。師としてとても誇らしいです。ただ、確認だけさせてください。怪我はありませんか？　嫌なことはされませんでしたか？」

「怪我はないです！　嫌なことは……」

私が褒めると、まずメグは嬉しそうに顔を綻ばせてくれました。ですが続く二つめの問いに口籠っています。何かあったのですね？　優しいメグのことです。正直に言えば余計に心配をかけてしまうと言い淀んでいるのでしょう。私や、他のメンバーが怒って警備隊の元へ乗り込みにいくのでは、という心配もしているかもしれませんね。すでに引き渡された後でしょうし、もはや手は出せないのですけど、事と次第によっては乗り込むことも吝かではないので予想は正しいと言えます。

「メグ。嫌だった気持ちは話してしまった方がいいのですよ。心に溜めて、メグに苦しい思いをしてほしくないのです。私に言い難いのであれば他の者でも構いませんから」

こういう心のケアを怠ると、後々トラウマになったりしますからね。決して大げさなことではないのです。ですが、これは本来であれば医療部門の担当ですので、私も無理に聞き出すつもりはありません。メグが話しやすい相手、頭領やギル、もしくは女性相手がいいというならそれで構いませんから、とにかく誰かに相談をしてほしいと伝えました。すると、メグは考える素振りを見せ、少し悩んでいるようでした。ここまで言ってもこの子が悩む理由は、大体わかっています。おそらく、私たちが怒って行動を起こすことを良しと思っていないのでしょう。大切なオルトゥスの娘であるメグですので、皆どうしてもいつもより沸点が低くなってしまうのですよね。私もそうです。これではいつか嫌われてしまいかねません。我々ももう少し心を広く持って……。

「……です」

「はい？」

心を落ち着かせようと目を閉じていた時でした。それはとても、とても小さな声でしたので、一度では聞き取れず、首を傾げてメグの言葉を待ちました。

「そのっ、ス、スカートをっ、め、めくられただけなのでっ！」

勢いをつけて言おうとしたのでしょう、二度めのその声は思いの外大きく、ホールを行き交う者たちが揃ってその動きを止めました。大きい声だった、といってもそこまでの音量ではなかったのですが、メグの高めで鈴を転がすような声がやけに響いて耳に飛び込んできたのです。

「そ、それだけだから、あの、怪我もないですしっ、大丈夫です……って、あれ？」

よほど恥ずかしく、嫌な思いをしたのでしょう。メグの顔は真っ赤に染まり、身体はプルプルと震えています。……ああ。これは、ダメですね。アウトです。

「緊急招集!!　ギル、いるわね？　愚か者たちの居場所を突き止めてちょうだい。ジュマー！　あんたも行ってもいいわよー」

「すでに突き止めている」

「よっしゃー！　行く、行くーっ!!」

瞬間、受付の方から厳しくも良く通るサウラの声が飛び込んで来ました。メグの影からスッと姿を現したギルに、たまたま近くにいたジュマですか。オーバーキルになりそうですね。まぁ、やってもやりたりないくらいなので構わないでしょう。それにしてもサウラは判断が早い。さすがは統括ですね。ギルの仕事の早さにも脱帽です。

「わ、え、あれ？　ギルさん!?　い、いつの間に！　っていうか、緊急招集って何っ!?」

「ケイ、シュリエと一緒にメグちゃんをルドのとこに連れて行ってね。ニカー！　ホール内メンバーの殺気をどうにか収めといて！」

「えっ、あの、待ってケイさん、シュリエさんっ！　ニカさんもっ！　あーもう、ギルさぁん！　ジュマ兄もっ！　行っちゃダメー！」

ある平和だったはずの一日の終わり。オルトゥスのホール内にはメンバーの殺気や怒声が響き渡ります。メグが血相を変えて止めるので、この子のために皆、一時的にその怒りを収めましたが……。まぁ、許せませんよね。本来、メグが来る前までのオルトゥスは、この程度の揉めごとなど日常茶飯事でしたし。ただ、それをこの子に伝える必要はありません。今夜、久しぶりの大仕事になることも。メグは大人の思考や記憶を持っているとはいえ、ここではまだ子どもなのです。醜い世界はもう少しだけお預けにしてもいいでしょう。

ですがその前に、今はとても頑張ったメグをたくさん褒めることに専念しましょうか。私はメグの手を取り、共に食堂へと向かいました。この子が笑顔で過ごす日々が、少しでも多くあるようにと願いながら。

あとがき

皆様、どうもこんにちは。あとがきへようこそ！　阿井りいあです。

おかげさまでなんと、七巻の発売となりました。幼女の期間を終え、少女編へと突入した今巻、メグたちの成長を感じていただけたでしょうか？　まだ人間で言うと七歳という子どもではありますが、私の中で「小学生以上は少女カテゴリー」なのでその定義でいかせていただいています。書いている私も、メグの成長が嬉しくもあり、寂しくもある気持ちですが、本人も言っているように生き物は成長するものですので、温かく見守っていただけると嬉しいです。

前巻のあとがきにて、主人公のメグは幼女のままで完結する予定で、少女編を書くことになるとは思っていなかったとお話させていただきました。それが、応援してくださる方々のお声により成長することが出来た、と。七巻の作業中もそれをしみじみと感じておりました。そして私は気付いたのです。つまり、読者様方のおかげでメグが成長出来ている、と言っても過言ではないな、と！

そして現在、ＷＥＢ版ではさらに成長しており、いずれ大人になるところまで描かれることになるでしょう。ですので、ここで今一度、皆様にはメグの生みの親として感謝を申し上げたいと思うのです。

メグを、そして他のキャラクター達の成長を描かせてくださり、本当にありがとうございます。

今もまだ、未熟ではありますが、書き手としても少しずつ成長出来ていると思っています。もちろん、今後も物語と一緒に成長してきたいと思っております。日々勉強です。終わりのない勉強と発見の日々は、辛く厳しい時もありますが毎日楽しいです。そこへ応援のお言葉が届くと、どこまでも頑張れてしまうものですから、我ながら単純だと思います。創作、面白いですよ！

最後に、今巻も出版するにあたり尽力してくださったTOブックス様を始め、担当者様方、それからいつもとても素敵なイラストを担当してくださるにもし様、ご協力くださった全ての皆さまに心より感謝を申し上げます。そして、特級ギルドを楽しみにしてくださる読者様方の存在にはとても励まされております。いつも本当にありがとうございます。

特級ギルドの物語が、ほんの少しでも皆様の心に癒しと元気を与えられますように。

おまけ漫画

コミカライズ第8話

漫画：壱コトコ

原作：阿井りいあ

キャラクター原案：にもし

Welcome to
the Special Guild

んにゃ……
いい香りがする…
ムクッ
……はよーごじゃいましゅ
飲むか？
…ああ
あいハーブティーでしゅか？
レキが入れてくれたハーブティーで目を覚ましたところで
勉強会がはじまった
じゃあオルトゥスについて説明始めるけど

お前
ギルドってのが
そもそも
どんなものか
知ってるか？
ぶん
ぶんっ
ギルドってのは
志を同じくした
単なる仲間の
集まりだ
複数存在するし
ギルドの
存在意義も
そのギルドに
よって大きく違う
はぁ――…
だからこそ
世界統一で
ギルドに等級を
つけるよう
定められている
初級ギルドは
謂わば仮設立
決められた
期間内に課題を
こなせなければ
そのギルドは
解散になる
中級から
上級になるには
その実績によって
国から認められなければ
ならないという
じゃあ
特級って…
…さらに
すごいことした
って話？
ひゃー
？！
そう
特級ってのは
世界でも
４つしかない
お前
分かりやすいな…
ステルラ
アニュラス
ネーモ
そしてここ
オルトゥスだ

特級になるには所属国だけでなく他国にも認められなきゃならない
つまり他国で活動しても咎められないが
問題を起こせば責任重大でもある
オルトゥスは『なんでも屋』
どんな依頼でも受けてもらえる可能性があるギルドだ
どんな依頼でも……？
受けるかどうかはギルドのメンバー次第だけどな
その前に受付業務の人たちが依頼の選別してるし
怪しいのは調査担当が事前に調べたりもしてる
通った依頼はボードに貼られるが
各自で判断して力量にあった目的の依頼書を受付に持っていく
受付が問題ないと判断したらその依頼をようやく受けることができる
これが基本の流れだ
つまりギルドには大きく分けて2種類の仕事がある
ギルド内部の運営をする者と依頼を受ける者

サウラさんや僕も含めた医療担当は前者
ケイさんやシュリエさんバカ鬼なんかは後者になる
まずは私がそのどちらになるかを決めなければならないらしい
ごくり…
……お前みたいなちんちくりんが依頼を受けられるわきゃないから
当然前者となる
ですよねー
お前の所属はもう少し後に決まるだろ
僕があれこれいうことでもないし
そもそも業務外だからな
フー
業務外って……まるで派遣社員のようだ

次に教えてもらったのは
オルトゥス以外の特級ギルドについてだった
まずステルラ ここは正統派ギルドだな
国からの依頼をメインで受けるが一般依頼も請け負ってる
融通きかないとこがあるが真面目
ある意味必要な姿勢と言えるよね
次はアニュラス ここは完全な商業ギルドになる
大手商会は大体ここの所属だ
うちもよく世話になってるから良い関係を築けている
商業にのみ力を注いでいるんだね
そういう場所も確かに必要!
最後にネーモだ ここは……
名前を聞いたらとりあえずお前は関わるのをやめたほうがいい
なんででしゅか?
ネーモは簡単にいうと人材派遣だ ただしネーモが扱うのは文字どおり人
能力のみではなく人そのものを貸すギルドだ
人そのものを……?

奴隷制度は禁止されているが未だに取り入れている国も多い
奴隷を大切に扱うルールがあるとこならまだいいけど
……裏の世界では扱いの酷い奴隷が今でも売り買いされてる
すごく曖昧抜け道なんかいくらでも作れそう
つまりネーモっていうのは…
ネーモは独自で人材を集めてるんだけどいろいろとキナ臭い
けど貸し出しという体制をとってるせいで突き出すこともできないし
何より証拠をうまく隠してるって話だ
胸糞悪い話ではあるけど
そのネーモというギルドもこの世界には必要なのかもしれないな……
少なくとも
酷い目にあったとしてもご飯が食べられるんだもん

……この件に関しては いくら考えたって 仕方ないことだ
どうにか したいと 思っても 力がなきゃ なにもできない
最後に オルトゥスの 絶対ルールだ
ひとつ 心を動かされた 依頼は受けること
ただし 実力に見合わない 場合は必ず 仲間に相談せよ
力が あっても
どうにも できない 領域だって あるしな
ひとつ 常に 成長すること
成長を止めた者は ギルド 所属権限を失う
ひとつ 仲間を 裏切らない 大切にすること
これが オルトゥスにおいて 1番重要な点だな
どれだけ 人数が増えても 仲間同士の 本気の争いは 御法度
小突き合いは 日常茶飯事 だけどな

仲間が
困ってたら
助け合う
うちのギルドは
絆の強さでも
有名だ

特級
ギルドとしては
人数も少ないし
少ない
でしゅか？
ギルドルールに
『仲間を裏切らない』が
ある以上
信用できない奴は
入らないからな

言っておくが
誰でも簡単に
仲間入りできる
わけじゃ
ないいんだぞ？
何もしてないように
見えて
新入りは
あらゆる場面で
篩《ふるい》にかけられている
そ
それはつまり
私も
お前はまだ
子どもだからっ
てんで
いろいろ世話
焼かれてるだけだ
あまり
勘違い
すんなよ！
フンッ
ですよねー

……ほぼその篩は突破してるっぽいけどな
こうして終わったお勉強
気付けばもう夕方になっていた
ああ
心が洗われますね……
なでなで
サウラさんがしっかり伝言を伝えてくれていたらしく
シュリエさんは急いで仕事を終わらせて帰って来てくれた

今日の夕飯はレキも一緒ですか
仕方ないだろこれも試験の一環なんだって言われてるんだから
そうでもなきゃ一緒に食わねぇよ
全く素直じゃない少年ですね
少年じゃねえっ！もう成人してる！
ぎゃあぎゃあ
知ってますよ少年
さ行きましょうか
くすくす
お腹空いたでしょう？
ぐぬぬ
あはは…
さて
どんな用事だったかそろそろ聞きましょうか
ガタッ

カチャッ
あっ
良いから さっさと 話をしろ
えっと…
今日レキと ギルドの お2階探検 してたら
気になる 精霊しゃんが いたんでしゅ
おや もう 見つけたの ですか？
それから シュリエさんに
声の精霊との 会話について 最初から 説明した
すぅ…
ごくり
結論から 言いましょう
メグはきっと その声の精霊に 運命を 感じたのです

メグにとっての
最初の精霊である
可能性が
最も高いと
言えますね
やっぱり
そうなんだ
心に従った時から
なんとなく
そんな気は
してたんだけど
ぎゅっ
でも
精霊しゃんは
嫌がるかも
でしゅ……
そうでは
ないのです
メグ
私の意見を
言うなら
声の精霊を
メグの最初の
精霊にするのは
少し不安が残ると
いうのが
正直なところです

他の自然を扱う精霊より
魔術の威力もあまりないですからね
他の精霊とも契約を結ぶことはできるから魔術を扱うことはできるけど
最初の精霊ほど精霊の力を引き出しにくいのだそう
ですから
できれば威力が強くメグを守ってくれる精霊が好ましいと思います
けれど1番大切なのはメグと精霊が心を通わせ
互いにどうしてもこの相手と契約したいと強く思うことなのです
メグはきっとこの1番大切なことをクリアできたのでしょう
自信を持ってくださいメグ
そっ…
私はあれこれ口を出しますがそれはあくまで理想の話なのです
理想どおりにできる人など滅多にいません

それよりも
あなたの心に従いなさい
それがメグにとっての正解ですから
シュリエさんの最初の精霊ネフリーちゃん
フワッ
いいんでしゅか……？
励ましてくれているみたいで元気が出る
私

あの声の精霊しゃんと仲良しになりたいでしゅ！
見かけたらまた声をかけてあげましょうね
時が来たら知らせてください
あい！わかりまちた！
迷いが消えてやるべきことが見えてきた
今度見かけたら戸惑ってないでどんどん話しかけよう

あの
自分に自信を持てない声の精霊に
話は終わったか
そろそろチビは寝る時間だ
わかりましたゆっくり休んでくださいね
また何かあれば受付に伝言を残してください
必ずその日の内にお返事しますから
あい！ありがとーごじゃいました！
レキも片付けありがとうございます
んっ
かあっ
いや……
ふふっ
おやすみなさい

ふたりとも
お疲れ様
さてメグ
レキの案内は
どうだったかな？
たた
たっ
あい　でも
しょの前に
レキは
看護師しゃんを
目指してるん
でしゅよね？
うん
そうだよ
だとしたら
？

威圧感を与える態度はどうかと思いましゅ
どーん
だからこしょ
もったいないなぁって
勿体無い？
ギルド内の説明わかりやしゅかったでしゅ
丁寧だし質問にもすぐ答えてくれまちた！
それに途中で私が転んだ時もすぐに手当してくれて……
態度はツンツンで怖かったでしゅけど
ちっとも痛くなかったでしゅ！
一生懸命伝えようと頑張って言葉にする

レキに悪い評価は下されたくなかったから
必死だったんだ
…
だからって態度の悪い点について嘘をつくわけにもいかないし
…
つ伝われっ！
そうか
よくレキのことを見ているね
十分だよありがとう
そうでしゅか……？
初仕事はちゃんとこなせたと報告させてもらうよ
さてお風呂の準備はできているから済ませておいで
それとも…
…手伝うかい？
ひっ
ひとりで入れるでしゅ！
ダッ
くっ謀《はか》られた！

いーい湯ーだーなっ！
ふふふん
思わず湯船で歌ってしまうよ
和食に続いて湯船に浸かる文化まであるなんて…
はー…♥
さすがに幼児のひとり風呂はさせてくれないけど
ニコニコ
ニコニコ
ニコニコ
ギルド員さん
いーい湯ーだーなっ
！

声の精霊しゃん？
でしゅよね!?
そうなのよー
ねぇ 声の精霊しゃん
私 あなたと仲良しになりたいの
ダメかなぁ？
精霊さんの感情が伝わってくる
なんだか戸惑ってるみたい…
フワ…
私

中途半端な精霊なの
あなたの役に立たないの
私仲良しになりたいって言ったんだよ？
友達は役に立つ立たないは関係ないよ！
ともだち……？
ぱあああ
例えデメリットしかなかったとしても
私は友だちになりたいと思ったよ
でも私たちは役に立つことこそ喜びなの……
しゅん。。。
うれしいけどうれしいけど……

やっぱり無理なの！
あっ待って
行っちゃった…？
もう少しお話したかったな
でもあの子から近寄ってきてくれた
これはきっといい傾向だ！
ポジティブ!!!
グッ
…少しのぼせたかもしれない…
おぉぉ…
フラフラ
メグ
のぼせたのかい？

ぽやとん
ほっぺが真っ赤だ
ぽよんっ
ちゃんと生活魔術でお水出して飲んだり
ファサァ…
風出して涼んだんだけどなぁ
こっちにおいで髪を乾かそう
ちょっと居た堪れない気持ち…
スッ
……ほら
あっ
ありがとーございましゅ

ぐぴ
ぐぴっ
アプリィ水だ！
おいしいっ
それから歯磨きを終え しっかり仕上げ磨きまでされた後
ベッドへと向かう頃には火照った身体もだいぶ落ち着いていた
じゃあ おやすみ メグ
ぐしぐし
今日はレキも朝までいるからね
レキ 連れて行ってやってくれ
はい
……行くぞ

レキが
手!?
……
なんだよ
はっ
な
なんでも
ないでしゅ!
そっ
レキの手
あったかい

今日は
ありがとー
ごじゃいました
レキの説明
わかりやしゅ
かったでしゅ
わかったから
もう寝ろ
身体は
疲れてる
はずだ
あい
お風呂に
入ってる間に
ルド医師に
何か言われ
たのかな
うと…
うと…
ずっとあった
刺々しい
雰囲気が
少し
消えた
気がする
おやしゅみ
なしゃい……

心が
あったかく
なるのを
感じながら
嬉しい気持ちで
眠りに
落ちて行った
サラ
サラリと
髪を
撫でられた
気がしたけど
なんたって
レキだし
気のせい
だったかも
しれない

特級ギルドへようこそ！
～看板娘の愛されエルフはみんなの心を和ませる～
闘技大会の準備が進む中……
2021年夏発売予定！

著 阿井りいあ
イラスト にもし
メグは療養!?
ギルといっしょに、
いざハイエルフの
郷《さと》へ!
第8巻

女神様の本……
一体どんなのだろう?
読んでみたいな。
「祠巡り」
貴族院に浮かぶ「巨大な魔法陣」
真のツェントになるのはわたくしですもの!
ィナンドを
か…?
迫る「次期ツェント候補」

「地下書庫」での作業
「英知の女神
メスティオノーラの書」とは?
本好きの
下剋上
司書になるためには
手段を選んでいられません
第五部 女神の化身V
香月美夜
miya kazuki
イラスト:椎名 優
you shiina
2021年
4月10日
発売!!
フェルデ
救える
冷静になれ…

特級ギルドへようこそ！7
～看板娘の愛されエルフはみんなの心を和ませる～

2021年4月1日　第1刷発行

著　者　阿井りいあ
編集協力　株式会社MARCOT
発行者　本田武市
発行所　TOブックス
〒150-0002
東京都渋谷区渋谷三丁目1番1号　PMO渋谷Ⅱ　11階
TEL 0120-933-772（営業フリーダイヤル）
FAX 050-3156-0508

印刷・製本　中央精版印刷株式会社

ISBN978-4-86699-177-1